pulp

master

Garry Disher wurde 1949 im Süden Australiens geboren und wuchs auf einer Farm auf. Auf sein Konto gehen preisgekrönte Kinderbücher, klassische Romane, Sachbücher und Crime Fiction. Hierzulande gelang ihm mit Letzterem auf Anhieb der Durchbruch: Sein Romandebüt GIER um den Berufsverbrecher Wyatt wurde 2000 mit dem Deutschen Krimipreis ausgezeichnet, genauso wie 2002 sein erster Polizeiroman DRACHENMANN. Zuletzt erschien: KALTES LICHT. Garry Disher lebt auf der Mornington-Halbinsel.

Garry Disher

HITZE

Ein Wyatt-Roman

pulp master

pulp master
Band 46

Erschienen bei PULP MASTER, Berlin

Deutsche Erstausgabe
Erste Auflage 2019

Titel der australischen Originalausgabe: HEAT

Herausgegeben von Frank Nowatzki
Übersetzt aus dem Englischen von
Ango Laina und Angelika Müller
Redaktion: Ute Nowatzki,
Robert Schekulin, Prof. Dr. Tonio Klein
Cover: 4000
Autorenfoto: Darren James
Umschlaggestaltung und Layout: MM-Grafomat
Druck und Verarbeitung: NØRHAVEN, DK-Viborg

ISBN 978-3-927734-95-1

Bibliografische Information Der Deutschen Bibliothek.
Die Deutsche Bibliothek verzeichnet diese Publikation in der Deutschen Nationalbibliografie; detaillierte bibliografische Daten sind im Internet über http://dnb.ddb.de abrufbar.

www.pulpmaster.de

1

Es lief jetzt schon nicht rund.

Wyatt beobachtete Vidovic, der das Gespräch beendete. Das Telefon in die Tasche seines Hemds steckte. An einer Miene der Entschuldigung arbeitete.

»Das war Jack.«

Wyatt wartete. Leute drucksten herum, wenn es um schlechte Nachrichten und Rückschläge ging. Vertane Zeit, aber was sollte man machen? Vidovic würde in den nächsten paar Sekunden zur Sache kommen. Oder nach Jahren.

»Jack Pepper«, erklärte Vidovic. Als er keine Veränderung in Wyatts granitenen Gesichtszügen wahrnahm, fuhr er fort: »Er fragt an, ob wir uns stattdessen in einem Motel treffen können.«

»Hat er gesagt, warum?«

»Nein.«

Sie standen mit einem gemieteten Lieferwagen in einem trostlosen Caravan Park in den Hügeln außerhalb Melbournes. Wyatts Entscheidung. In Caravan Parks herrscht Kommen und Gehen. Man bleibt eine Weile und zieht weiter; man wählt einen Caravan Park, weil er billiger ist als ein Motel. Um dich herum sehen alle die Dinge wie du, also nimmt niemand Notiz von dir.

Und dieser Caravan Park lag hinreichend weit von der City entfernt und nicht in der Nähe irgendeiner Flotte gepanzerter Fahrzeuge oder eines Standortes für Übergaben.

Wyatt sah auf seine Armbanduhr: acht Uhr abends. »Hat er dir eine Adresse gegeben?«

Vidovic nannte ein Budget Motel in Highett. Am Strand; fünfundvierzig Minuten entfernt. Fast hätte Wyatt nein gesagt, aber er war mit nahezu nichts aus Frankreich zurückgekommen. Nur mit Genugtuung – Genugtuung darüber, einen Mann getötet zu haben.

Kein Job, der sich ausgezahlt hatte.

»Okay, fahren wir.«

Während der Fahrt hinunter zu den ebenen Straßen und Ziegeldächern, die typisch waren für den an der Bay gelegenen Teil Melbournes, redete Vidovic. Wyatt ließ ihn. Er hörte auch nicht richtig zu, nur so viel, um mitzubekommen, dass sein Freund völlig abgebrannt war und diesen Job wirklich brauchte.

Genau wie Wyatt. Der Unterschied war nur, dass Wyatt kein Bedürfnis hatte, das auszusprechen. Er unterhielt sich nicht. Er offenbarte seine Bedürfnisse nicht. Er gestand sich nicht einmal ein, dass er welche hatte.

Aber er dachte nach.

Die Pepper-Brüder, Jack und Leon, hatten Vidovic eines Jobs wegen kontaktiert. Vidovic, dem die Sache gefiel, hatte Wyatt kontaktiert. Vidovic hatte bereits mit den Pepper-Brüdern zusammengearbeitet, so, wie er auch mit Wyatt zusammengearbeitet hatte. So hatte es sich ergeben. Weder misstraute Wyatt den Pepper-Brüdern, noch traute er ihnen. Er kannte sie nicht.

Wyatt wusste auch nicht, wer der fünfte Mann war. Aber fünf war die richtige Anzahl für einen Überfall auf einen Geldtransporter. Ein sauberer Hinterhalt, eine Behinderung oder Umleitung des Verkehrs, Abfangen der Boten vor der Bank – was auch immer. Man benötigte einen Fahrer, einen, der den Funk abhörte und die Straße im Auge behielt, zwei Mann mit Waffen und einen Spezialisten: einen Typ, der sich mit Schneidewerkzeug auskannte, mit Elektronik oder Semtex. Bislang wussten Vidovic und Wyatt nur, dass die Pepper-Brüder behaupteten, an einem todsicheren Ding dran zu sein.

Den Nepean Highway hinunter, wo der leicht salzige Seegeruch schwach über den Industrietoxinen hing. Das Motel lag mit seinem verblassten Erscheinungsbild einen

Block vom Strand entfernt. Jahre voller Sonnenlicht und Salz hatten es mürbe werden lassen. In früheren Zeiten waren Familien im Januar für eine Woche dringlich benötigten Urlaubs hier abgestiegen, mehr gab es dazu nicht zu sagen. Nicht, dass Wyatt irgendetwas dazu zu sagen gehabt hätte. Er parkte zwei Blocks entfernt und stellte den Motor ab.

Vidovic warf ihm einen Blick zu. »Du könntest direkt vorfahren, Kumpel.«

Wyatt antwortete mit einem ruhigen, aber bedeutungsschwangeren Blick. Vidovic hob beide Hände in einer Geste der Kapitulation. »Okay, okay, immer auf der Hut.« Ein nervöses Kichern. »Eines Tages werde ich den entspannten Wyatt erleben.«

Eines Tages werde ich tot sein, dachte Wyatt.

Er zog sich eine Baseballkappe tief ins Gesicht, schlüpfte in eine Wolljacke mit Reißverschluss und schlug den Kragen hoch. Die Kameras würden nur die Andeutung einer prägnanten Nase und prägnanter Wangenknochen zeigen, kein zu identifizierendes Gesicht.

Vidovic folgte dem Beispiel unter Murren und sie machten sich auf den Weg. Vorbei an einem Nudelshop, einem Waschsalon und einem 7-Eleven. Sie blieben unauffällig; es gab noch andere in Jacken mit hochgeschlagenen Kragen an diesem kühlen Abend Mitte September.

Das Motel war L-förmig angeordnet, die Anmeldung an einem Ende in der Nähe der Einfahrt von der Straße. Eine einsame Kamera deckte den Bereich der Anmeldung ab, eine symbolische Maßnahme. Als glaubte das Management, es werde sich in den Motelzimmern nie etwas ereignen. Keine Überdosis, keine Vergewaltigungen, Morde oder tätlichen Übergriffe. Oder die Planung für einen Raubüberfall.

Wyatt und Vidovic schlichen sich auf das Gelände, dort, wo die Dunkelheit am intensivsten war, gingen dann um einen Zyklonzaun herum, der das Motel von einem Apartmentblock trennte. Das Licht war schwach, beleuchtete kaum den von der See heraufziehenden Dunst. Es tröpfelte. Von ein paar verkümmerten Sträuchern fielen kleine Tropfen auf Wyatts Ärmel.

Zimmer 18, davor parkte ein weißer Camry, den Kühler voran. Wyatt schritt das Heck des Wagens zur Hälfte ab und, tatsächlich, am Fenster pappte der Aufkleber eines Autoverleihs.

Er starrte auf das Motelzimmer, nicht bereit, es zu betreten. Das Ganze war von Anfang an heikel gewesen. Dennoch, vielleicht hatten die Pepper-Brüder genügend Verstand, um falsche Namen zu benutzen?

Vidovic, der Wyatts Gedanken erriet, sagte: »Junge, die wissen, was sie tun.« Er ging zur Tür und klopfte.

Also ließ Wyatt die Hand in seine Jackentasche gleiten, wo seine kleine .32er durch seine Körperwärme beinahe warm geworden war. Ein gutes Gefühl. Er verharrte in der Dunkelheit, wo er das gute Gefühl zu steigern suchte. Instinkt. Wyatt hätte es vielleicht als gesunden Menschenverstand bezeichnet, wäre er genötigt gewesen, sich zu erklären.

Er beobachtete Vidovic. Beobachtete, wie die Tür sich öffnete und Licht nach draußen fiel. Beobachtete Vidovic, der sich umdrehte und ihm mit einer Geste zu verstehen gab: Alles in Ordnung, Kumpel, geh rein.

Vidovic und Wyatt waren aus dem gleichen Holz geschnitzt – groß, hager und vorsichtig –, nur war Vidovic dieser Tage ein Anflug von Verzweiflung eigen. Die Pepper-Brüder waren aus weicherem Stoff. Knapp dreißig, mit Ohrringen und Dreitagebart in rosigen unbedarften Gesichtern. Schicke Anzüge über offenen Hemden. Junge Masters of the Universe.

Jack Pepper stand mitten im Zimmer, sein jüngerer Bruder lümmelte auf dem Bett. Sie seien Berater, wenn sie nicht gerade Überfälle planten, hatte Vidovic auf der Fahrt von den Hügeln hierher erzählt. Er hatte mit den Achseln gezuckt, eine Grimasse geschnitten, als Wyatt gefragt hatte: »Berater auf welchem Gebiet?«

Es kam zu keinem Händeschütteln. Jeder der Brüder grüßte mit einem lässigen Winken, dann goss Jack Pepper Scotch in vier Gläser – auch für Wyatt, selbst als der nein sagte. Der Mann war aufgedreht, die kleinen Augen in seinem runden Gesicht sprühten vor Übermut.

»Cheers«, er prostete Wyatt zu. »Du bist uns empfohlen worden.«

Wyatt verzog keine Miene.

»Von Stefan hier«, fuhr Pepper fort und deutete auf Vidovic, als wäre Wyatt etwas schwer von Begriff.

Wyatt nickte. Er begutachtete das Zimmer: Doppelbett, zu beiden Seiten des Kopfteils ein Nachttisch, eine Bank mit einem Klotz von Fernseher darauf. Ein winziger Tisch und zwei Sessel, angrenzend das Bad. Von einem Fetzen Kunst an der Wand über dem Bett abgesehen, war es das. Er nahm einen der Stühle, stellte ihn zwischen Tür und Fenster, das einzige im Raum, und setzte sich. Probleme vor Augen, einen Fluchtweg im Rücken. Zu beiden Seiten. Er wartete, ruhig und schweigsam.

Ein Prusten kam von dem Mann, der auf dem Bett lümmelte. »Nimm den Jungen.«

Leon Pepper war feister im Gesicht als sein Bruder und nicht gerade der Schlaueste.

»Einer fehlt uns noch«, sagte Wyatt.

Jack Pepper blickte auf seine Armbanduhr.

»Ja, nun, Syed hat manchmal Probleme mit seinem Zeitgefühl, nicht wahr, Lee?«

Leon kicherte. Er wand sich, bis er mit dem Rücken gegen das Kopfteil gestützt dasaß, wobei seine dicken Schenkel den feinen Wollstoff verzogen, der sie umschloss. Seine Schuhe hatten Spuren auf der Bettdecke hinterlassen.

»Syed?«, fragte Wyatt.
»Syed Ijaz«, sagte Jack Pepper. »Kennt sich mit Autos aus und so. Weiß, wie man sie knackt, weiß, wie man sie fährt.«
Und wie man ein Taxi zu einer Lagebesprechung nimmt: Hinter dem Fenster nahm Wyatt das Rumpeln von Reifen wahr, dann das Zuschlagen einer Autotür. Er linste rechtzeitig durch die Scheibe, um zu sehen, dass sich das Taxi von Nummer 18 entfernte und der Fahrer die Frei-Anzeige aktiviert hatte.
Ein Skinhead schleppte sich an dem Avis-Camry vorbei. Wyatt ging sofort zur Tür und riss sie auf, bevor der Mann namens Ijaz klopfen konnte.
»Komm rein.«
»Scheiße, wer bist du?«
Wyatt ließ seinen Blick über den trostlosen Parkplatz wandern, über die Straße am anderen Ende, die verschwommenen Autos, die durchs Dunkel fuhren. Ein trüber, nasskalter, friedlicher, ein aussichtsloser Abend. Er schloss die Tür und kehrte zu seinem Stuhl zurück.
Verfolgte, wie der Neue und die Pepper-Brüder die Fäuste aneinanderstießen. Bemerkte, dass ein wenig mehr Dynamik in seine Bewegungen kam. Ijaz begrüßte Stefan Vidovic, der nervös zu Wyatt sah, mit einem verhaltenen Nicken.
Jack Pepper sagte: »Wyatt, das ist Syed.«
Wyatt sagte: »Wo hast du das Taxi rangewinkt?«
Ijaz blinzelte heftig. »Rangewinkt? Ich hab's nicht rangewinkt. Ich habe es übers Telefon bestellt.«
»Sag mir, dass du eine öffentliche Telefonzelle benutzt hast.«
Ein Grinsen. »Gibt's die noch? Vom Telefon meiner Mum.«
Wyatt atmete tief durch. »Wie hast du gezahlt?«
»Bar.«
Wenigstens etwas.

»Das Taxi hat vor der Tür deiner Mutter gehalten?«

Ijaz schüttelte den Kopf. »Am Ende der Straße, wir wohnen in einer Art Sackgasse, ist einfacher, wenn man denen sagt, sie sollen an der Ecke warten. Also«, er rieb die Hände aneinander, »wie weit sind wir?«

»Haben gerade angefangen«, sagte der Bruder auf dem Bett aufgeräumt.

»Nun, Jungs, ich brauch das dringend«, sagte Ijaz.

Wyatts wegen erklärte Leon Pepper mit einem Lächeln in der Stimme: »Der gute Syed hier schuldet jemandem ein bisschen Geld.«

»Zehn Riesen.« Ijaz grinste. »Opferentschädigung.«

Er war etwa neunzehn, dunkel, ausgezehrt, mit wunden Nasenflügeln und einem Teint, der von Juckreiz zeugte. Er lebte die Party seines Lebens, und das würde kurz sein.

Wyatt deutete mit dem Kinn in Vidovics Richtung. »Kommst du?«

Vidovic nickte matt. Er wusste so gut wie Wyatt, dass es sich erledigt hatte. Zu viele Fehler. Von Anfang an ein Rohrkrepierer. Er gesellte sich zu Wyatt an die Tür.

»Was zur Hölle? Kommt schon, Jungs«, sagte Jack Pepper entrüstet.

Wyatt sah keinen Anlass, es durchzubuchstabieren: das Motel, der Mietwagen, das Taxi. Der Schwachkopf von Speedfreak, der gerade eingetroffen war. Er sagte: »Verrat mir eins: Was für ein gepanzertes Fahrzeug und welche Route?«

Jack Pepper fühlte sich durch Wyatts Frage ermutigt. Er gestikulierte in Richtung der Welt kurz hinter dem Motel. »Ein Van von SecureCor, und der fährt zweimal die Woche morgens hier vorbei, holt freitags die Einnahmen von Montag bis Donnerstag ab und die vom Wochenende am Montagmorgen. Von jedem Supermarkt zwischen Sandringham und Chelsea.«

Er wartete auf ein Zeichen der Überraschung oder der

Gier oder wenigstens auf einen Funken Interesse.

»Idiot«, war alles, was er von dem unnachgiebigen Mann präsentiert bekam, der gerade den Raum verließ.

2

Dicht gefolgt von Vidovic machte sich Wyatt auf den langen Weg zurück zum Wagen. Er verharrte im Dunkel, ließ Straße, Fußgänger und das Fahrzeug selbst nicht aus den Augen, bevor er hinaustrat in das künstliche Licht der Straßenbeleuchtung und sich hinter das Lenkrad klemmte.

Wieder und wieder sagte Vidovic: »Tut mir leid, Junge« und »Dachte, die sind professioneller« und »Wenigstens sind wir ausgestiegen, bevor was in die Hose geht.«

Wyatt war der Ansicht, dass es bereits in die Hose gegangen war. Er sprach es nur nicht aus. Sein Blick war auf die Scheinwerfer in den Rückspiegeln gerichtet. Vidovic neben ihm sah aufmerksam zu den Gebäuden rechts und links des Nepean Highways, und Wyatt fragte sich, ob er nach gepanzerten Fahrzeugen Ausschau halte. Musste er es erklären? Sicher wusste Vidovic, weshalb er, Wyatt, die Reißleine gezogen hatte, oder?

Dennoch sagte er: »Ein gepanzerter Geldtransporter wird überfallen und was machen die Cops als Erstes?«

»Ich weiß, ich weiß. Prüfen die Anmeldeformulare der Absteigequartiere in der Gegend«, sagte Vidovic gallig. »Videoüberwachung, Unterlagen von Autovermietungen, Taxiunternehmen … «

Mehr gab es dazu nicht zu sagen, also sagte Wyatt nichts. Soweit er es beurteilen konnte, war der Plan der Pepper-Brüder idiotensicher: Der Speedkopf würde sie nicht enttäuschen, der Überfall würde glatt über die Bühne gehen. Er war nicht bereit, dieses Risiko einzugehen.

Ein unerfreuliches Zeichen für Verzweiflung, dem Treffen zugestimmt zu haben. Vidovic war gewiss verzweifelt gewesen.

War es noch.

Wyatt unterfütterte seine Stimme mit Härte. »Hoffe, du hast nicht vor, dorthin zurückzugehen, Stefan.«

»Oh, das werd ich nicht.«

Das klang wie dahingesagt. Wyatt zuckte mit den Schultern. Es war Stefans Beerdigung.

Der Wagen war gestohlen. Ebenso die Nummernschilder. Wyatt fuhr durch die Gegend, bis er sicher war, dass es keine Verfolger gab, und steuerte dann die Innenstadt an. Stellte den Wagen in der Queen Street ab. Es war nicht erforderlich, Fingerabdrücke abzuwischen: Er hatte seine Handschuhe nicht abgestreift.

Sie verabschiedeten sich mit einem Nicken. Vidovic überquerte die Flinders Street und verschwand im Bahnhof. Wyatt ging zu seinem Zimmer in einer der Pensionen in der Spencer Street, wo Fragen kaum gestellt und nie beantwortet wurden.

Ausgestreckt auf dem Rücken, die mit Fliegendreck besprenkelte Zimmerdecke im Blick, dachte Wyatt über die einer Zusammenarbeit mit anderen innewohnenden Risiken nach.

Junge Leute. Junge Männer gingen Wagnisse ein, selbst wenn sie clean waren. Sie waren ungeduldig; hielten sich für unbesiegbar. Bildeten sich ein, einen Überfall besser durchziehen zu können als ein alter Kerl wie Wyatt. Sie benahmen sich immer wie Hauptdarsteller in einem Film, so Wyatts Eindruck, oder wie in einem Musikvideo. Waffen, schnelle Autos, Kokain und halb nackte Frauen. Tauchten in ihren Armani-Kopien auf, als erwarteten sie versammelte Paparazzi. Jämmerliche, dumme Jungs mit Bildungsdefiziten und langen Latten von Jugendstrafen. Hielten sich für viel zu schlau, um sich mit Recherche und detaillierter Planung zu beschäftigen. Schick sie zu einem Bruch und sie schnappen sich alles, unfähig, eine Rolex von einer Swatch für dreißig Dollar zu unterscheiden. Setz sie bei einem Bankraub ein und sie laufen Amok: schreien, schlagen, treten, feuern aus allen Rohren – sodass Kassierer erstarren, Kunden in Panik geraten und Sicherheitsleute unbedacht Risiken eingehen. Und wenn das Ding glückt, prahlen sie damit in aller Öffentlichkeit oder schenken ihren Junkiefreundinnen Gestohlenes von Wert, die damit geradewegs in die nächste Pfandleihe rauschen und in die an der Wand montierte Kamera lächeln.

Also: Mach einen Bogen um junge Männer.

Mach auch einen Bogen um Abhängige. Wenn dieses natürliche Selbstvertrauen oder die intensive Energie auf chemische Substanzen zurückgeht, ist dein Fahrer, dein Späher oder dein Safeknacker nichts weiter als eine Belastung. Für gewöhnlich außerstande, Folgen abzuwägen und einen klaren Kopf zu behalten. Wyatt dachte, er sei erfahren darin, Konsumenten zu erkennen, aber es gab Abhängige, die es zu kaschieren wussten.

Natürlich waren Drogen nicht die einzigen Suchtmittel; bei Vidovic war es das Glücksspiel.

Was Wyatt brauchte, war ein Solojob.

Er schlenderte zum Bahnhof an der Spencer Street und fand schließlich eine Telefonzelle. Als David Minto abhob, sagte Wyatt, sein Name sei Warner und er suche ein Grundstück. Minto zögerte nicht.

»Ein großes Grundstück, Mr. Warner?«

Was einen großen Coup bedeutete. Eine Bank, einen Geldtransport mit Lohngeldern ... einschließlich einer Mannschaft und Anlaufkosten. Sorgfältige Planung über Tage, wenn nicht gar Wochen.

»Nicht unbedingt«, sagte Wyatt.

»In Ordnung. Aber groß genug für Sie und Ihre Familie?«

»Nur für mich.«

»Ich verstehe.«

»Keine allzu happige Kaution«, sagte Wyatt.

Was einen simplen Coup bedeutete und eine mäßige Beute; ein Minimum an Ausgaben. Minto könnte auf den Gedanken verfallen, Wyatt sei verzweifelt, doch das war irrelevant. Wyatt war nie verzweifelt.

Er war allerdings pleite.

»Ich verstehe vollkommen«, sagte die sanfte Stimme. Es klang, als käme sie aus einem großen Haus in einer Gated Community an der Gold Coast. Und so verhielt es sich auch. Minto sagte: »Ich habe in der Tat ein paar Angebote im Rahmen einer Auktion, die Sie interessieren könnten.«

Bedeutete Privatwohnungen oder Firmen, von denen er zwar annahm, ein Raub dort könne sich lohnen, aber Angaben zur Beute erst machen konnte, wenn er im Besitz weiterer Informationen war.

»Ich könnte vielleicht hinfliegen und mir das ansehen«, sagte Wyatt.

Der Makler war noch nicht fertig. »Eigentlich hatte ich gehofft, dass Sie sich melden würden. Soeben bekam ich ein Angebot herein«, sagte er. »Bei einem Sofortkauf zum Preis von einhunderttausend wären Sie dabei.«

Minto bot ihm ein Honorar an? Um was zu tun?

»Das klingt interessant.«

»Das Objekt ist bildschön«, sagte Minto.

Einhundert Riesen für den Diebstahl eines Gemäldes. Okay. Wyatt hatte schon Gemälde gestohlen.

»Das Grundstück steht ab sofort drei Wochen lang für eine Besichtigung zur Verfügung«, sagte Minto.

Wyatt hatte in den letzten Jahren an der Gold Coast gearbeitet. Auch in Cairns und Brisbane. Die Möglichkeit bestand, dass sein Gesicht auf irgendeinem Band zu sehen oder auf einer Festplatte gespeichert war. Oder dass es sich jemandem eingeprägt hatte. Oder bei seinem Anblick eine Erinnerung wachrufen würde. Dort mit einem neuen Gesicht aufzutauchen, war also sinnvoll. Noch sinnvoller war es, sich ein neues Gesicht zu verpassen, solange er sich in Melbourne aufhielt. Er hatte sich nicht beobachtet gefühlt, seit er aus das Motel in Highett verlassen hatte, aber da war das Risiko, dass die Pepper-Brüder observiert wurden. Wäre es an dem, existierte ein Aktenvermerk über ihr Treffen, Fotos von Vidovic und ihm wären in Umlauf. In diesem Fall würde man nicht va banque spielen und alles auf einen hochgeschlagenen Kragen setzen.

Nun denn, zuerst das große Besteck. Am Morgen fuhr er sich mit dem Haarschneider – Aufsatz Nummer 3 – über den Kopf. Er sah jetzt asketisch aus, wie ein Mönch. Dann ging er in die im Untergeschoss eines Kaufhauses gelegene Abteilung für Sonderangebote. Kaufte zwei Baseballkappen und zwei Jacken, zog sich eine Kombination an, fuhr mit dem Fahrstuhl in die oberste Etage und streifte umher. Anschließend ging er über die Seitentreppe in jede einzelne Etage darunter, spazierte für die Kameras herum. Zog sich in die Toilette zurück, tauschte die Kappe aus und schlüpfte in die voluminösere Jacke. Verließ das Kaufhaus, nun ein anderer, ein etwas dickerer Mann. Er veränderte auch ein wenig seinen Gang, gab jetzt den Bauarbeiter mit einer alten Blessur. Die Pension suchte er nicht mehr auf. Mehrere Stunden fuhr er mit Straßenbahnen, Zügen und Taxis durch die Gegend, bis er sich sicher fühlte und in einem Motel an der Sydney Road eincheckte.

Als Nächstes machte er sich daran, eine neue Identität anzunehmen. Früher hatte er Friedhöfe besucht, auf der Suche nach Namen von Jungen, die jetzt in seinem Alter gewesen wären, würden sie noch leben. Mittlerweile hatten die Behörden verlässliche Systeme eingeführt und waren in der Lage, Geburts- und Sterbedaten mit Anträgen auf Ausstellung eines Reisepasses und anderer Papiere abzugleichen. Heutzutage suchte Wyatt eine Juwelierin in der Flinders Lane auf, die billige Ringe aus ihrem Schaufenster verkaufte und Namen aus ihrem Hinterzimmer. Wyatt erwarb den Namen John Sandford und konnte sich nun um eine Geburtsurkunde kümmern, um Führerschein und Krankenversicherungsnachweis, um ein Bankkonto und Kreditkarten. Der wahre John Sandford war langfristig an ein Pflegeheim gebunden. So unwahrscheinlich sein baldiger Tod war, so unwahrscheinlich war auch das Beantragen der Plastikkarten, die seine Existenz beweisen würden.

In der Zwischenzeit ein anderes Gesicht. Haarschnitt und dickere Jacke waren nur vorübergehende Maßnahmen im Zuge der Suche nach einem neuen Unterschlupf gewesen. Für Reisepass und Führerschein brauchte er ein neues Gesicht, das unauffälliger war, und für dergleichen wiederum brauchte man eine Profiausstattung: Mischtiegel, Handspiegel, Scheren, Wattestäbchen, Pinzette, Hautkleber. Make-up und Pinsel.

Frisch geduscht und rasiert machte er sich an die Arbeit. Mithilfe eines Zobelpinsels von sechs Millimetern Länge trug er Grundierung auf, die hohle Wangen suggerierte, indem sie die Knochenstruktur seines Gesichts betonte. Ein dunkelbrauner Stift intensivierte den Schatten unterhalb seiner Unterlippe; mit einem feinen Pinsel aufgetragene helle Farbe an Augenbrauen und Schläfen täuschte Graumeliertes vor und einen Anflug von Abgespanntheit und Erfahrung des mittleren Alters. Ein gebildeter Mann, vielleicht. Ein wenig verschreckt, durch und durch harmlos.

Mit Passfotos ausgestattet, nahm er den Papierkram in Angriff. Jedes Dokument erleichterte die Beschaffung des nächsten; keines jedoch wurde ausgestellt, sofern er nicht eine nachvollziehbare Anschrift beibringen konnte.

Ein Postfach reichte nicht aus. Wyatt gab die Adresse des Motels an. Der Manager hatte nichts dagegen einzuwenden, dass sein Laden als Briefkasten fungierte; hatte noch viel weniger einzuwenden, als Wyatt ihm einhundert Dollar zusteckte. Die Bürokraten bestanden auf keiner Festnetznummer, zum Glück. Ihnen würde die Nummer des Prepaidtelefons genügen, das Wyatt an einem Verkaufsstand in einer Einkaufspassage gekauft hatte.

Am Ende der zweiten Woche verfügte er über eine komplett neue Identität. Er hatte keine Vergangenheit – nur eine Urkunde, woraus hervorging, dass ein Mann seines – neuen – Namens vor vierzig Jahren in Ararat geboren worden war. Aber Vergangenheit war für niemanden mehr von Belang. Die Leute würden wissen wollen, wer er war und was er tat, nicht was er getan hatte. Vorausgesetzt, sie waren überhaupt interessiert.

3

Stefan Vidovic hatte zwei Wochen damit zugebracht, Verbitterung, Angst, Verzweiflung und einen gebrochenen Finger zu pflegen.

Den kleinen Finger seiner linken Hand, gebrochen wie einen Zweig von einem von Arlo Waterfields Typen, einem Hünen, einer Pyramide nicht unähnlich, der nach Karamell-Milchshake roch und dessen Augen nur abgestumpft zur Kenntnis nahmen, dass der von ihm gebrochene Finger Vidovic Schmerzen bereitete. Der Finger war Stufe zwei, eine Erinnerung, dass Vidovic Stufe eins verpasst hatte, worunter die Zahlung von achtzehntausend Dollar an Waterfield Turf Enterprises binnen einer Woche zu verstehen war.

Stufe drei könne den Tod bedeuten, hatte der Gorilla ohne innere Beteiligung gesagt. »Aber um dir zu zeigen, wie fair Mr. Waterfield sein kann, hast du noch eine

Woche, wodurch du dann mit fünfundzwanzig Riesen in der Kreide stehst. Ist das eine Lektion, die verstanden wurde, Stefan?«

Die Lektion war, von der Bildfläche zu verschwinden. Vidovic sah keinen Weg, binnen sieben Tagen fünfundzwanzig Riesen aufzutreiben.

Er überlegte, was Wyatt tun würde, und tauchte in einem Rosebud Caravan Park unter. Dort kümmerte er sich um seinen Finger und erwog zu verduften. Es war machbar; es war nicht so, dass er Familie und Freunde der Gnade Arlo Waterfields überließe. Vidovic war mehr oder weniger allein. Er kannte Männer wie Wyatt, das war's, und Wyatt war kein Freund. Man konnte Wyatt zum Beispiel nicht um ein Darlehen angehen.

Vidovic wanderte am Strand entlang Richtung Süden, den Pier und die fernen in Dunst gehüllten Türme der City im Rücken. Würde er weit genug gehen, würde er in Portsea landen, Spielwiese der Reichen und nicht zwingend Berühmten.

Geld. Vidovic steuerte gedanklich zurück zum Geldtransporterjob der Pepper-Brüder. Wyatt hatte richtiggelegen, die Brüder waren Amateure – aber das Vorhaben war gut. Vidovic hatte sich zweimal mit ihnen getroffen, bevor er Wyatt hinzuzog, und er hatte ihre Aufstellungen gesehen, von Daten, Zeiten und Routen, ihre Karten und Tabellen. Selbst die Frequenzen der Funkgeräte waren ihnen bekannt.

Zusammengefasst ging es um Folgendes: Sie wussten genau, welche Banken, Bausparkassen, Genossenschaftsbanken, welche Läden mit Soforteinlöse von Schecks, welche Supermärkte von den SecureCor-Transportern an jedem beliebigen Tag angesteuert wurden. Und sie wussten, wie die Besatzung des Transporters bei der Geldübergabe vorging.

Drei Männer: der Fahrer und zwei Sicherheitsleute. Der eine auf dem Beifahrersitz, der andere bei den Geldsäcken, eingeschlossen. Der Fahrer bleibt stets im Van. Sein Beifahrer steigt aus, versichert sich des Okays vonseiten des Ortes der Geldübergabe, gibt dann dem Wachmann hinten im Transporter ein Zeichen. Dieser Wachmann begleitet den ersten während der gesamten Phase der Abholung oder Übergabe. Der Transporter bleibt verschlossen: Fahrertür, Beifahrertür, Hintertüren. Nur der Fahrer kann den Sicherheitsleuten wieder Einlass verschaffen.

»Ein Kinderspiel«, so Jack Pepper, der es abgelehnt hatte, vor einem Treffen mit Wyatt konkreter zu werden. Tja, jetzt sieht man, was dabei herausgekommen ist.

Vidovic saß auf den Stufen seines Wohnwagens und versuchte zu ergründen, wie man das Überwinden zweier bewaffneter Sicherheitsleute und verschlossene Wagentüren zu einem Kinderspiel gestalten könne. Es hat immer Pyrotechnik gegeben. Man nehme fünf Männer in Schutzhelmen und Overalls. Vier, die rings um ein Loch im Boden stehen, einen fünften, der den Transporter in eine Seitenstraße dirigiert. Man blockiere die beiden Enden der Straße mit Absperrvorrichtungen, störe das Funksignal, sprenge die Wagentüren auf, schnappe sich das Geld, springe in einen Helikopter, der von einem sechsten Mann geflogen wird. Oder halte in der Nähe Motorräder bereit.

Zu viele Männer, zu viel Ausrüstung, zu hohe Anlaufkosten.

Oder man deponiere Sprengstoff in der Straße in der Hoffnung, die Detonation werde den Transporter erschüttern. In der Hoffnung, die Wucht werde die Türen aufbrechen. Man würde einen Sprengstoffspezialisten brauchen. Und jede Menge Hoffnung.

Oder sich am Zielort als Wachmann verkleiden, der Mannschaft von SecureCor zuvorkommen. Aber wo sollte man in der Zwischenzeit die echten Wachleute verstecken?

Okay: Ein als Frau verkleideter Passant zielt mit einer Waffe auf den Angestellten der Bank oder des Geschäfts, dessen Aufgabe es ist, die Übergabe an die Wachleute zu koordinieren. In einem gestohlenen Wagen blockiert das zweite Gangmitglied den Transporter vorn; ein dritter Mann blockiert das Heck auf die gleiche Weise. Ein vierter nimmt sich des Wachmanns an, der auf der Beifahrerseite aussteigt, ein fünfter unterbindet den Versuch des Wachmanns im Wageninnern, die Türen zu schließen.

Immer fünf Leute und ein auf die Sekunde genaues Timing und ein Haufen Vorbereitung. Waffen, Verkleidungen, zuverlässige gestohlene Autos und irgendwo ein Ort, wo man alles unterbringen konnte.

Was also wussten die Pepper-Brüder, was Vidovic nicht wusste?

Shireen Ijaz war sich ziemlich sicher, dass ihr Sohn wieder Ice nahm. Sein fahriges Benehmen; rieb und kratzte sich wegen des Kribbelns unter seiner Haut. Die Zähne ein Desaster. Stahl ihr Geld aus dem Portemonnaie: keine Unsummen, nur hin und wieder einen Zehner oder Zwanziger und, einmal, den Hundertdollarschein, den sie für Notfälle in ein kleines Seitenfach gesteckt hatte. Sie hatte fast vergessen, dass er sich dort befand, bis ein Notfall eintrat, vor wenigen Tagen – eine Fahrt mit dem Taxi außer der Reihe, um ihren Bruder im Krankenhaus aufzusuchen. Niemals mit der Kreditkarte bezahlen, wenn man ein Taxi nimmt; sie können sie kopieren oder so, also hatte sie nach dem Hunderter greifen wollen, aber er war verschwunden.

Am Ende hatte sie mit der Kreditkarte bezahlt und den Fahrer dabei mit Argusaugen beobachtet.

Syed. Was sollte sie mit ihm machen? Klaute Geld, blieb die ganze Nacht lang weg, telefonierte heimlich. Er führte was im Schilde.

Er war ihr Jüngster, in Australien geboren. Shireen und ihr Ehemann hatten bereits zwei Söhne, als sie neunzehnhundertneunzig aus Pakistan eingewandert waren. Sie hatten sich viele Jahre durchbeißen müssen. Ihre Gemeinde war klein und die Anglo-Australier verhielten sich reserviert, oft rassistisch. Aber Not macht dich stark. Man stellt sich den Herausforderungen. Shireen und ihr Mann führten mittlerweile drei Mobil-Tankstellen und zwei Motels; die älteren Söhne hatten Universitätsabschlüsse.

Aber Syed ...

Er musste weniger beweisen, sich weniger anstrengen. Wurde verwöhnt, weil er der Jüngste war.

War er homosexuell? Shireen glaubte das. Aber vor allem nahm er Drogen. Er brauchte Geld, um seine Sucht zu finanzieren. Mit einem Betrug bei eBay hatte es angefangen, mit dem Verkauf nicht existenter iPhones, und sich schnell zu Diebstahl mit Waffen gesteigert. Der Bedrohung von Frauen an Geldautomaten mit einer mit Blut gefüllten Spritze. Man nahm ihn deshalb fest. Keine Gefängnisstrafe, aber eine Verurteilung und ein Beschluss, Entschädigung zu zahlen. Zehntausend Dollar. Shireen hätte sie womöglich bezahlt, aber ihr Mann sagte nein. Ein strenger Mann, dieser Ali. Unnachgiebig. Möge Allah verhüten, dass er, Ali, von Syeds Freunden erfuhr.

Und jetzt sandte Syed wieder diese beunruhigenden Signale aus. Shireen hatte sie bereits zuvor wahrgenommen, in den Wochen, die den Überfällen an den Geldautomaten vorausgegangen waren.

Vier Tage später klärte sich eine Sache zu Stefan Vidovics Zufriedenheit: Jack Pepper kannte einen Wachmann von SecureCor.

Vidovic folgte Pepper vier Tage lang. Am frühen Mittwochabend betrat Pepper ein Fitnessstudio in der Nähe der Alma Road. Rundherum Rauchglas und bei Tageslicht eine abweisend-undurchdringliche Front. Doch bei

Einbruch der Dunkelheit flammte drinnen das Licht auf und Vidovic beobachtete, wie Pepper auf ein Laufband stieg. Fünfzehn Minuten später betrat ein Mann in einer SecureCor-Uniform und mit Sporttasche das Gebäude, machte kurz halt, um Pepper zu begrüßen, bevor er von der Bildfläche verschwand. Dann war er wieder zurück, jetzt in einem ärmellosen Everlast-Trikothemd, und entdeckte Pepper beim Bankdrücken.

Vidovic wusste bereits, wo Pepper wohnte, also war es der Wachmann, dem er folgte. Nachdem der Mann das Fitnessstudio verlassen hatte, hielt er nirgendwo mehr an, sondern fuhr mit seiner nichtssagenden Familienkutsche zu einem nichtssagenden Haus in Bentleigh. Vidovic wartete. Das Licht wurde an- und wieder ausgeschaltet; ein Mädchen im Teenageralter und in Netzballmontur kam nach Hause, befreite sein Haar von einem Haargummi, und um zehn Uhr kam eine Frau mittleren Alters heraus, hatte eine leere Weinflasche dabei, die sie im Recyclingbehälter draußen auf dem Gehweg versenkte. Um Mitternacht brannte im Haus nur noch ein Licht. Das der Tochter?

Vidovic entfernte sich, gönnte sich eine Mütze Schlaf und war um sechs am Morgen zurück. Er beobachtete, wie die Müll- und Recyclingfahrzeuge vorbeibrummten, und um halb acht verließ die Tochter das Haus. In Schuluniform, mit Rucksack und straff gebundenem Pferdeschwanz blinzelte sie, als würden kühle Luft und Tageslicht sie verblüffen. Sie ging zu einer Bushaltestelle an der North Road, und dreißig Minuten später erschien ihr Vater. Die Wangen frisch, die Haare noch feucht vom Duschen und in seiner Uniform. In der Hand eine Ersatzuniform auf einem Drahtbügel.

Ersatzuniform?

Die Frage war bald beantwortet. Auf seinem Weg zur Arbeit legte der Wachmann einen Stopp ein: EzyPress Dry Cleaning an der Warragul Road.

Am selben Abend, als weder ihr Mann noch Syed im Hause waren, inspizierte Shireen das Zimmer ihres Sohnes.

Es war Monate her, dass sie einen Fuß hineingesetzt hatte. Ab und an hatte sie das Innere flüchtig zu sehen bekommen, sofern der Zufall es wollte und sie vorbeikam, wenn Syed hinein- oder hinausging oder wenn er sich im Bad aufhielt und vergessen hatte, die Tür zu schließen. Es hatte immer recht passabel ausgesehen. Keine Kleidung oder Staubflocken am Boden, keine muffigen Handtücher auf dem Bett, keine Apfelgehäuse und überquellenden Aschenbecher.

Aber war das der Plan? Das Zimmer sauber zu halten, damit sie keinen Grund hatte, es zu betreten?

Es war acht Uhr und sie ging direkt zu Syeds Fenster. Die Jalousien heruntergelassen, Vorhänge zugezogen, nur das Licht vom Flur als Beleuchtung. Sie stand einen Moment lang da, um sich zu orientieren. Die Luft roch abgestanden, ein seltsamer Geruch. Hatte das was mit den Drogen zu tun? Irgendwas Chemisches, das aus Syeds Poren drang? Doch das Bett war gemacht, ein Paar Jeans hingen sorgsam zusammengelegt über der Stuhllehne, die Papiere neben Syeds Computer waren akkurat geordnet. Poster an der Wand: ein Maserati, Shaoib Malik, der Twenty20 bei den Hobart Hurricanes spielte, irgendeine sexy Popsängerin oder Tänzerin oder Bollywood-Schauspielerin.

Shireen sah zuerst unter dem Bett nach. Eine Socke, ein Papiertaschentuch. Der Kleiderschrank war aufgeräumt, ordentlich, am Boden Schuhkartons, gestapelt. Nike, Adidas, Asics. Gestohlen? Syed liebte seine Schuhe.

Es war ein Kleiderschrank älterer Sorte, frei stehend und oberhalb mit einem Querbehang versehen, hoch genug, um dahinter jeden flachen Gegenstand zu verbergen, den man dorthin stellte. Shireen sah hoch zu diesem Querbehang. Sie zog den Stuhl ihres Sohnes heran, stellte sich darauf, langte über den Querbehang und stieß auf eine abgesägte Flinte. Auch auf eine Sturmhaube, einen Schutzhelm und einen Monteuroverall.

Jack Pepper hatte gesagt, die Operation sei für Montag, den einundzwanzigsten September angesetzt, also folgte Vidovic dem SecureCor-Transporter am Montag, dem vierzehnten, wobei er die Verfolgung ab dem ersten Halt aufnahm, einem Supermarkt in Sandringham. Er blieb auf Abstand am Steuer des mit Leitern bestückten Land Cruisers eines Freundes. Der Geldtransporter hielt weitere Male: Bausparkassen, eine Bank, andere Supermärkte – kleinere, nicht zu den Ketten gehörige, keine Coles oder Woolworths. Das war gut. Diese Läden nahmen dennoch einen Arsch voll Geld ein und zweimal die Woche – montags und freitags – übergaben sie es SecureCor.

Von Dienstag bis Donnerstag beschattete er die Pepper-Brüder und ihren biederen Kumpel von SecureCor. Die nächsten Abstecher ins Fitnessstudio, die nächsten Zwischenlandungen in der chemischen Reinigung. Musste sich um eine dreckige Arbeit handeln, den ganzen Tag Geldsäcke zu transportieren. Die Säcke standen auf staubigen Böden, so Vidovics Vermutung. Kamen mit Tinte und Farbe und öligen Substanzen in Berührung.

Dann das: Am Donnerstagnachmittag schlug Pepper bei einem Gebrauchtwagenhändler in Frankston auf und kaufte einen ausrangierten Geldtransporter. Er fuhr damit zu einer Hinterhofwerkstatt in Footscray, wo man den Wagen in den Farben von SecureCor umspritzte. Dann wurde er zu einem Schuppen auf dem hinteren Teil eines Fabrikgeländes in einer Seitenstraße von Collingwood gefahren und hinter einem mit einem hundsmiserablen Vorhängeschloss gesicherten Eisentor abgestellt.

An diesem Abend wurde Vidovic von der Erkenntnis aufgescheucht, dass Arlo Waterfields Mann wieder nach ihm suchte. Intensiv suchte. Wenn er es durchziehen wollte, musste es morgen sein, nicht nächste Woche.

Shireen ging die Sache falsch an. Es war richtig, ihrem Mann nicht zu erzählen, was sie vorhatte, aber falsch, dem Polizeibeamten am Empfang des nächstgelegenen Polizeireviers zu eröffnen, dass sie befürchte, ihr Sohn nehme Drogen.

Er gähnte. »Ich bin mir nicht sicher, ob wir da groß was machen können, Mrs. Eejazz.« Er deutete auf die an der Wand befestigten Stellagen aus Draht. »Wir haben ein paar Schriften zum Thema Drogenberatung und zu spezialisierten Rehakliniken.«

Also näherte sich Shireen dem Punkt, der sie umtrieb. »Letztes Jahr hat er versucht, jemanden auszurauben. Was, wenn er das wieder macht?«

»Wenn wir darauf reagieren würden, was ein Einzelner eventuell tun könnte, würden wir nie darauf reagieren, was andere bereits getan haben«, sagte der Diensthabende. Übergewichtig und neigt zum Grinsen, dachte Shireen. Neigt außerdem dazu, seine Geringschätzung für Menschen mit dunkler Hautfarbe kaum zu verschleiern.

Das war der Moment, als sie ihm von der Flinte und der Tarnung berichtete.

Danach gerieten die Dinge ins Rollen und sie fand sich bei einem Gespräch mit Detectives wieder.

Am Donnerstagabend betrat Vidovic den Umkleideraum des Fitnessstudios, setzte sich, band seine Schnürsenkel auf und wieder zu, bis der Wachmann von SecureCor auftauchte. Vidovic erhob sich und gab ein ungeschicktes Taumeln gegen Spinde und Bänke zum Besten.

»Puh«, sagte er. »Muss es mit den Gewichten wohl übertrieben haben.«

Der Wachmann kam ihm zu Hilfe. »Sie müssen's langsam angehen lassen.«

»Ja, ich denke, das hab ich jetzt begriffen«, sagte Vidovic. Er suchte seine Sachen zusammen und verschwand, zusammen mit des Wachmanns Abholschein für die chemische Reinigung.

Als Nächstes setzte er bei einem Kostümverleih gefälschte Papiere ein, um an eine Pistole plus Gürtelholster zu gelangen, ging anschließend geradewegs zu dem Schuppen in Collingwood und stahl den Transporter. Der war jetzt mit dem Logo und dem Namen »Secure-Cor« versehen. Dürftig ausgeführt zwar, aber aus der Entfernung passabel.

Am Freitagmorgen holte Vidovic die gereinigte Uniform des Wachmanns ab, zog sie an, schnallte das Holster um und legte damit los, sich die Supermärkte vorzunehmen. Nicht die Banken: Sie hatten Sicherheitspersonal sowohl am Eingang als auch hinten postiert. Die Supermärkte, deren Hinterausgänge auf schmuddelige, mit verfaultem Gemüse verdreckte Höfe hinausgingen, waren in Fragen der Sicherheit weniger bewusst, und so hatte er am späten Vormittag achtundfünfzigtausend Dollar.

Er konnte spüren, wie das Geld förmlich ein Loch in seine Tasche brannte. Dann erinnerte er sich seiner Zehen und Finger und fuhr zum Sitz von Arlo Waterfield. Beglich komplett seine Schulden, wobei Arlo, das Arschloch, achtundzwanzig Riesen verlangte.

Dennoch, Vidovic blieben dreißig Riesen zum Zocken. Vernünftigerweise bei sicheren Wetten eingesetzt, konnte er sie verdoppeln. Verdreifachen, vielleicht.

4

Am Freitagvormittag nahm Wyatt den Shuttlebus zum Melbourne Airport. Waren die Reisen länger, zog er einen Flug vor. Er war kein Mann, der zu Selbstreflexion neigte, aber er wusste, dass das Fahren längerer Strecken ihn belastete – stumpfsinnig, ermüdend. Und in der Vergangenheit war er verschiedentlich angeschossen, mit einem Messer verletzt oder zusammengeschlagen worden. Auf seinem Körper lasteten die Spuren, sowohl äußerlich als auch tiefer, in seinen Knochen. Lieber zwei Stunden in einem Flugzeug als zwei Tage hinter dem Steuer eines Wagens.

Der Nachteil bestand darin, dass es nicht möglich war, seine Pistole mit an Bord zu nehmen, was sich am anderen Ende als Problem erweisen könnte. Ausgeschlossen für einen Mann wie ihn, nach Ankunft eine Waffe legal zu erwerben, und zu riskant, sich hinter einem Pub mit einem Fremden zu treffen – ein möglicher Hinterhalt, das Aufhalsen einer Waffe, die nicht nur kostspielig war, sondern obendrein locker eine schmutzige Geschichte aufweisen könnte oder mechanische Defekte. Er würde Minto bitten, ihm eine zu beschaffen.

Mit der Aussicht auf eine lange Wartezeit im Abflugbereich des Melbourne Airports setzte sich Wyatt in einen Sitz, der eine gute Sicht auf den Seitengang Richtung Check-in-Schalter gestattete. Einmal schlenderten zwei Beamte der Federal Police vorbei, plauderten miteinander, nicht sonderlich interessiert an den wartenden Passagieren. Dennoch, er war ein wenig angespannt, lotete aus, wohin er laufen könnte, sollte es notwendig werden. Sein Blick wanderte an den Männern und Frauen entlang, die vorbeizogen, den Kindern, den Sportteams. Niemand stellte eine unmittelbare Bedrohung dar.

Wäre da nicht sein getriebenes Interesse an seiner Umgebung gewesen, getarnt mithilfe einer auf der

Leserbriefseite aufgeschlagenen Zeitung, womöglich hätte er keinen Blick auf den an der Wand befestigten Fernseher geworfen. Eilmeldung: Die Polizei hatte auf zwei Grundstücken Razzien durchgeführt, dabei auf dem ersten einen Mann festgenommen, auf dem zweiten einen Mann erschossen. Der Name des Toten war Leon Pepper und sein Bruder – Jack Pepper, 27, vermutlich bewaffnet und gefährlich – war auf der Flucht.

Ein weiterer Mann unterstützte die Polizei bei ihren Ermittlungen.

Wyatt dachte darüber nach. Jemand hatte gequatscht. Der Speedkopf, Syed Ijaz? Würde er Namen ausspucken? Wyatts im Speziellen? Außerstande den Nachrichtensprecher zu verstehen im Lärm der wartenden Passagiere, die sich um Kleinkinder kümmerten, mit Zeitungen raschelten oder mit ihren mobilen Geräten hantierten, konzentrierte sich Wyatt auf den Bildschirm. Eine Laufschrift am unteren Bildschirmrand, Bildmaterial von einer Straße: ein Haus, Streifenwagen, Polizisten in Uniform und Zivilfahnder. Dann Jack Peppers Gesicht, bildschirmfüllend. Er sah gehetzt aus, halb wahnsinnig, hob sein Glas bei irgendeinem gesellschaftlichen Ereignis, seine schwarze Fliege verrutscht.

Danach ein neuer Bericht: Ein Mann, verkleidet als Wachmann und mit einem Geldtransporter unterwegs, hatte in den Vororten an der Küste südöstlich des Stadtzentrums einen umfangreichen Raub verübt. Es wurde als eigenständige Meldung gebracht, aber Wyatt wusste es besser.

Der gemeinsame Nenner war Stefan Vidovic.

Sein Flug wurde aufgerufen und er ging an Bord. Ein Mann namens John Sandford, der zu nichts Auffälligem neigte, ein Mann, den man nicht sonderlich beachtete. Das war der kritische Moment, wenn die Polizei möglicherweise am Flugsteig herumlungerte oder im Flugzeug selbst. Er machte seinen Platz am Gang ausfindig und setzte sich aufrecht hin, angespannt. Business Class, wie immer. Sitze und Gang waren großzügiger und lagen näher am vorderen Einstieg. Außerdem wurden Passagiere der Business Class seitens der Fluglinien geschätzt und nicht für Mörder und Diebe gehalten – ein psychologischer Vorteil, der ihm vielleicht ein paar Sekunden physischen Vorsprungs gab, sollte die Polizei kommen, um ihn abzuholen. Beim Start setzte er sich Kopfhörer auf, um sich gegen eine Unterhaltung mit dem Mann neben ihm zu wappnen.

Zwei Stunden später waren sie wieder am Boden. Die Polizei hatte ihn beim Abflug nicht aufgehalten; sie könnte es jedoch bei Ankunft. Wyatt war darauf vorbereitet, als er hinaustrat in die drückend-warme Luft der Gold Coast. Während er den anderen Passagieren in den Terminal folgte, kaum einen Sinn für die Berge, die wie in den Horizont geätzt schienen, machte er ein paar mentale Schnappschüsse. Die zahlreichen Fahrzeuge in direkter Nähe der Gebäude und Hangars. Die Gesichter im Terminal. Polizei; immer waren Polizisten da. An drei von ihnen kam er vorbei: Sie sahen ihn an. Nichts flackerte auf in ihren Gesichtern. Dann vorbei am Gepäckförderband, einer weiteren kritischen Stelle, jedoch nur dann, wenn man auf sein Gepäck wartete, eingezwängt zwischen hundert anderen Passagieren. Wyatt reiste mit leichtem Gepäck, nur Handgepäck, einem kleineren Koffer, groß genug für Rasierer, Zahnbürste, Make-up-Utensilien und ein paar Sachen zum Wechseln. Mehr benötigte er nicht. Diese Haltung, diese habituelle Wachsamkeit beherrschte jeden seiner bewusst gelebten Momente.

David Minto hatte angeboten, einen Wagen zu schicken, aber Wyatt wollte Mintos Haus nach seinen Regeln in Augenschein nehmen. Er suchte eine Toilette auf, schlüpfte in Shorts, Sandalen und Polohemd und nahm einen Bus wie jeder Tourist, der rechnen musste.

Er hatte einen Sitzplatz, als sich der Bus ruckelnd und schaukelnd vom Flughafen weg- und die Geschäftsstraßen entlangbewegte. Das hier war eine subtropische Gegend und Wyatt eine Weile nicht hier gewesen. Er war Melbourne gewöhnt – die Zurückhaltung, die Anonymität, Anzüge und kultivierten Diebstahl. Die Gold Coast war grell und hungrig. Man ließ sich hier nieder, um der Sonne zu huldigen und dem schnellen Gewinn, und vertrocknete binnen weniger Jahre zu einem zähen oder zu einem fettleibigen Mittelalter. Noch immer in Shorts und T-Shirts, entwickelte sich der Nachwuchs zu geschmeidigen, goldblonden Gottheiten. Hier gab es keine Notwendigkeit nachzudenken. Niemand erwartete es und die Sonne verbrannte alle Denkvorgänge, während sie zugleich die perfekten weißen Zähne akzentuierte und den perfekt gebräunten Körper. Politiker bezeichneten es als »God's own country«, aber Wyatt war der Ansicht, Gott sei die meiste Zeit geschäftlich woanders unterwegs.

Er sah hinaus auf die Straßen der Gold Coast, ohne das Strahlen der Sonne wahrzunehmen, die glänzenden Palmwedel und den unendlichen Himmel. Dachte über David Minto nach, einen Mann, den er nicht gut kannte und auch nicht besser kennenlernen wollte, dem er aber weitestgehend vertraute. Minto war Bauunternehmer, Anwalt für Immobilienrecht und einer, der in den Hinterzimmern der Labour Party Strippen zog. Minto meinte, er sei nie auf einen Labour-Abgeordneten oder Labour-Stadtrat gestoßen, den er nicht schmieren oder erpressen könne. Und doch wussten nur wenige, wer er war. Er agierte in gehörigem Abstand zu den Männern und Frauen des öffentlichen Lebens.

Hinter der achtbaren Fassade vermittelte er Raubzüge und Überfälle der Spitzenklasse an Männer wie Wyatt.

So könnte er von einem Schranktresor erfahren, darin Münzen der Sorte Krügerrand im Wert von einhunderttausend Dollar, oder von einem Rennpferd, das ein Lösegeld von fünfzigtausend Dollar einbringen könnte, oder von einem Ferrari für zweihundertfünfzigtausend Dollar, wegen einer Beschlagnahmeverfügung vorgesehen für eine Verschiffung nach Übersee. Diese Raubzüge zog er nicht selbst durch. Er bot sie Männern wie Wyatt an. Falls nötig, streckte er ein paar tausend Dollar für die Kosten vor. Am Ende bekam er eine Provision. Seine Hände blieben sauber.

Minto konnte und wollte alles kaufen und verkaufen. Als Wyatt aus Frankreich zurückgekommen war mit dem, was von dem Bündel Schatzanweisungen noch vorhanden war, das er einem Londoner Kurier gestohlen hatte, hatte Minto sie für ihn in Bargeld umgewandelt. Wyatt verfügte nicht über die Mittel, etwas mit großen Geldsummen zu deichseln oder unübersichtliche Transaktionen und kniffelige Probleme. Minto schon. Mit der Gründung einer Gesellschaft als ersten Schritt verschaffte sich Minto einen Lombardkredit mit den gestohlenen Schatzanweisungen als Kreditsicherheit, dann löste er die Gesellschaft auf. Er sackte ein paar Millionen ein und gab Wyatt einhundert Riesen. Jetzt war ein Großteil davon verbraucht und Wyatt benötigte wieder einen Job. Wenn Minto einen Job parat hatte, hörte Wyatt zu – umgekehrt hätte er nicht in Erwägung ziehen sollen, Stefan Vidovic und den Pepper-Brüdern zuzuhören.

Er stieg vor dem Gold Coast Hilton aus, ging über die Straße und streifte eine Zeit lang umher. Behielt Spiegelungen in Schaufensterscheiben im Blick. Ihn interessierten weder Bikinis an Schaufensterpuppen noch Armbänder von Pandora oder Hochglanzfotos von den Malediven: Er musste wissen, dass niemand ihm gefolgt war, weder im Bus noch mit dem Auto.

Überzeugt, dass dem so war, überquerte er erneut die Straße und betrat das Hilton über einen Seiteneingang. In Shorts, Sandalen und mit Sonnenbrille weckte er niemandes Interesse, und sein Gang beim Durchqueren des Foyers Richtung Herrentoilette war der Gang eines Gastes, der sich den Aufenthalt hier leisten konnte.

Er wechselte zu Hosen, Hemd und festen Schuhen und ging zum Haupteingang hinaus, wo er sich von einem mit Goldstickereien überladenen Teenager ein Taxi heranwinken ließ. Wyatt gab dem Jungen fünf Dollar, setzte sich auf den Rücksitz des Taxis und sagte: »Palm Springs Golf Club.«

Er erwartete nicht, dass das Fahrtziel bekannt war. Seiner Erfahrung nach wussten Taxifahrer über die Stadt, in der sie Dienst schoben, weniger Bescheid als die meisten Menschen, die dort lebten; aber Wyatts Fahrer war eine grobschlächtige grauhaarige Frau um die sechzig, die ächzte und ihren Fuß auf das Gaspedal setzte, noch bevor Wyatt sich angeschnallt hatte. Sie sagte nichts. Aus dem Funkgerät drang Gemurmel. Am Armarturenbrett klebten Rauchen-verboten-Hinweise, aber sie war Raucherin, ihr Teint gezeichnet von Jahren voller Sonne und Nikotin. Wyatt hielt sie für eine Kämpfernatur. Sie ihn für einen patzigen Touristen auf dem Weg zu einer Partie Golf mit seinen reichen Kumpeln. Deshalb gab es auch nichts zu sagen, für keinen von ihnen.

Nicht lange und sie ächzte wieder, und sein Blick fiel auf eine Reihe von Toren, auf eine Auffahrt, auf Palmen zu beiden Seiten. Sie setzte ihn beim schattigen Haupteingang des Clubhauses ab. Andere Wagen fuhren heran, fuhren weg, Taxis und von Chauffeuren gelenkte BMW und Jaguare. Niemand zeigte auch nur das geringste Interesse an Wyatt. Er schlenderte wieder hinaus, die Auffahrt entlang zum Haupteingang, wo er sich nach links wandte. Weg vom Pazifik, dem breiten Band aus Blau und Grau in der Ferne.

Der nach links eingeschlagene Weg lenkte ihn an der Hauptaußenbahn des Golfplatzes vorbei. Eine Palette unterschiedlicher Greens mit leuchtenden Tupfen in Gelb und Pink, die die Golfspieler markierten. Männer und Frauen, die es liebten, kleinen weißen Bällen hinterherzujagen und mit Golfmobilen umherzuholpern.

An ihrem Ende gabelte sich die Straße. Links schien eine Brutstätte für Rondelle zu sein, wo bewässerte Rasenflächen zu einer gestaltlosen Ansammlung von Einzelhandelsgeschäften führten, die von riesigen Parkplätzen umzingelt waren. Sonne brannte hinunter auf Glas und die Luft schwamm geradezu vor öliger Konsistenz.

Die andere Weggabelung verlief bergab durch eine gepflegte Parklandschaft hin zu einer Gruppe von fünfzig bis sechzig Häusern innerhalb einer sandfarbenen Ringmauer. Große Häuser, die alle um einen Hauch Individualität rangen, sich im Endeffekt jedoch alle glichen. Zwei Stockwerke, Fassaden in gebrochenem Weiß oder in Grau, mit Terrakottaziegeln gedeckte Dächer, Swimmingpools hinter Hecken und entweder vorn oder hinten an Wasserläufe grenzend – eine Frage des jeweiligen Einkommens. Der einzige Weg hinein oder hinaus führte über einen Wachmann am Eingangstor.

Wyatt spazierte ein Stück den Hügel hinab, bis er Mintos Haus aus einem flachen Winkel überblicken konnte. Es war das größte Haus, irgendwie holländischer, irgendwie neuenglischer Kolonialstil. In der Auffahrt stand ein schwarzer Lexus mit dem personalisierten Nummernschild MINTY. In der offen stehenden Garage war ein bulliger weißer Range Rover abgestellt. Wyatt bückte sich, fummelte erst an dem einen Schnürsenkel herum, dann an dem anderen, machte sich anschließend ein wenig hektisch an seinem Koffer zu schaffen. Er konnte niemanden entdecken, der wartete oder ihn beobachtete.

Am Fuße des Hügels schließlich war seine Sicht auf

Mintos bewachte Wohnanlage nur noch eine auf Dächer und Baumwipfel oberhalb der sandfarbenen Mauer. Sah man von den Überwachungskameras am Eingang ab, gab es noch immer nichts Auffälliges.

Er würde die gleiche Aufmerksamkeit auf sich lenken wie ein gefährlicher Brontosaurus, würde er zu Fuß bei Minto eintreffen. Innerhalb von gut zwanzig Minuten stieg er den Hügel wieder hoch, auf der anderen Seite Richtung Einkaufszentrum wieder hinunter, winkte dann ein Taxi heran, das gerade eine Frau und ihre Kinder vor einem der Läden abgesetzt hatte. Er dirigierte den Fahrer den Hügel hoch und wieder hinunter zu dem Tor in Mintos Sicherheitsmauer. Eine Fahrt von fünf Dollar. Der Fahrer zuckte mit den Achseln – die nächste Tour würde vielleicht einen Hunderter bringen. Seis drum, fünf Dollar waren besser als nichts. Er fuhr zum Tor, wo Wyatt den Namen Warner nannte: »Mr. Minto erwartet mich.«

Der Wachmann warf einen Blick auf sein iPad, nickte, betätigte einen Knopf, Wyatt bezahlte das Taxi und ging los. Es würde eine Aufzeichnung des Taxis geben und eine über seine, Wyatts, Ankunft, doch niemand wusste, wer er war, und er war nirgendwo sonst existent. Und sollte er abhauen müssen, standen dort dicht an der Ringmauer leicht zu erklimmende Bäume.

5

David Minto wartete, verfolgte, wie Wyatt den Fahrer bezahlte und aus dem Taxi stieg. Er schien leicht amüsiert, vielleicht wegen Wyatts verändertem Äußeren. Der Vermittler war immer sehr gut abgeschirmt gewesen, hatte nie einen neuen Namen, ein neues Gesicht benötigt. Dachte wahrscheinlich, dass Wyatt übertreibe.

Minto kam den Weg von seiner Eingangstür herunter und machte einen überaus adretten Eindruck in seinen

Hosen, dem weißen Hemd ohne Kragen und den italienischen Schuhen. Eine flache, goldene Armbanduhr schimmerte an seinem weißen Handgelenk. Er war um die sechzig, vermögend, unbeschwert. Es gab eine Exfrau und andere vor ihr, denen Wyatt jedoch nie begegnet war. »Sie macht Einkäufe. Ich vermische Geschäft nicht mit Vergnügen«, hatte er Wyatt einmal erklärt, als er ihn dabei ertappt hatte, wie er Eingänge beobachtet, auf Schritte im Haus gelauscht hatte. Tatsächlich jedoch hatte sich Wyatt davon überzeugt, dass Mintos bewaffneter Fahrer und Bodyguard in der Nähe umherstrich für den Fall, dass Ärger drohte.

Minto gab Wyatt die Hand. »Gut, dich an Bord zu haben.«

Als wäre Wyatt Mitglied von irgendwas. Team Minto. Wyatt zögerte. An Minto vorbei sah er zum Haus, dann nach hinten, zum gesicherten Tor, fragte sich, wer noch mit im Spiel sei.

»Nur die Ruhe, Kumpel«, sagte Minto mit leichtem Spott. »Abgesehen von der Kundschaft bleiben wir unter uns.«

»Um wen handelt es sich?«

»Das wirst du schon sehen.«

»Wie ist er hierhergekommen?«

»Sie, und sie ist in dem Resort oben auf dem Hügel abgestiegen. Sie ist zu Fuß hierher.«

Sie traten aus der schwülen Luft in einen arktisch kühlen Flur, eine Echokammer mit gefliestem Boden, nüchtern gehaltenen Wänden und hoher Decke. Minto gefiel es, in seinen Räumlichkeiten Gemälde umzuhängen: Diesmal entdeckte Wyatt einen Ian Fairweather, einen Weaver Hawkins und einen Brack. Hier und da etwas in Öl und Zeichnungen von weniger bedeutenden Künstlern. Als er eine Tür am Ende ansteuerte, spürte er ein Schrammen, ein Kiesel hatte sich in der Sohle seines linken Schuhs verfangen. Er blieb stehen, holte ihn heraus, steckte ihn ein. Er notierte sich im Geiste, diese Schuhe nicht mehr zu tragen, wenn er arbeitete: Das scharrende Geräusch könnte einen Wachmann oder einen Hauseigentümer auf den Plan rufen. Der Kiesel selbst könnte ihn mit einem Ort in Verbindung bringen.

Eigentlich müsste er die Schuhe loswerden.

Minto beobachtete das alles, noch immer halb amüsiert. Er war ein Mensch, der Leute gern ein wenig ins Abseits stellte, und bildete sich möglicherweise ein, Wyatt genau dort zu haben.

Das Wohnzimmer war ein L-förmiger Raum. Sein kurzer Schenkel am hinteren Ende beherbergte die Ecke für Unterhaltung: gewaltiger Fernseher, iPod-Dockingstation, Lautsprecherboxen, Kopfhörer, Regale mit Büchern, DVDs, CDs, zwei Sessel aus rotem Leder.

Im langen Schenkel des Raums standen weitere Sessel, ein Sofa, Vasen auf Podesten und ein ausladender Couchtisch aus Ahorn auf einem Afghan-Teppich. Noch mehr Gemälde an der Wand – in dieser Woche Drucke und Zeichnungen aus der Kolonialzeit – und auf der gegenüberliegenden Seite eine breite Außenwand aus Glas, leicht getönt, um die Grelle des Lichts zu mildern. Auf der anderen Seite des Glases, hinter einer schattigen Terrasse, ein Rasenhang, ein Wasserlauf und auf der Uferseite gegenüber weitere Villen. Wyatt nahm diese Einzelheiten nur schnell in den Blick. Er war vor allem an Zweierlei interessiert: an möglichen Fluchtwegen und an der Frau, die sich jetzt aus einem der Sessel erhob.

Sie war um die vierzig, mit Vorsicht ausgestattet, reserviert. Sie machte keine Anstalten, Wyatt zu begrüßen, sondern blieb neben dem Sessel stehen, einen Aktenkoffer zu ihren Füßen. Ihr knielanger schwarzer Rock, das Oberteil mit langen Ärmeln und die Strumpfhosen waren angesichts der Hitze unpassend. Vielleicht mochte sie die Sonne nicht. Gesicht und Hände waren überaus blass, die Blässe des kultivierten, urbanen Europa. Zwei schlichte goldene Ringe an einem Finger, eine winzige Uhr aus Weißgold an einem zarten Handgelenk, feines schwarzes Haar, kurz geschnitten, als Rahmen für ein schmales Gesicht. Ihre Augen waren dunkel, der Blick gedämpft durch Vorsicht und Misstrauen. Ihre schmale Nase schien Wyatts Geruch aufzunehmen und ihn als Gefahr zu identifizieren. Sie sah kurz zu Minto, dann wieder zu Wyatt. Noch nicht bereit, ihre Zurückhaltung allzu schnell fahren zu lassen.

Schließlich kam Bewegung in sie. Sie durchquerte den Raum und streckte Wyatt die Hand entgegen. »Hannah Sten, Mr. Wyatt.«

Englisch mit einem leichten Akzent und eine kühle, trockene Hand. Und jetzt, dachte Wyatt, kennt jeder meinen Namen.

»Setzt euch, setzt euch«, sagte Minto. Er schien nervös. »Etwas zu trinken?«

»Wasser«, sagte Hannah Sten.

»Wasser«, sagte Wyatt.

Er beobachtete Sten, als Minto sich entfernte, und sie ihn. Zuerst studierte sie sein Gesicht, suchte, wie er vermutete, nach Zuverlässigkeit und Intelligenz.

Dann seinen Körper. Sah einen großen Mann, einen Mann in Form. Schlank, aber mit Körpergewicht. Seine Hände, schmal wie ihre, aber groß, ausgeprägt, mit Narben bedeckt. Nicht direkt die Hände eines Kämpfers. Aber auch nicht die eines Buchhalters.

Es machte ihr nichts aus, dass er wusste, was sie tat. Sie ließ sich Zeit und schließlich nickte sie ihm kaum merklich zu. »Ich möchte, dass Sie ein Gemälde stehlen«, sagte sie, während Minto am anderen Ende des Zimmers Kristallgläser und eine Karaffe mit Wasser auf ein Tablett stellte. Minto war für sie nicht mehr von Bedeutung. Er hatte seinen Teil erledigt. Jetzt galt ihre gesamte Aufmerksamkeit Wyatt.

Sie reichte ihm ein Foto. »Mein Großvater«, sagte sie. »Zusammen mit meinem Vater.«

Klein, in Schwarz-Weiß und zerknittert, zeigte es einen dunkelhaarigen Mann in einem locker sitzenden Hemd aus den Neunzehnhundertdreißigern, in Hosen mit Hosenträgern, ein Baby im Arm, das in ein weißes Tuch gewickelt war. Hinter den beiden sah man einen Kamin, ein Gemälde oberhalb des Simses mit silbernen Kerzenleuchtern zu beiden Seiten. Wyatt taxierte die Kerzenleuchter – Gewohnheit –, dann taxierte er das Gemälde. Teilweise von Kopf und Schultern des Mannes verdeckt, schien es etwa einen Meter mal einen Meter groß und zeigte Bauern auf einem Feld.

Wyatt sah Sten an. Sie lächelte ihm verhalten zu. »Ja, dieses Gemälde«, sagte sie. »David Teniers, flämische Malerei des siebzehnten Jahrhunderts.«

Wyatt erwiderte das Lächeln. Er war es nicht gewohnt zu lächeln, aber er mochte sie. Er drehte das Foto um. Quer über der Rückseite standen die Worte *Max + Conrad Paris 1937.* Er warf wieder einen Blick auf das Gemälde, prägte es sich ein. Bauern auf einem Feld, die Rücken gekrümmt. Weidenkörbe über den Armen, in der Ferne eine Baumreihe, ein Himmel voller zerzauster Wolken.

»Max, mein Großvater, besaß in Deutschland Betriebe und Immobilien«, sagte Sten. »Als in den Dreißigern alles von den Nazis konfisziert wurde, gingen er und seine Familie nach Paris. Einige Jahre nachdem diese Aufnahme entstanden war, verkaufte er das Gemälde für ein paar Schweizer Franken an einen Kunsthändler, der sich darauf spezialisiert hatte, Kunst für Adolf Hitler zu beschaffen. Hitler plante ein Museum für Linz, die Stadt seiner Jugendzeit.«

Ihr Akzent war nur leicht, ein Singsang, aber es fühlte sich nicht so an, als wolle sie Wyatt damit um den Finger wickeln. Er wartete ab, beobachtete sie.

Dann kam Minto mit dem Tablett und verteilte die Gläser mit dem Wasser. Er war zweifellos sehr angetan von Sten.

Sie berührte Wyatt am Ärmel. »Setzen wir uns doch.«

Sie gingen zum Sofa. Ihre Knie stießen aneinander. Sie schien es nicht zu bemerken, rückte aber minimal ab, konnte sich Wyatt so besser zuwenden, ihn besser beobachten.

Er fragte: »Hat das Gemälde den Krieg in einem österreichischen Salzbergwerk überstanden?«

Sie schüttelte den Kopf. »Es gelangte nach London.«

Wyatt sagte: »Gehen Sie noch ein wenig weiter zurück. Wie hat Ihre Familie es erworben?«

»Es entstand im späten siebzehnten Jahrhundert, deshalb wissen wir natürlich nichts von seiner frühen Geschichte, aber neunzehnhundertdrei tauchte es bei einer Londoner Ausstellung holländischer und flämischer Gemälde auf und wurde seitens meines Urgroßvaters gekauft.«

»Der es dem Mann auf dem Foto vererbte, der es dann zu Beginn des Zweiten Weltkriegs verkaufte.«

»Ja, sofern man es als einen legalen Verkauf bezeichnen kann. Zufällig gibt es den Beweis in Form einer Rechnung und einer Quittung, der besagt, dass mein Großvater das Gemälde tatsächlich verkaufte, aber wir haben keinen Nachweis darüber, dass er es aus freien Stücken verkaufte oder gar Geld dafür erhielt.«

»Das alte Lied«, sagte Minto, nur um irgendetwas zu sagen.

Sten warf ihm einen Blick zu und konzentrierte sich dann wieder auf Wyatt. »Diejenigen aus unserer Familie, die den Krieg überlebt haben, glauben, er habe es erzwungenermaßen verkauft. Tatsache ist, dass all seine Gemälde verschwunden sind. Der Teniers ist das einzige, das wir ermitteln konnten.«

»Dann ist es nach London gelangt?«

»In ein Auktionshaus, Bromley and Company. Laut ihren Unterlagen haben sie das Gemälde neunzehnhundertneununddreißig von einem Pariser Kunsthändler namens Ali Loebl erworben.«

»Ein bekannter Kollaborateur«, sagte Minto. Ganz klar hatte Hannah Sten ihn mit dieser Geschichte gefüttert. Er wollte nicht außen vor bleiben und half nun dabei, Wyatt mit der Geschichte zu füttern.

Stens Gesichtsausdruck wurde strenger und doch nickte sie dem Mann jovial zu. »Allerdings, ein bekannter Kollaborateur.« Sie wandte sich wieder Wyatt zu.

»Ob er auf eigene Rechnung handelte oder im Auftrag der Nazis, entzieht sich meiner Kenntnis.«

»Und danach?«

»Neunzehnhundertfünfundvierzig wurde es an ein englisches Ehepaar verkauft. An die Ormerods. Sie wanderten in den Fünfzigern nach Australien aus.«

Minto mischte sich ein. »Sie haben hier, an der Gold Coast, einen Haufen Geld gemacht. Als sie starben, hat ihr Sohn Thomas alles geerbt, und jetzt lebt Thomas in Noosa.«

»Befindet sich das Gemälde in seinem Haus?«

»Ja«, sagte Sten.

Das war besser als ein Banktresor. »Woher wissen Sie das alles?«

»Wie viele Menschen in meiner Situation habe ich die Dienste einer New Yorker Anwaltskanzlei in Anspruch genommen, die auf die Restitution in Zusammenhang mit dem Holocaust spezialisiert ist.«

Wyatt nickte. Es war ein Geschäft, aber es ging dabei auch um Gerechtigkeit.

Anwälte, Archivare, Kuratoren und Privatdetektive, die im Namen von Holocaustopfern und ihren Familien Kriegsdokumente, den Kunsthandel, Kataloge und Auktionen unter die Lupe nahmen. »Leben Sie in New York?«

»Ich lebe in Brüssel. Aber die Amerikaner sind darin versierter. Besseres Sammeln von Informationen. Entschlossener.«

»Diese Anwaltskanzlei hat das Gemälde in Australien ausfindig gemacht?«

Sten nickte.

»Sie haben einen ihrer Spitzenleute damit betraut. Rafael Halperin. Raf hat einen Privatdetektiv in Noosa engagiert, um mehr über Thomas Ormerod herauszufinden und darüber, ob das Gemälde in seinem Besitz ist oder nicht.«

»Wen?«

»Einen Typ, den ich hin und wieder in Anspruch nehme. Sein Name ist Alan Trask«, sagte Minto.

Sten nahm den Faden wieder auf. »Er berichtete nach New York und Mr. Halperin ist hierhergeflogen, um bei Thomas Ormerod einen offiziellen Vorstoß hinsichtlich der Rückgabe des Gemäldes zu unternehmen.«

»Und Ormerod hat den Typ ausgelacht«, sagte Minto.

Stens Miene wurde wieder streng.

»In der Tat. Ormerods Anwalt erklärte Mr. Halperin, es gebe ungeachtet des Fotos keine hinreichenden Beweise, dass das Gemälde jemals meiner Familie gehört habe. Und sollte mein Großvater es je verkauft haben, so gebe es für die Behauptung, er habe dies in einem Moment der Not und in einer Zwangslage getan, ebenfalls keine stichhaltigen Beweise.« Sie zuckte mit den Achseln. »Was also tun? Ich habe in Erwägung gezogen, mich an die in Paris ansässige Kommission für die Entschädigung der Opfer von Enteignungen zu wenden, aber deren Möglichkeiten sind begrenzt.«

»Womit wir bei dir wären, mein alter Freund«, sagte Minto. »Hannahs Anwalt hatte mit meinem Schnüffler eine Art theoretischer Unterredung, ob er jemanden kenne, der, nun, das Gemälde auf anderem Wege beschaffen könne und so weiter und so fort.«

»Scheint, als hätten wir eine Menge Leute in diesem Spiel«, sagte Wyatt.

Sten berührte ihn am Ärmel. »Mr. Halperin wurde für seine Bemühungen bezahlt und ist nach New York zurückgekehrt.«

»Und mein privater Ermittler macht, was man ihm sagt«, erklärte Minto.

Wyatt zuckte mit den Achseln. Ihm gefiel es noch immer nicht.

»Nun«, sagte Hannah Sten, »nach Tausenden von Dollar sind Sie meine letzte Hoffnung.«

»Sind Sie mal persönlich an ihn herangetreten? An Ormerod?«

»Nein. Er weiß nicht, dass ich hier bin.«

»Könnte er im Besitz der anderen verschwundenen Gemälde Ihrer Familie sein?«

»Wer weiß?«

»Was ist aus Ihrem Großvater geworden?«

»Er starb neunzehnhundertdreiundvierzig. Auschwitz.«

»Und Ihr Vater?«

»Meine Großmutter nahm ihn Anfang neunzehnhundertneununddreißig mit nach New York. Sie starb, als sie achtzig war. Mein Vater hatte sich derweil in einem Kibbuz niedergelassen und geheiratet. Dort bin ich aufgewachsen. Ich habe an der New Yorker Universität studiert und an der Pariser. Jetzt arbeite ich für die EU in Brüssel.«

»Finden sich in Europa noch Spuren vom Leben Ihres Großvaters? Häuser, Grundbesitz oder anderes Eigentum?«

»Nichts dergleichen«, sagte Hannah Sten. Sie fuhr sich mit den Handflächen über ihre Oberschenkel, ihr Oberkörper Ausdruck ihrer inneren Anspannung. »Da haben Sie's. Ein deutscher Jude im Pariser Exil, sein Besitz von den Nazis gestohlen, seltsame Lücken in Geschichte und Schicksal des Gemäldes von Teniers und die undurchsichtige Rolle eines Kunsthändlers und bekannten Nazikollaborateurs. Eine Geschichte, wie sie sich bei vielen jüdischen Familien wiederholt hat.«

Wyatt sah sie an.

Oberflächlich betrachtet war es unproblematisch. Sten wollte ihn dafür bezahlen, ein Gemälde zu stehlen, von dem sie annahm, dass es ihrer Familie rechtmäßig gehöre. Doch es konnte noch mehr dranhängen. Vielleicht hatten die Ormerods ihr angeboten, es an sie zu verkaufen – eine Beleidigung, ein Affront. Oder die Familie Sten war gar nicht die Eigentümerin des Gemäldes, wollte es aber unbedingt haben.

Oder Hannah Sten handelte im Auftrag eines Vertreters jener Sammler, die es nach dem Unerreichbaren verlangt. Oder die Familie hatte das Gemälde mal besessen, es jedoch verkauft, um Schulden zu begleichen, und den Entschluss bereut. Oder ein Zweig der Familie rivalisierte mit einem anderen; oder Hannah war gar kein Familienmitglied, sondern eine gefrustete ehemalige Geschäftspartnerin oder Mitarbeiterin des rechtmäßigen Eigentümers, die noch eine Rechnung offen hatte oder so einen Groll überwinden wollte.

Aber er war geneigt, ihr zu glauben. Und er brauchte diesen Job. Er sagte: »Mein Honorar.«

6

Hannah Sten reichte ihm den Aktenkoffer. Bei der Übergabe spürte Wyatt für eine Millisekunde Widerstreben; ein leichtes Ziehen am Griff, während sie Wyatts Gesicht ein letztes Mal studierte, um schließlich loszulassen. Wyatt nickte ebenfalls, öffnete den Aktenkoffer und sah hinein: Bargeld; fünf dicke Bündel. Er sah Sten über den Deckel des Aktenkoffers hinweg an. »Fünfzig jetzt, fünfzig nach Ausführung?«

Sie nickte. »Eine Kopie des Fotos habe ich beigefügt.

Informationen über Mr. Ormerod und sein Haus bekommen Sie von Mr. Minto.«

»Danke.«

Erst jetzt dachte Wyatt genauer über die Summe nach. Hunderttausend Dollar. Eine Menge Geld, um sie einem Dieb zu zahlen, damit er ein Gemälde stahl. Ein Hinweis auf einige Aspekte, die nicht zwingend im Widerspruch zueinander stehen mussten. Sie wollte das Gemälde unbedingt. Sie war reich. Das Gemälde war wertvoll.

Sten sagte: »Das ist sehr viel Geld, das Sie da haben.«

»Ja.«

»Jemand anders würde womöglich damit verschwinden wollen.«

Wyatt zuckte mit den Achseln. Er war niemand anderes und er hatte kein Bedürfnis, dies zu erörtern. Nun ließ Sten ihre Zurückhaltung fahren und lächelte ihn strahlend an. »Ich wohne im Gold Coast Hilton.«

Wyatt nickte, sagte aber: »Minto ist mein Ansprechpartner. Ich werde Kontakt mit ihm aufnehmen, wenn es erledigt ist.«

»Wie Sie wünschen«, sagte sie.

Sie gab Wyatt die Hand, dann Minto und war verschwunden.

Wyatt sagte: »Ich habe nur ein Foto von dem Gemälde. Ich brauche alles, was du mir zu dem Mann und seinem Haus liefern kannst.«

Minto ging hinüber zu einer Anrichte aus Teakholz. Begleitet vom Murmeln des Rollsystems kam die oberste Schublade heraus und Minto griff hinein. Wyatt geriet unwillkürlich in einen Zustand der Anspannung: eine Waffe? Doch Minto drehte sich zu ihm um, einen braunen Umschlag in der Hand, und sagte: »Hier ist alles drin.«

Wyatt nahm den Umschlag entgegen, hörte, dass sich Papiere darin bewegten. Er sah sich im Zimmer um, verwarf sowohl Couchtisch als auch Anrichte und stakste Richtung Küche. Hinter ihm mokierte sich Minto: »Nur zu! Fühl dich wie zu Hause.«

Wyatt setzte sich auf einen Küchenstuhl und schüttete den Inhalt des Umschlags auf die Tischplatte. Fotos, eine Karte von Noosa und Umgebung, zwei DIN-A-4-Seiten getippter Notizen. Er verteilte alles mit seinem Fingernagel, eine alte Gewohnheit. Hinterlass keine Fingerabdrücke.

Minto setzte sich auf den Stuhl daneben, in einem der Psychologie geschuldeten Abstand zu Wyatt. Einmal langte er hinüber und tippte mit einem Finger seiner manikürten Hand auf eine Fotografie.

»Ormerods Haus.«

Wyatt sichtete alle Fotos, bis er eine klarere Vorstellung von Haus und Grundstück hatte. Das Gebäude selbst war ein Klotz, zweistöckig, weiß. Irgendwie mediterran. Ein Wasserkanal mit kleinem Schwimmsteg im Vordergrund, ein Rasenhügel im Mittelgrund. Andere Aufnahmen in Weitwinkelperspektive zeigten das Haus im Verhältnis zu seinen Nachbarn, alle ebenso klotzig und teuer, alle mit zum Wasser hin abfallenden Rasenflächen und mit Schwimmstegen.

Er schob die Fotos zur Seite und studierte die Karte. Sie zeigte das Umland von Noosa – Noosa Heads, Junction, Noosaville, Tewantin –, die umliegenden Gewässer. Den Ozean im Osten, Laguna Bay im Norden, den Noosa River und das Geflecht aus Bächen und Wasserwegen. Gut. Kenntnisse der weiteren Umgebung waren wichtig. Sollte ihm alles misslingen, musste Wyatt wissen, wohin er abhauen, wo er sich aufhalten, wo er untertauchen konnte. Er behielt den National Park im Gedächtnis: Hügel, Bäume, versteckt liegende Haine und Strände, alles potentielle Schlupflöcher. Überall Wasser: entweder als Puffer oder als Aussicht auf Boote und einen Fluchtweg.

»Iluka Islet«. Minto beugte sich vor und deutete auf einen Flecken Land nahe der Noosa Parade und der Brücke, die zum Hauptstrand und zum Einkaufsviertel führte. »Ormerods Domizil.«

»Nicht gerade versteckt.«

Hineingezwängt mit anderen, um genau zu sein. Minto zuckte mit den Achseln. Nicht sein Problem.

Wyatt studierte noch einmal die Fotos. Er vermutete, dass einige der Aufnahmen auf der Brücke an der Noosa Parade entstanden waren – der Blickwinkel lag oberhalb –, andere hingegen waren eindeutig vom Wasser aus gemacht worden.

»Wer hat das fotografiert?«

»Meine Nichte, Leah. Leah Quarrell.«

Er reichte Wyatt eine Visitenkarte, darauf im Prägedruck die Worte RiverRun Realty, Quarrells Name und eine Adresse an der Gympie Terrace in Noosaville.

»Ich weiß, was du denkst«, sagte Minto. »Ist sie vertrauenswürdig? Sie ist meine Nichte. Ich habe sie großgezogen. Sie hat alles seit frühester Kindheit von mir gelernt. Und neben anderem verkauft sie Immobilien. Das heißt, sie kann gehen, wohin sie will, und keiner stellt Fragen. Siehst du das hier?«

Sein Finger tippte auf ein Foto, das Ormerods Haus zeigte und die Häuser rechts und links davon. Zwei Häuser weiter rechts stand eines zum Verkauf, ein entsprechendes Schild in seinem Rasen. Wyatt entzifferte die Buchstaben: *RiverRun Realty*.

»Notiert mit zwei Komma fünf Millionen, solltest du Interesse haben«, sagte Minto.

Wyatt hätte nie und nimmer Interesse gehabt. Diesbezüglich war er nicht ambitioniert. Er umgab sich nicht mit den Insignien des Reichtums. Hätte man ihn gefragt, weshalb er Banken überfalle und Lohntransporter, in die Häuser reicher Leute einbreche, er hätte nur gezwinkert und »Wegen des Geldes« gesagt. So, als verstehe sich das von selbst und sei völlig unkompliziert. Er nahm die getippten Notizen zur Hand und las sie aufmerksam durch.

Ormerod. 1955 in einem Dorf südlich von London geboren; wanderte 1956 mit seinen Eltern nach Australien aus. Sein Vater starb 1987, seine Mutter 1995. Nach dem Tod seines Vaters erbte er zehn Millionen Dollar, hatte es aber bereits zuvor mit Bank- und Investmentgeschäften zu Reichtum gebracht. Verheiratet und dann geschieden, ohne Kontakt zu seinen Kindern, zwei erwachsenen Söhnen.

»Mir ist klar, dass ein paar Informationen belanglos sind«, sagte Minto, »aber ich habe meine Leute gebeten, gründlich vorzugehen.«

»Also war es nicht deine Nichte, die das geschrieben hat.«

»Doch. Hat die eigenen Recherchen einfließen lassen und das, was mein Privatdetektiv ermittelt hat.«

Vermutlich waren die Leute, die für Minto arbeiteten, so wie Wyatt. Versiert innerhalb eines engen Bereiches von Sachverstand, nicht geneigt, darüber zu sprechen. Aber Wyatt kannte sie nicht. Er kannte die Nichte nicht.

»Du hast eine ganze Reihe Leute gebeten, sich zugleich mit einem einzigen Mann zu beschäftigen«, sagte er.

»Ich habe zwei Leute gebeten, Ormerod aus unterschiedlichen Blickwinkeln zu betrachten, mehr nicht. Es ist nichts Ungewöhnliches für mich, vor einem Deal meine Hausaufgaben zu erledigen.«

Wyatt las weiter. Leah Quarrell hatte geschrieben:

Ormerod hat für seine Hausratversicherung mehrere unbedeutende Kunstwerke aufgelistet. Das Gemälde von Teniers ist nicht darunter. Laut meinem Kontakt bei der QBE Insurance wurde der Antrag auf Versicherungsschutz aufgrund von Zweifeln hinsichtlich des Verbleibs des Gemäldes vor 1901 und zwischen 1933 und 1945 abgelehnt.

Sollte Ormerod im Besitz eines gestohlenen Gemäldes sein, so Wyatts Gedankengang, werde er wohl kaum Staub aufwirbeln, falls es ihm gestohlen würde. Aber einige wohlhabende Diebe umgaben sich mit harten Jungs. Er wandte sich wieder den Notizen zu. Laut Mintos Nichte war Ormerod ein Football-Besessener, Mitglied im Vorstand und ehemaliger Präsident des Brisbane Lions Australian Football Clubs, und dieses Jahr waren die Lions nur ein Spiel vom Endspiel entfernt. Selbst wenn sie es nicht schafften, würde Ormerod zum großen Finale nach Melbourne fliegen. Er hatte in den letzten zwanzig Jahren nicht eines verpasst. Sein Haus würde von Freitag, dem siebenundzwanzigsten bis Montag, dem dreißigsten September unbeaufsichtigt sein. In acht Tagen, von heute an gerechnet.

Wyatts Interesse für Sport hatte nur im Raub der Tageseinnahmen des Melbourne Cricket Ground seinen Niederschlag gefunden. Er starrte Minto ausdruckslos an. »Bist du sicher, was seinen Ausflug betrifft?«

»Kumpel«, sagte Minto und warf Wyatt einen Blick zu.

Wyatt nickte. Er verstand: Minto hatte Kontakte zur Polizei, zu Gewerkschaften und Gemeinderäten, warum also nicht auch zu Reisevermittlungen und Fluggesellschaften?

Er beugte sich vor, um eine der körnigen Vergrößerungen noch einmal genau zu begutachten. Sie zeigte Schiebetüren aus Glas, Vorhänge, die zurückgezogen waren, einfallendes Sonnenlicht, genug, um einen Bereich eines Wohnzimmers auszuleuchten. Minto, der hinüberlangte, tippte mit einem sauberen, schimmernden Fingernagel auf das Foto und sagte: »Hier kannst du das Gemälde in etwa erkennen.«

Von Mintos Nähe unangenehm berührt, konzentrierte sich Wyatt auf das Foto. Verschwommen zwar, aber deutlich genug: ein eher kleines Gemälde – Bauern auf einem Feld – über einem Kamin. Er zeigte auf die

Gemälde an der Wand daneben. Ein kleiner Eukalyptusbaum; ein kleinerer Viehhirte und Schafe.

»Und die?«

»Schrott von der Kunstmesse.«

Sollten sie kein Schrott sein, würde Wyatt sie für eigene Zwecke mitgehen lassen.

Minto lehnte sich in seinem Stuhl zurück. »Nun wissen wir, dass das Gemälde definitiv dort ist.«

Wyatt starrte Minto an, die Augen hart und grau wie Stein. »Du meinst, es war dort, als die Aufnahme gemacht wurde. Habt ihr, du oder deine Nichte, Thomas Ormerod schon mal getroffen?«

»Nein«, sagte Minto und rutschte auf seinem Stuhl hin und her. »Hör mal, ich frag dich jetzt, ob du das hinkriegst.«

Diese Frage verärgerte Wyatt. »Ich weiß es nicht, solange ich es nicht ausgekundschaftet habe. Ich müsste mehr über Ormerod wissen und über das Haus.«

»Leg los, mehr will ich nicht«, sagte Minto. »Setz dich mit Leah in Verbindung. Sie sollte Grundrisse und weitere Fotos für dich haben, und sie wird zu deiner Unterstützung da sein.«

Wyatt würde es glauben, wenn er es sah. Er schob Papiere und Fotos zu einem ordentlich Haufen zusammen und dann zurück in den Umschlag, in Gedanken bereits dabei, die Aufgabenstellung des Auskundschaftens, Beschaffens, Planens anzugehen.

»Halt mich über deine Fortschritte auf dem Laufenden«, sagte Minto.

Wyatt sah den Mann einfach nur an. »Nein.«

Minto zuckte mit den Achseln. »Sonst noch was?«

»Ich brauche ein Smartphone, das man nicht zurückverfolgen kann. Robust, mit großem Display.«

»Leah hat eins für dich. Ist das alles?«

»Ich brauche eine Waffe.«

Minto zuckte zusammen. »Geht nicht. Der Typ, den

ich immer einsetze, ist auf Einkaufstour in den Staaten und dort festgenommen worden. Aber du wirst keine Waffe brauchen. Leeres Haus, rein und raus in fünf Minuten.«

Wyatt sagte nichts, sondern fixierte ihn nur.

Minto schien unschlüssig, fing sich dann wieder. »Nun, Leah ist in Noosa, in Erwartung deines Anrufs.«

7

Leah Quarrell war in Noosa und sann darauf, einen Mann umzubringen. Sie drehte sich samt ihrem Bürosessel hin und her, ein mit einer Prepaid-SIM für zehn Dollar ausgestattetes Nokia aus der Pfandleihe am Ohr, und wartete, dass Gavin Wurlitzer ranging. Als er sich meldete, klang seine Stimme unsicher, zurückhaltend angesichts der ihm unbekannten Nummer.

»Gavin, ich bin's«, sagte Leah.

»Ja?«, sagte Wurlitzer.

»Ich hab was Schönes für dich.«

Wurlitzer war Einbrecher, ständig notgeil und seine Stimme gewann jetzt an Fahrt: »Ja?«

»Großes Haus in Sunshine Beach mit Blick aufs Meer. Bewohnerin ist ein weiblicher Single, ein Unterwäschemodel. Etwas abgeschieden, musst dir also wegen der Nachbarn keinen Kopf machen. Hochwertige Elektronik, Silberwaren, Schmuck, möglicherweise etwas Bargeld … «

»Hat sie einen Hund?«

»Nein.«

Dann stellte Wurlitzer die entscheidende Frage.

»Sie ist ein Unterwäschemodel?«

Leah sah das kleine widerliche Ekelpaket vor sich, das jetzt in seinem Drecksloch vor sich hin sabberte. Sie tat so, als wüsste sie nicht, dass er vergangene Woche eine ihrer Klientinnen vergewaltigt hatte, und sagte: »Richtig, aber das muss dich nicht kümmern. Sie wird nicht da sein, steckt mitten im Umzug in ihre neue Bleibe in Brisbane.«

Aber sie hatte den Boden bereitet. Wurlitzer würde sich eine junge Frau vorstellen, allein in einem Haus, in das er einzusteigen gedachte. Würde hoffen, wieder zum Zuge zu kommen.

»Sicherheitsvorkehrungen?«, fragte er.

»Eine Alarmanlage am Eingang. Mehr nicht.«

Wurlitzer schwieg. Dann: »Du bist dir dabei ganz sicher?«

»Gavin«, erwiderte Leah wie elektrisierend, »haben Alan und ich dir jemals einen schlechten Tipp gegeben?«

»Glaube nicht.«

»Es muss heute Nacht sein, Gavin.«

»Da bleibt mir nicht viel Zeit«, maulte der Einbrecher.

»Sie ist dabei, alles einzulagern«, sagte Leah. »Morgen schlagen die von der Spedition auf.«

»Ja, okay«, sagte Wurlitzer. Leah gab ihm die Adresse.

Ihre letzte Aufgabe heute bestand darin, Thomas Ormerods Haus gründlich in Augenschein zu nehmen. Aber bevor sie das Büro verlassen konnte, rief ihr Onkel an.

Ihr drehte sich der Magen um, als seine ölige Stimme in ihr Ohr tropfte. »Alles so weit startklar. Du kannst morgen im Laufe des Tages mit Wyatt rechnen.«

»Die Samstage sind bei mir immer voll, Onkel David.«

Er überhörte das. »Er wird eine Unterkunft wollen. Und er möchte ein sauberes Smartphone, irgendwas Robustes. Mit vernünftigem Display.«

»Meinetwegen.« Was sie jedoch formulieren wollte, war die Frage, weshalb sie bei diesem Treffen nicht auch hatte dabei sein können.

»Alles, was er will, solange es im Rahmen bleibt, okay?«

Sie ausbremsen. So hielt er es, seit sie dreizehn war.

»Gut.«

»Wann gehst du zu Ormerods Haus?«

»Ich war im Begriff aufzubrechen, als du angerufen hast.«

»Ich will nicht, dass du oder Trask etwas unternehmt, was ihn aufscheucht.«

»Werden wir nicht.«

»Ein grober Grundriss des Hauses, Schnappschüsse von Türen, Fenstern, Alarmanlagen, Kameras.«

Leah wusste das. Man hatte es ihr bereits gesagt. Sie beendete das Gespräch, stieg in einen entzückenden Minirock, schnappte sich Handtasche und Schlüssel und machte sich auf den Weg, um Alan einzusammeln.

Trask hatte den Morgen damit zugebracht, eine Frau aus Noosa Junction zu fotografieren, die zwar aufgrund eines Arbeitsunfalls bettlägerig war, auf wundersame Weise aber in der Lage, kiloschwere Einkäufe aus ihrem Wagen zu entladen, wenn sie sich unbeobachtet fühlte, und jetzt stand er vor Massimo's in der Hastings Street, schleckte ein Kokosnuss-Himbeer-Eis und wartete, dass Leah Quarrell ihn abholte. Sie würde pünktlich sein, denn sie war zwanghaft pünktlich.

Er trug Hosen und eine Jacke mit vielen Taschen. An ihm baumelten Kameras, Objektive, ein Stativ und Kamerataschen, eine Ausrüstung aus der Asservatenkammer, sozusagen resozialisiert in einer Zeit, als er noch Polizist gewesen war. Ein wunderbarer Tag, um mit einem Eis in einer Gegend abzuhängen, wo Teenager, nur mit Stofffetzen bekleidet, zwischen dem Strand und den Boutiquen für Bikinis und T-Shirts hin und her strömten.

Eine Hupe ertönte, und Leah fuhr an den Bordstein, fuhr den Lexus, den sie am Flughafen gemietet hatte. Sie war komplett in ihrer sexy Lifestyle-Reporterinnen-Aufmachung – ein Hauch von Schwüle in einem knappen schwarzen Rock, einem engen Top, mit scharlachrotem Nagellack, rotem Lippenstift und einer Sonnenbrille mit modisch getönten Gläsern. Trask stieg ein, beugte sich zu ihr, um sie zu küssen.

Sie wich zurück.

»Ist was?«

»Ich mache Features«, schnauzte sie ihn an, »du bist der Fotograf, das sind wir und das waren wir, als wir heute Morgen aufgestanden sind.«

»Aber wir sind noch nicht mal bei dem Haus von dem Typ.«

»Halt dich ans Drehbuch, Alan.«

»Kein Geknutsche mit der angeheuerten Hilfskraft.«

»Genau.« Sie musterte ihn.

»Geh ich so durch?«

Sie zuckte mit den Achseln, ließ den Wagen an. Ihre Augen huschten von Spiegel zu Spiegel, bevor sie vom Bordstein losfuhr und den Weg Richtung Brücke einschlug. Nie zuvor war Trask auf jemanden gestoßen, der so paranoid war wie Mintos Nichte.

»Folgt uns jemand?«

Den Blick auf die Straße gerichtet, auf die parkenden Autos, auf den Rückspiegel, sagte sie: »Ich habe mit Gavin telefoniert, alles klar für heute Nacht.«

Trask zuckte zusammen. Wurlitzer war eine Belastung, er musste verschwinden. Aber dreimal durfte man raten, wer die Drecksarbeit machte. Da er darüber gar nicht erst nachzudenken brauchte, sagte er: »Du bist ein appetitlicher Anblick, Leah.« Eine umwerfende, tödliche Waffe im Fahrersitz.

Leahs Finger wurden weiß am Lenkrad. »Konzentrier dich. Du kriegst eine Waffe, du erschießt Gavin Wurlitzer, du entsorgst seine Leiche.«

»An sich recht einfach, wenn man's so bedenkt«, sagte Trask.

Sie war angespannt. Ihre Stimmlage nahe am Kreischen. »Er muss weg, Alan. Das weißt du. Schnappt ihn die Polizei, sind wir erledigt.«

Trask seufzte. Ein nettes Ding, das sie am Laufen gehabt hatten; Leah machte unbeaufsichtigte Häuser ausfindig, Trask besorgte Polizeiinterna, Wurlitzer stieg ein. Ein hübscher kleiner Nebenverdienst, und Minto musste von alldem nichts wissen. Der Arsch behandelte sie ohnehin wie Handlanger.

»Und lad das nicht bei deinen Bikerfreunden ab«, sagte Leah noch.

»Ja, ja«, sagte Trask. Sein erster Gedanke war tatsächlich darum gekreist, einen der Jungs aus dem Fitnessstudio dazu zu bringen, Wurlitzer umzulegen. Unheimlich, wie Leah seine Gedanken lesen konnte.

Sie fuhr, beide Rückspiegel im Blick. Trask lehnte sich in seinem Sitz zurück. Nur kurz – etwa zwei Sekunden – zog er sich die Shorts und Bikinitops rein, aber bei Leah zeichnete sich Sexualneid durch Feinabstimmung aus, also schloss er die Augen, lehnte den Kopf gegen die Tür und schaltete eine Weile ab.

Der Lexus flüsterte sich über die Brücke, ein kurzes Stück die Parade entlang und dann links in eine Seitenstraße, über die es zur Brücke nach Iluka Islet ging. Eine schmale Umgehungsstraße auf der anderen Seite, sehr wenige Parkplätze, teure Häuser, die eng beieinanderstanden. Endlich dann Thomas Ormerods Haus; die Auffahrt war leer. Leah schoss hinein, stieg aus dem Wagen und hatte den Funkschlüssel bereits ausgerichtet, als Trask noch mit seinem Sicherheitsgurt kämpfte.

»Zähl bis zehn«, sagte er zu ihr.

Sie zeigte ihre kleinen scharfen Zähne und ging auf Ormerods Tür zu. Pochte mit ihren Knöcheln dagegen. Als Trask bei ihr angelangt war, tauchte zwischen Tür und Rahmen ein Gesicht auf.

Im Nu verwandelte sich Leah von der Teufelin in

einen Engel, ein Lächeln im Gesicht, das die Welt erhellte. »Mr. Ormerod?«

Ormerod schien ins Nachdenken zu kommen, feuchte Gesichtszüge, die nach einer Falle suchten. Er räusperte sich. »Ja?«

»*Home Flair.* Wir hatten einen Termin?«

Offensichtlich hatte Ormerod den vergessen. Er blinzelte, sah nach hinten in den Flur, ins Innere seines hässlichen Hauses, als würde er Punkte auf einer mentalen Liste abhaken. Vielleicht hat er einen glimmenden Joint im Aschenbecher, dachte Trask, eine Line Koks auf dem Couchtisch oder eine nackte Frau, die auf dem Teppich eingenickt ist.

Ormerod wandte sich ihnen wieder zu und versuchte sich an einem Lächeln. »Natürlich, treten Sie näher. Ich habe nicht gut geschlafen und … «

Seine Stimme verlor sich, als er einen Schritt nach hinten machte, um zur Begrüßung einen Arm auszustrecken und dabei einen dieser mageren, schmalschultrigen, dickbäuchigen Körper präsentierte, deren Form vom jahrelangen Trinken herrührte. Geschniegeltes Haar, jede Menge Aftershave, um die sechzig. Hellbraune Baumwollhosen, ein gelbes Polohemd und Deckschuhe. Er sah nicht aus wie ein Multimillionär. Womöglich ist das der Punkt: Ist man Millionär, kann man es sich leisten, nicht wie einer auszusehen.

Als hätte er Trasks Gedanken aufgegriffen, sagte Ormerod: »Ich würde es vorziehen, auf keinem der Fotos zu erscheinen.«

»Kein Problem, Mr. Ormerod«, platzte es aus Leah heraus.

Erleichtert führte Ormerod sie durch den Eingangsbereich nach hinten, in das Wohnzimmer mit Meeresblick. Die Räumlichkeit war tadellos, doch Trask interessierte nicht die Inneneinrichtung, ihn interessierte das Kind, das auf einem der Sessel hockte. Vielleicht zehn

Jahre alt, im Badeanzug, ein Hauch Make-up im Gesicht.

»Meine Enkelin«, sagte Ormerod schmallippig. »Geh nach oben, Liebes, es wird nicht lange dauern.«

Sie lächelte und rannte weg, und Trask dachte: Du kranker Mistkerl.

Da hing dann auch das Gemälde an der Wand oberhalb des Kamins. Nicht ausladend, ein Meter mal ein Meter, durchflutet von einem immanenten Leuchten und mit zwei Bauern im Zentrum, die sich in Erfüllung ihrer Arbeit hinunterbeugten. Durch Herbstlicht hervorgehoben. Ein Gegengift für die kranke Atmosphäre in Thomas Ormerods Haus. Bevor er sich auf die Zunge beißen konnte, entfuhr es Trask: »Das ist wunderschön.«

Ormerod blinzelte. »Was? Ach ja. Familienerbstück.«

Ohne Leahs bohrenden Blick zu beachten, sah sich Trask nach den anderen Gemälden um: Eukalyptusbäume, wie man sie auf regionalen Kunstmärkten findet, und Schafe hütende Reiter vom Trödler. Ormerods bevorzugter Geschmack?

»Wie wollen Sie es machen?«, fragte Ormerod und ignorierte Trask, da Leahs Beine und ihr Dekolleté ihn aus seiner Benommenheit rissen.

»Ich hab mir gedacht, wir könnten uns hier hinsetzen«, erwiderte sie freundlich und deutete auf die Sitzgruppe aus Sofa und Sesseln, »und mein Assistent macht unterdessen eine Reihe von Aufnahmen.«

Ormerod richtete sich an ihren Brustansatz. »Es ist für eine Story mit dem Titel ›Blick aufs Wasser‹, richtig?«

Leah ließ Zähne und Augen aufblitzen: »Ja!«

Ormerod bewegte etwas anderes: »Also gibt es keine Notwendigkeit, sich oben umzuschauen?«

Trask mischte sich nachdrücklich ein: »Natürlich nicht, Mr. Ormerod.«

»Gut, gut«, sagte Ormerod und folgte Leah zum Sofa, die bereits provokant dasaß, Knie zusammen und die schimmernden Oberschenkel ihm zugewandt.

»Nun, wie kann ich Ihnen helfen?«, begann Ormerod, während Trask umherstreifte, sich die mit Sicherheitsfolie versehenen Fenster und Schiebetüren ansah, nach Kameras an der Decke Ausschau hielt und unterdessen mit den Objektiven aus seiner Kameratasche hantierte, sie aufsetzte und wieder abnahm. Er brachte den Apparat in Anschlag, schoss ein paar Bilder von der Schiebetür und den Fenstern, vom Gemälde. Berührte die Schiebetür mit der Hand und fragte: »Darf ich?« War schon halb auf der Terrasse, als Ormerod »Natürlich« sagte.

Draußen spazierte Trask umher, fotografierte den Rasenhügel, der sich bis zu dem kleinen Schwimmsteg erstreckte, bis zum Wasser, fotografierte die Brücke und den Lions Park und die Gebäude an der Hastings Street in der Ferne. Dann, vom Rasen aus, ein paar Aufnahmen vom Haus. Es war kein schönes Haus. Eine kalte Anordnung von mit Glas besetzten Würfeln, wie hineingeschmissen in ein Dickicht aus tropischer Vegetation und einem einzelnen Jacaranda-Baum. In einer vollkommenen Welt, dachte Trask, würden Geld und Geschmack einander begegnen. Schlussfolgerung: Die Welt ist nicht vollkommen.

Zurück ins Haus. Neben dem Flur und ebenfalls mit Blick aufs Wasser lag ein kleineres Zimmer. Er stand im Türrahmen: Schreibtisch, Computer, Drucker, Aktenschrank, Bücher in einem Regal. Er ging weiter durch das Haus, warf einen Blick in das Wohnzimmer, sah, dass Ormerod noch immer in der Betrachtung von Leahs Oberschenkeln versunken war.

Er stieß auf die Alarmanlage an der Eingangstür und fotografierte sie. Dann, während er das in der Kamera gespeicherte Foto begutachtete, machte er sich auf den Weg in die Küche. Sie ging auf eine Reihe von Sträuchern hinaus, die an der Seite des Hauses verlief, und war mit einer Fliegengittertür ausgestattet. Und in dieser

Tür befand sich eine Tierklappe.

Eine kolossale Tierklappe. War Wyatt ein kleiner oder ein großer Typ?

Trask ging zurück ins Wohnzimmer und schoss ein paar weitere Bilder, verfolgte dabei, wie Leah das Ego des Millionärs massierte.

Dann trällerte sie »Auf Wiedersehen, Mr. Ormerod«, »Vielen Dank, Mr. Ormerod«, um wieder in ihren Anschnauz-Modus zu verfallen, kaum dass sie mit Trask im Lexus saß: »Du weißt ja, wie's läuft. Ich will große Ausdrucke von den besseren Aufnahmen.«

»Leah, er hatte ein Kind da drinnen.«

»Nicht unser Bier«, erwiderte Leah. »Aber wenn's dich tröstet, er hat es verdient, beraubt zu werden.«

8

Nach Ormerod, nach Leah war Trask erleichtert, nach Hause gehen, die Ausdrucke machen, sie abliefern und anschließend mit seiner Kawasaki ins Fitnessstudio fahren zu können.

Er hielt, stieg ab und ging an einer Reihe von Harleys vorbei in den Eingangsbereich, wo er einen Augenblick stehen blieb, um durch die Glaswand zu schauen. Der Laden war eine wogende Masse verzweifelter Körper, die sich an Übungsgeräten, an Sandsäcken, mit Gewichten und in Aerobic-Gruppen abrackerte, ihr Ächzen und Stöhnen im entgegengesetzten Rhythmus der Musik, sofern man es als Musik bezeichnen konnte. Er schüttelte den Kopf und stieg die Treppen hoch zu Cherubs Büro im Mezzanin. Cherub, Sergeant at Arms der Mongrels, war Teilhaber des Ladens und hielt sich an Geschäftszeiten. Seine Geschäfte, unabhängig vom Gym, bewegten sich auf den Feldern Erpressung, Brandstiftung, bewaffneter Raub, Bordellbetrieb und Menschenhandel.

Trask klopfte, trat ein, sagte: »Alter«, und langte für einen Faustcheck über Cherubs Schreibtisch.

Cherub reagierte zwar, aber nur schwach. Weiß eben, dass ich früher mal ein Cop war, dachte Trask. Hasst mich aus Prinzip. Aber Trask hatte keine Zweifel, dass er für Cherub von Nutzen war. Er versorgte die Mongrels mit wesentlichen Hinweisen zu Polizeimethoden, brachte sie mit anderen nützlichen Leuten zusammen, vertickte Informationen an sie. Und er kaufte von ihnen Steroide, Teenager-Pornos und Waffen.

Cherub hatte sich wieder seiner Schreibtischarbeit zugewandt, seine Augen zuckten zwischen dem Bildschirm seines Laptops und einem Stapel Quittungen und Rechnungen hin und her.

»Was willst du, Alan?« Ein beschäftigter Mann.

»Eine Knarre«, sagte Trask.

Das machte Cherub munter.

Er lehnte sich in seinem ergonomischen Stuhl zurück, der genaue Gegensatz zum Rest der Mongrels – ein schlanker, drahtiger Typ mit einem Soul Patch und kurz geschnittenem Haar. Die Tätowierungen waren verdeckt.

»Was für eine?«

»Hast du 'ne Glock?«

»Hab ich.«

»Schalldämpfer?«

»Wird dich was kosten.«

»Ich kann's mir erlauben.«

»Beabsichtigst du, die Glock einzusetzen?«

»Musst du das wissen?«, fragte Trask.

Cherub schwang mit seinem Stuhl hin und her.

»Falls du damit nur jemandem vor der Nase rumfuchteln willst, kauf ich sie zurück. Willst du das Teil allerdings abfeuern, pfeffer es danach in den Fluss. Klar?«

»Glasklar.«

»Sonst noch was?«

»Ja«, sagte Trask. »Hast du hierfür einen Code Reader?«

Er zeigte Cherub ein Foto von der Tastatur an Ormerods Alarmanlage.

»Yep«, sagte Cherub. Er legte den Kopf auf die Seite. »Ist da was drin für mich?«

»Nein.«

»Okay, dann macht die Kanone plus Schalldämpfer sieben Scheine fünfzig.«

»Mein Gott«, moserte Trask mit einem Achselzucken.

Cherub sagte ihm, er solle im Flur warten. Trask stand gerade mal zwei Minuten draußen, als Cherub ihn hereinrief, vor sich auf dem Schreibtisch einen Schuhkarton.

»Du hast Bares dabei?«

»Ja.«

Trask bezahlte und Cherub sah ihn an. »Ich hab zu tun, Kumpel.« Er widmete sich wieder seiner Tastatur.

Trask machte sich noch nicht vom Acker, sondern verstaute den Schuhkarton in seiner Sporttasche, zog sich unten im Umkleideraum um und stemmte eine Stunde lang Gewichte, arbeitete am Sandsack und teilte seine Kräfte auf dem Laufband ein. Nichts von alldem gab ihm ein besseres Gefühl. Cherub brachte ihm keinen Respekt entgegen. Leah, Minto. Er war nur ein Laufbursche. Doch ohne ihn hätte es keine Auftraggeberin gegeben, die bereit war, anständig Geld hinzublättern, um ein Gemälde zurückzubekommen. Keinen Anwalt aus New York, keine investigative Vorarbeit, keinen Wyatt ... So gut wie keinen Dank und abgeschoben an die Seitenauslinie. Und wer war dieser Typ namens Wyatt? Einem Kumpel von der Polizei zufolge, der noch immer mit Trask sprach, wusste niemand Genaueres über diesen Kerl. Mythen, Gerüchte und Vages. Und jetzt noch der verdammte Wurlitzer, um den sich zu kümmern war.

Er duschte, trat aus dem Wasserdampf und erhaschte einen Blick auf sein Konterfei in den Spiegeln. Ihm gefiel, was er sah: von Adern durchzogene Arme mit ihren Reliefs, breite Schultern, flacher Bauch, kraftvolle Oberschenkel. Er spannte ein paar Muskeln an und beobachtete das Spiel von Sehnen, Bändern und Knochen unter dem festen Gewebe.

Sah gut aus. Irgendein Typ kam in die Umkleide spaziert und Trask bedeckte sich, indem er sich in sein großes weißes Handtuch wickelte und es oben einschlug. Er machte sich an seinem Spind zu schaffen, mit einem halben Auge auf den Neuzugang, einen schmächtigen Typ mit einem länglichen Muttermal in Form eines Kommas unter dem einen Ohr. Schien, als könne er ein paar Jahrzehnte Muskeltraining im Gym gut gebrauchen. Er saß nur da, auf einer Bank, wollte wahlweise seine Schuhe aus- oder anziehen und brauchte eine Weile dafür.

Checkt meinen Arsch ab, dachte Trask. »Kann ich helfen?«

»Alles gut«, sagte der Typ.

Trask fuhr nach Hause, und am späten Nachmittag verstaute er einen Campingstuhl, Klamotten zum Wechseln, etwas Essen, Bier, eine Thermoskanne mit Kaffee, seinen iPod und einen Laptop mit hochgeladenen Filmen in seinem wichtigsten fahrbaren Untersatz, einem Jeep, und fuhr nach Sunshine Beach.

Der Hinterhalt war ein riesiges, an einem Abhang gelegenes Haus. Die Ausrichtung gen Meer und viele Bäume schirmten es von den Nachbarn ab und vom Pöbel, der den Strand aufsuchte. Die Sorte Haus, die für Gavin Wurlitzer infrage käme, stellte es schließlich Spitzenelektronik, Schmuck, Silber und Bargeld in Aussicht – womöglich sogar eine Frau im Bett. Das große Los für dieses kranke Arschloch. Leah hatte das Haus zwei Wochen zuvor verkauft, war aber noch im Besitz der

Schlüssel und im Rasen vor dem Haus steckte das Zu-verkaufen-Schild der RiverRun Realty. Ausschlaggebend war das Schild. Gavin Wurlitzer würde es sofort sehen, dazu die Größe und die Abgeschiedenheit des Anwesens und er würde wissen, dass er wieder einmal stichhaltige Informationen erhalten hatte.

Trask fuhr seinen Jeep in die Garage neben dem Haus, stieg aus, lockerte ein paar Verspannungen im Rücken, schloss die Garagentür. Dann holte er seinen Kram aus dem Jeep, betrat das Haus, sich missmutig bewusst, dass mit Wurlitzer vermutlich nicht vor Mitternacht zu rechnen war.

Nachdem er Zimmer, Schränke, Schubladen, nachdem er quasi jeden Winkel durchsucht hatte, verlegte er sich aufs Warten, die Glock im Schoß. Er zog sich ein paar Filme rein, kippte ein paar Bier, hörte Musik.

Gelangweilt, aber gezwungen, wach zu bleiben, goss er sein drittes Bier weg und ging zu Kaffee über. Versuchte, sich auf Touren zu bringen.

Trasks erstes Zusammentreffen mit Wurlitzer ereignete sich kurz nach seiner ersten Begegnung mit Leah Quarrell. Nachdem er den Polizeidienst mit angeschlagenem Ruf quittiert hatte, nachdem Brisbane zu ungemütlich für ihn geworden war, hatte er sich für Noosa entschieden und für eine Ermittlungstätigkeit in Teilzeit bei einer Privatdetektei. In der Hauptsache Scheißarbeit, bis eines Tages Leah an seine Tür geklopft und gesagt hatte: »Sie wurden mir empfohlen.«

Trask starrte sie an und wartete.

Sie sagte: »Es gibt ein Haus in Noosa Heads, das ich kaufen möchte.«

»Dann kaufen Sie es.«

»Der Eigentümer will nicht verkaufen«, sagte Leah und versenkte tausend Dollar in Trasks Hemdtasche.

Trask startete eine schikanöse Kampagne: Ziegelsteine

durch das Fenster des störrischen Eigentümers, Gerüchte via Facebook, Kokain, versteckt in der Ersatzreifenwanne seines Range Rovers, gefolgt von einem Hinweis an die Cops.

Der Eigentümer kapitulierte und Leah kaufte das Haus im Auftrag eines Kunden. Dann rief sie Trask an, um sich bei ihm zu bedanken. Das wäre es vielleicht gewesen, hätte er diese halbe Portion von Frau nicht ein zweites Mal angesehen und sie ihn. Damals, in seiner Zeit als Cop, hatte Liebe darin bestanden, sich einen runterholen zu lassen, als Gegenleistung für einen zerrissenen Strafzettel wegen Nichtbeachtung einer roten Ampel. Schnell, hässlich, erbärmlich. Das war jetzt anders.

Von nun an trieb er sich mit Leah herum, und über sie lernte er David Minto kennen, der ihn beschäftigte, nachdem die Detektei ihn, Trask, gefeuert hatte. Mittlerweile brauchte Leah Unterstützung bei ihren Immobiliengeschäften und Trask fand sich beim Verteilen von Auktionsprospekten wieder, rammte Zu-verkaufen-Schilder in Rasenflächen, begleitete Leah, wann immer neue männliche Kunden ein Objekt in einer abgelegenen Gegend besichtigen wollten. »Du bist mein großer Junge«, sagte sie, schmiegte sich an ihn und umschlang ihn mit ihren Ärmchen – sofern sie ihn nicht wegen eines Fehltritts anschrie.

Eines Tages, rechtzeitig vor einer Besichtigung in Peregian Beach, hörten sie ein Krachen im Garten hinter dem Haus. Trask rannte dorthin und fand einen dünnen, überdrehten Mann um die vierzig vor, der sich im Tomatenspalier entlang des Zauns vor einer kleinen Gasse verfangen hatte. Blutend, die Jeans zerrissen, wimmerte er geradezu kopflos, schützte sein Gesicht mit den Armen und sagte: »Tun Sie mir nichts.«

Dann tauchte Leah auf. Sie sagte: »Knall den Scheißkerl ab«, ein Leuchten in ihren Augen, ein Verlangen.

Der Typ kauerte sich noch mehr zusammen, versuchte

buchstäblich, im Boden zu versinken. Als nichts geschah, nahm er die Arme vom Gesicht und gewann seine Fassung wieder. »Mein Hund ist hier reingerannt«, sagte er und ließ seinen Blick über den großen Garten wandern.

»Knall ihn ab, Al«, sagte Leah.

»Sei'n Sie nicht albern!«, sagte der Typ und kam hoch.

Leah stieß Trask an. »Knall ihn ab.«

»Als ob Sie 'ne Waffe hätten«, sagte der Typ.

Trask langte unter sein Hemd und zog seine zugelassene .38er hervor.

»Lassen Sie's mich anders ausdrücken«, sagte der Typ.

Trask starrte ihn an, Leah starrte ihn an. Dann, mit einem Anflug von Humor in der Stimme, sagte Leah: »Haben Sie sich auf diese Sache hier vorbereitet oder sind Sie nur mal eben von der Straße reinspaziert?«

Schweigen. Es sah so aus, als treffe der Typ eine Entscheidung. Er zuckte mit den Schultern und sagte: »Ich bereite mich immer vor.«

»Ach ja? Beweisen Sie's.«

»Ich weiß, dass Sie die Maklerin sind, die das hier verkauft.«

»Sie haben mich beobachtet?«

»Yep.«

»Was wissen Sie noch über mich?«

»Ich weiß, wer Ihr Onkel ist.«

Das überraschte beide, Leah und Trask. Trask stand kurz davor, den Typ zu erschießen. »Weiß er, wer Sie sind?«

»Das bezweifle ich.«

Leah geriet ins Grübeln. »Wenn Sie jemanden beobachten«, fragte sie, »wie stellen Sie das an?«

»Ich benutze meinen Wagen.«

»Idiot«, stieß Trask hervor. »Irgendwann sagt sich jemand, merkwürdiger Wagen, drinnen sitzt ein Typ, besser mal die Cops rufen oder die Nummer notieren.«

»Ist bis jetzt nicht passiert.«

Leah musterte den Mann von oben bis unten. »Verstehen Sie was von Ihrem Handwerk? Ich spreche nicht von der Vorbereitung, die Sie offensichtlich beschissen beherrschen. Schlösser knacken, durch Fenster einsteigen und Fallrohre erklimmen?«

»Bin der Beste nördlich von Brisbane.«

Trask musterte ihn ebenfalls, registrierte den schlanken Körperbau, die Festigkeit im Oberkörper.

Er sagte: »Sie brauchen bessere Informationen.«

Und so setzten sie Gavin Wurlitzer ein. Leah verschaffte ihm die Informationen, Trask hörte den Polizeifunk ab, und auf diese Weise hatten sie gemeinsam bislang einhundert Riesen gemacht. Trask zahlte seine Kawasaki ab und beglich die Schulden für seine Steroide, lud Leah in teure Restaurants ein und hatte fast zwanzig Riesen auf der hohen Kante.

Doch jetzt wurde es Zeit, dem Typ den Hahn zuzudrehen.

Trask trank seinen Kaffee und wartete und dachte nach. Nur zu gern bemerkte Leah, Trask solle nicht nachdenken, nachzudenken bekomme ihm nicht. Doch ab und an war er sich ziemlich sicher, dass es ihm bekomme, und jetzt, in diesem Moment, verschwendete er ein paar Gedanken an Leah, an ihren Onkel, an das Gemälde und den New Yorker Anwalt. Er hatte Rafi Halperin gemocht, doch dann war die Kundin nach Australien gekommen und hatte Rafi zurück nach New York geschickt.

Endlich war es Mitternacht. Trask ging in die Garage, streifte Handschuhe über, holte eine blaue Plane aus dem Jeep und verließ das Haus. Er sah sich kurz um, lauschte, ging dann über den feuchten Rasen hinüber zu einer dunklen Ecke neben dem hinteren Zaun, wo das Licht ein trügerisches Spiel vom Mond erzeugter Schatten, der nahen Straßenbeleuchtung und gestaltloser Gebilde war: einem Schuppen, einem Jacaranda-Baum, dem Zaun selbst.

Um ein Uhr spürte er Wurlitzer kommen, mehr als dass er ihn hörte. Dann machte er ihn aus, geduckte Silhouette, die den Weg seitlich der Auffahrt entlanghuschte. Trask wartete. Er hörte Reißen, Wurlitzer riss Streifen von einer Rolle Klebeband und pappte sie oberhalb des Türgriffes auf das Glas der Hintertür. Bevor Wurlitzer das Glas einschlagen konnte, schälte sich Trask aus dem Dunkel und schoss ihm seitlich in den Kopf.

Ein mattes Plop!, ein Zischen und Wurlitzer sackte lautlos zusammen.

Trask legte los. Er rollte Wurlitzer auf die Plane, spritzte mit dem Schlauch aus dem Schuppen das Blut von Tür und Rasen, wohl wissend, dass beides schnell trocknen werde, hievte die Leiche in den Jeep, zog sich um und fuhr in eine dicht bewachsene, so gut wie nie besuchte Ecke einer bewaldeten Gegend nahe Eumundi.

Er vergrub Wurlitzer, fuhr zurück und steckte die Plane und seine verschmutzte Kleidung in einen Waschautomaten in Tewantin.

Fast hätte er Leah angerufen und ihr gesagt, dass alles gut abgelaufen war, aber sie hätte ihn ohnehin nur angemotzt, also fuhr er nach Hause. Auf dem Weg dorthin verteilte er die Plane, seine Handschuhe und seine Klamotten auf verschiedene Altkleidercontainer. So bald würde Wurlitzer nicht gefunden werden.

Wenn, dann würde die Geschichte in etwa wie folgt lauten: Ein Mann wie Wurlitzer, verurteilt wegen Einbruchs und sexueller Gewalt, habe Feinde gehabt, die ihn schließlich gestellt und ausgeschaltet hatten.

9

Wyatt benutzte seine Identität als John Sandford, um sich in einem Motel in Gold Coast einzuquartieren; benutzte sie ein weiteres Mal bei Budget, wo er am Samstagmorgen einen Mazda mietete und angab, ihn für zwei Wochen zu benötigen. Bekleidet mit einem leichten Anzug, in Hemd und Krawatte, machte er sich auf Richtung Norden, nach Noosa, fuhr dort kurz durch die Gegend, um sich mit ihr vertraut zu machen, bevor er den Wagen in einer Seitenstraße von Noosaville abstellte. Er schlug den Weg hinunter zum Fluss ein und dann entlang der Gympie Terrace, bis er RiverRun Realty ausfindig gemacht hatte, in einer Ladenzeile gegenüber einem Rasenstreifen mit Palmen und Fitnessgeräten. Närrisches Volk in Lycra, das sich dort abquälte. Die Straße auf der einen Seite, Mangroven, Bootsverleiher und der Fluss auf der anderen.

Er rief Leah Quarrell vom Münztelefon eines Minimarkts an. Sie schlug ein Café vor, er aber sagte nein, kalkulierte ein, dass ein Mann, der ein Maklerbüro betritt, weniger Aufmerksamkeit auf sich zieht als ein Mann, der sich mit einer Frau in einem Café trifft. Leute, die sich Fragen über die Beziehung der beiden stellten, ob einer oder beide etwas zu verbergen hätten. Leute, die sich Fragen zu seiner Person stellten. Er wollte nicht, dass irgendjemand über ihn nachdachte.

»In Ihrem Büro«, sagte er.

Sie beschrieb ihm den Weg und er schlenderte zehn Minuten am Fluss auf und ab, um eventuell ungewöhnliche Vorgänge bei RiverRun Realty verfolgen zu können. Dann ging er hinein. Ein kleiner Wartebereich, ausgestattet mit Stühlen, einem Couchtisch und Zeitschriften, eine Angestellte für den Empfang an einem Schreibtisch in der Ecke. Farne in Töpfen und eine junge Frau, die hinten am Übergang zu einem kleinen Flur stand.

Sie war Mitte bis Ende zwanzig, klein, schlank, trug ein ärmelloses Baumwolltop, einen knielangen Rock und Sandaletten mit Absätzen – kein billiger Stil, was Wyatt der Arbeit zuschrieb, die sie machte. Der Samstag musste einer ihrer intensivsten Arbeitstage sein, dank des Herumführens von Kunden und der Präsenz auf Auktionen. Ihr blondes Haar war straff zurückgebunden, das Gesicht schmal und ihre Zähne waren spitz, was den Eindruck von Strenge, Angespanntsein und Sprödheit unterstrich, so, als sei sie ein Nervenbündel. Oder durch Training und Diäten abgemagert.

Dann aber bewegte sie sich leichtfüßig durch den Raum und streckte Wyatt die Hand entgegen. Wyatt schüttelte sie – die Berührung ihrer Finger war kurz, fest, kühl. Für die Angestellte setzte sie ein breiteres Lächeln auf und sagte: »Mr. Warren, wie schön, Sie persönlich kennenzulernen.«

Sie ließ seine Hand umgehend los, machte auf dem Absatz kehrt. »Gehen wir doch in mein Büro.«

Die Angestellte schenkte dieser Routine keine Aufmerksamkeit, taxierte Wyatt jedoch diskret. Wyatt spürte es, dieses Einschätzen, und obwohl er einen Anzug trug und sich insgesamt freundlich-konziliant gab, nur ein weiterer Geschäftsmann und alsbald wieder vergessen, verfing das nicht. Sie begegnete seinem Blick, sah die Härte in seinen Augen, schluckte und widmete sich hastig wieder ihrer Tastatur. Ihr Telefon läutete. »RiverRun Realty, wie kann ich Ihnen helfen?«, sagte sie in den Hörer. »Mr. Reece spricht derzeit auf einer anderen Leitung. Macht es Ihnen etwas aus, kurz dranzubleiben?«

Mr. Reece? Wyatt ging an ihr vorbei, jetzt bereits ein wenig mehr auf der Hut. Leah Quarrell war am Ende des Flurs angelangt und wartete vor einer offenen Bürotür auf Wyatt, gegenüber davon eine geschlossene. Das Licht war gedämpft. Er unterzog die Atmosphäre einem Test, aber da war nichts, was ihm ein Prickeln bescherte.

Er drehte sich um, warf einen letzten Blick durch die Glasscheibe, die auf die Straße hinausging. Er sah nur ein paar Autos vorsichtig über die Bremsschwellen der Gympie Terrace manövrieren. Dahinter Bäume, Gras und die Fitnessgeräte.

All das dauerte nur ein paar Sekunden, ein Sichvergewissern. Dann war er in ihrem Büro, schloss die Tür und Quarrell stand direkt vor ihm, sagte: »Sie sind also Wyatt«, etwas Herausforderndes in der Stimme. »Onkel David hat mir jahrelang von Ihnen erzählt.«

Für Wyatt gab es nichts dazu zu sagen. Er dachte nur: Zu viele Leute bei diesem Job kennen meinen richtigen Namen. »Wer ist Reece?«

»Mein Chef.«

»Ich dachte, das Geschäft gehört Ihrem Onkel.«

»Stiller Teilhaber«, sagte Quarrell. »Mr. Reece ist das seriöse Gesicht des Geschäfts, okay? Er weiß nichts von meinem Onkel oder wie wir zueinander stehen oder was ich für ihn tue. Er ist nur ein netter alter Knacker mit einem Herzleiden und einem Emphysem.«

Sie deutete auf einen Sessel aus Chrom und Leder und trat hinter ihren Schreibtisch, der, zum Büro hin ausgerichtet und teilweise vom Fenster umrandet, in der Ecke stand. Dass sie auf diese Weise das Kommando übernahm, veränderte sie. Im Empfangsbereich hatte sich ihre Größe als nicht vorteilhaft erwiesen, aber hier, auf ihrem eigenen Terrain, war sie der Boss. Sie hatte keine Muße für Fragen oder Vergeudung von Zeit.

Sie schwang in ihrem Bürosessel hin und her, der Ausdruck in ihren Augen entschlossen. Auf ihrem Schreibtisch lag eine Aktenmappe. Sie schob sie zu Wyatt. »Grundriss und weitere Fotos, einschließlich das von der Tastatur der Alarmanlage. Ich hatte gehofft, Sie gestern zusammen mit meinem Onkel unterrichten zu können, aber ... « Ein Achselzucken.

Wyatt machte Unmut in ihrem Tonfall aus. Sie will an

vorderster Front sein, dachte er, und nicht die Gehilfin ihres Onkels. Als er mit einem Stift den Deckel der Mappe anhob, sah er Aufnahmen vom Innern des Hauses.

»Wie sind Sie an die gekommen?«

»Anlässlich einer Wohltätigkeitsveranstaltung, die kürzlich in seinem Hause stattfand«, sagte sie leichthin. Sie runzelte die Stirn, trommelte mit den Fingern auf die Tischplatte, eine geschäftige Frau. »Jetzt zur Taktik.«

Sie musste noch eine Menge lernen. Erstens, ihr Büro könnte verwanzt sein. Zweitens, er war nicht ihr Angestellter. Wyatt starrte sie an. David Minto hatte es zu seinem Geschäftsmodell gemacht, Taxifahrer, Kellner und Büroangestellte zu kennen, Steuerberater, Ärzte und Immobilienmakler; Anwälte, Richter und Polizeiinspektoren. Und Einbrecher, Waffenhändler und Leute für Überfälle. Sie alle erbrachten Dienstleistungen für ihn, verkauften ihm Informationen und beeinflussten die Ergebnisse. So wie ein Stallbursche wissen könnte, welches Pferd beim 3-Uhr-30-Rennen in Randwick gedopt gewesen war, oder ein Verkehrspolizist wusste, wie man ein Bußgeld wegen Falschparkens erhebt, verfügte jemand wie Leah Quarrell über Insiderinformationen in Hinblick auf die Innenwelt des Immobiliengeschäfts. Aber zugleich war sie seine Nichte und dachte möglicherweise, das räume ihr gewisse Rechte ein.

»Später«, sagte Wyatt. »Haben Sie ein Telefon für mich?«

Verärgert zog sie die oberste Schublade auf, nahm eine Papiertüte heraus und schubste sie über den Schreibtisch. Wyatt fand darin ein Motorola mit einem 4-Zoll-Display. Er stellte es an, ignorierte Quarrells gereizten Blick auf ihre Armbanduhr und wartete darauf, dass das Telefon hochfuhr, bis es schließlich ein Signal aussendete.

»Zufrieden?«

Wyatt erwiderte nichts darauf. Er deutete auf das Gerät und fragte: »Wie lange habe ich?«

»Es hat drei Wochen Urlaub.«

Mit anderen Worten, bei einem Einbruch entwendet, der Besitzer in den Ferien. Demzufolge möglicherweise ein Ersatztelefon, deponiert in irgendeiner Schublade.

Wyatt sagte: »Ich brauche eine Unterkunft.«

»Das dachte ich mir. Ein Hotel? Ein Apartment? Irgendwas mit Selbstverpflegung?«

Die Worte prasselten wie Schrot und Quarrells Blick erfasste Wyatt, als würden ihn seine lange, schlaksige Erscheinung und sein Vagabundentum für die eine oder andere Form der Unterkunft prädestinieren.

»Rucksackhotel?«, schlug sie vor, ein Funkeln in den Augen.

Indem sie einen Scherz machte, bemühte sie sich, wieder menschlich zu erscheinen.

»Ich halte es für das Beste, wenn Sie die Rolle eines Mannes spielen, der hier mit seiner Familie Urlaub macht«, fuhr sie fort, ernsthafter diesmal. »Selbst wenn niemand die Familie zu Gesicht bekommt.«

Sie schwang ihren Stuhl herum, nahm einen Prospekt aus einem Ablageschrank und schnippte ihn über den Schreibtisch.

Oben auf dem Prospekt sah Wyatt die Worte Noosa Sound Apartments in schnörkeliger Schrift und Farbfotos auf den beiden Innenseiten: Gebäude inmitten von Palmen, gelegen hinter einer weißen Mauer; ein Apartment mit zwei Schlafzimmern; Balkon; Tennisplatz; Swimmingpool.

Fröhliche, strahlende Männer, Frauen und Kinder, die sich neben dem Pool sonnten, Tennis spielten und auf dem Grill Steaks wendeten.

»Ich kenne das Objekt«, sagte Quarrell. »Die Apartments gewährleisten Privatsphäre, man kann, vom Management, unbemerkt kommen und gehen und die Ehemänner samt Frauen machen ihr eigenes Ding. Die Männer surfen, die Frauen gehen einkaufen oder am Fluss entlang. Niemand wird bemerken, dass Sie allein sind. Ich habe bereits ein Apartment für Sie gebucht.«

»Ich werde nicht auffallen?«

Quarrell schüttelte den Kopf. »Sie werden dort weniger Beachtung finden, als wenn Sie als einzelner Mann in einem Hotel oder Gästehaus absteigen würden. Wenn Sie sich den Schlüssel holen, dann erklären Sie, Ihre Familie warte draußen im Wagen.«

»Okay.«

»Sie können selbst kochen, aber es gibt auch eine Menge günstiger Restaurants, die Essen liefern.«

»Okay.«

»Aber verabschieden Sie sich von Ihrem Anzug, bevor Sie einchecken. Sie machen Urlaub.«

»Ja«, sagte Wyatt.

»Nur nicht sagen, wie Sie Ihren Job zu machen haben, richtig?«, bemerkte Quarrell. »Später am Nachmittag zeige ich Ihnen das Objekt vom Wasser aus.« Sie warf einen Blick auf ihre Armbanduhr. »Ich habe noch ein Zeitfenster um halb fünf.«

Wyatt schüttelte den Kopf. Er brauchte Zeit, um nahe gelegene Häuser, Straßen, Bäume und Wasserwege in Augenschein zu nehmen, bevor er ein Stück Wand in nur einem Haus in Augenschein nahm. Sonntag schied aus, kein Arbeitstag.

»Montag.«

Mit einem verschlagenen, boshaften Ausdruck im Gesicht fragte Quarrell: »Und wenn ich da nicht abkömmlich bin?«

»Dann miete ich ein Boot und sehe mir die Örtlichkeit allein an.«

»Nein, werden Sie nicht. Sie würden nur Aufmerksamkeit auf sich lenken. Wenn Sie zusammen mit mir übers Wasser dümpeln, in einem Boot, wo überall RiverRun

Realty draufsteht, beachtet das keiner.«

Sie war eine Frau, bei der man ständig die Wogen glätten musste. Er nahm all die ihm zur Verfügung stehende Freundlichkeit zusammen und sagte: »Wenn Sie es am Montag zeitlich einrichten können, mir zu helfen, wäre ich Ihnen überaus dankbar.«

»In meinem Büro, am Vormittag«, sagte sie besänftigt. »Ziehen Sie den Anzug an. Sie könnten ein Anwalt sein, der Klienten aus Übersee vertritt, die sich mit dem Gedanken tragen, an der Sunshine Coast Luxusimmobilien zu erwerben.«

»Irgendein Anwalt«, sagte Wyatt.

Mittlerweile in T-Shirt und Jeans, machte Wyatt die Noosa Sound Apartments auf halber Strecke entlang einer sichelförmigen Straße ausfindig, die sich hinunter zum Fluss wand. Zwei Gebäude, das eine mit Blick auf den Fluss, das andere mit Blick auf Rasenflächen, auf den Swimmingpool, auf Palmen und die Straße.

Nebenan befand sich ein Spielplatz für Kinder aus dem Caravan Park, der zwischen der Sichel und dem Fluss lag. Die benachbarten Gebäude waren einzelne Häuser, eine kleine Ansammlung von Ferienbungalows und ein Hostel für Rucksacktouristen.

Nachdem er langsam an der Anlage vorbeigefahren war, bog Wyatt auf die Noosa Parade ab und fuhr nochmals dieselbe Runde. Leah Quarrell hatte ihn in die Welt der Urlauber mit bescheidenem Einkommen geschickt. Selbst die Apartments mit Blick auf den Fluss waren unprätentiös – gleichwohl auf dem freien Markt jeweils bis zu einer Million wert. Sehr wenig Durchgangsverkehr und jede Menge Alternativen für jemanden auf der Flucht: der Fluss als solcher, die Binnenwasserwege und zu beiden Enden der sichelförmigen Straße die Noosa Parade.

Er trieb sich nahe dem Apartmentblock herum, der

auf die Straße hinausging, musterte die steinige weiße Mauer, die mit einem elektronischen Tor ausgestattet war. Durch die Metallstäbe des Tors konnte er die Parkplätze unter dem Gebäude erkennen und die Betonstufen, die die Gäste in die oberen Etagen führten. Er richtete sein Augenmerk auf den Rand der Mauer, wo er Palmenwedel ausmachte, die bis zu den kleinen Balkonen der Apartments reichten. Zur Flucht gezwungen, so seine Überlegung, könnte er Betttücher und Decken zu einem Seil zusammenknoten; die Palmen waren zu klein, ihre Kronen zu zart, um als Weg nach unten zu dienen.

Während er all das in Augenschein nahm, bewegten sich Vorhänge in der Brise. Badeanzüge und Handtücher flappten auf transportablen Wäscheständern. Eine Frau schüttelte ein farbenfrohes Strandlaken aus und hängte es über das Geländer. Auf einem anderen Balkon bewegten sich auf dem Geländer abgestützte Füße. Der Mensch dazu dachte vielleicht nach und hörte Musik.

Die Füße hatten für Wyatt etwas Beruhigendes. Er ließ den Mazda am Straßenrand stehen, setzte sich eine Baseballkappe auf und stieg eine schräge Rasenfläche hoch zum Büro im Erdgeschoss des Apartmentblocks, der auf den Fluss hinausging, wo eine Frau gerade ein Drahtgestell mit Prospekten bestückte.

Er gab den Zurückhaltenden und sagte: »Hier wurde ein Apartment für mich reserviert, auf den Namen Sandford.«

»Oh, ja, Leah hat gerade angerufen, um es zu bestätigen.«

Sie suchte sich die Reservierung am Computer heraus und fing an zu tippen. Wyatt überbrückte die Wartezeit mit der Inaugenscheinnahme des Raums: eine Tür zum Apartment der Managerin an der hinteren Wand, ein Computer mit WLAN für die Gäste, DVDs und Tennisschläger zum Ausleihen, Gestelle mit Broschüren für

Touristen, ein Bestand an zerlesenen Taschenbüchern, einige davon in Holländisch und Deutsch. Auf einem kleinen Fernseher lief Football, die Hoffnungen bei den Brisbane Lions, sie mögen sich zum großen Finale am nächsten Wochenende durchsiegen. Er hörte Jugendliche einen Ball über den Tennisplatz treiben. Ein Wagen kroch auf der Straße heran. Unbemerkt verfolgte Wyatt, wie er in die Auffahrt eines Hauses auf der gegenüberliegenden Straßenseite einbog. Hörte das Signal des Computers, als eine E-Mail einging.

Samt und sonders ganz gewöhnliche Eindrücke. Er entspannte sich zunehmend, obwohl er nie völlig entspannt war. Hier ist vermutlich nie was Übles passiert, dachte er. Geschirr, das zu Bruch ging, eine verstopfte Toilette, Jugendliche, die vergaßen, ihre geliehenen Tennisschläger zurückzugeben. Grillmeister, die es verabsäumten, die Geräte zu säubern. Das war's.

Die Managerin zog ein paar Broschüren aus den Gestellen, aber Wyatt bremste sie mit einem Lächeln ein. »Meine Frau und die Kinder schmoren im Wagen«, erklärte er. »Besser, sie gehen rein und packen aus, bevor es zu einem Aufstand kommt.«

Das nahm der Frau den Wind aus den Segeln und vermittelte ihr, dass es sich bei ihm um einen seriösen Familienvater und Ehemann handelte. Sie war um die dreißig, trug eine einfarbige Bluse mit kurzen Ärmeln, die viel gebräunte Haut offenbarte; reichlich Gold an Fingern, Handgelenken und um den Hals. Er sah eine Frau, die sich in ihrem Körper wohlfühlte, die Sonne und Luft auf ihrer Haut genoss. Eine Frau aus Queensland.

»Natürlich, Mr. Sandford«, sagte sie. »Apartment 53.«

Sie reichte ihm den Schlüssel zum Apartment, einen Schlüssel für die Balkontür und eine Fernbedienung für das Außentor. Wyatt ging zu seinem Mietwagen, betätigte einen Knopf auf der Fernbedienung und fuhr auf das Gelände zu den sechs anderen Fahrzeugen: drei

Mietwagen, zwei Limousinen und ein Nissan Patrol mit Dachhalterung. Er steuerte in den Stellplatz für Apartment 53, nun eingepfercht zwischen einem Betonpfeiler und dem Patrol, und stieg die Treppe zu seinem Apartment hoch. Niemand begegnete ihm. Die Jugendlichen auf dem Tennisplatz und im Pool nahmen ihn nicht wahr.

Die Außentür von Apartment 53 führte auf einen Balkon, darauf ein Glastisch, Stühle und an der Wand die Klimaanlage. Palmwedel filterten das Licht, ein Eindruck, als würde man eine luftige Höhle betreten. Unter ihm lagen Pool, Tennisplatz und Garten, ein Zaun führte zum Caravan Park und zum Fluss dahinter, der durch die angrenzenden Bäume kaum zu sehen war.

Die Schiebetüren des Apartments waren offen. Wyatt ging hinein und spürte private Abgeschiedenheit. Das gefiel ihm. Er suchte weder das Gespräch noch Zerstreuung. Die Bänke in der Küche, der Tisch und die Fliesen am Boden glänzten matt. Die Reinigungskräfte hatten Putzmittel mit Eukalyptusduft benutzt, angenehm und nicht aufdringlich.

Den kurzen Flur hinunter gelangte man zum Bad und zu den beiden Schlafzimmern. Das größere ging auf den Garten an der Rückseite hinaus, auf die sichelförmige Straße und die Apartments vis-à-vis. Ein Doppelbett. Zwei Einzelbetten im anderen Schlafzimmer. Das Badezimmer war klein: eine Dusche und ein Waschtisch.

Er packte das Wenige aus, was er an Sachen besaß: den leichten Sommeranzug, zwei Paar Chinos, ein Paar Shorts, Unterwäsche, eine Jacke, ein paar T-Shirts, das weiße Baumwollhemd, das er zusammen mit dem Anzug getragen hatte, ein Hemd mit kurzem Arm, eine Krawatte, ein Paar Sneakers, ein Paar Lederschuhe und die Make-up-Utensilien.

Um halb fünf mietete Wyatt einen Hyundai bei Budget an der Mary Street, erklärte, er werde ihn am nächsten Morgen zurückbringen. Er fuhr zur Gympie Terrace, wartete dort bei heruntergelassenem Fenster, dass Leah Quarrell RiverRun Realty verlassen würde. Um fünf Uhr vierzig hörte er entfernten Jubel. Ob die Lions ihr letztes Spiel vor dem Finale gewonnen hatten?

Zwanzig Minuten später schloss Quarrell die Tür ab und fuhr in einem gelben VW davon. Wyatt folgte ihr von Noosaville den Fluss entlang bis zu einer Seitenstraße in Tewantin, bis zu einem weißen Bungalow, von dem die Farbe abblätterte. Er beobachtete, wie sie in der Auffahrt parkte und einen Schlüssel benutzte, um ins Haus zu gelangen. Sie schloss die Tür hinter sich und tauchte nicht mehr auf. Der von der Sonne gebleichte Rasen hätte gemäht werden müssen. Alte, vergilbte Ausgaben der Wochenzeitung lagen im Gras, auf dem Gehweg und am Lattenzaun. Wyatt nahm an, dass Quarrell bei der Arbeit akribisch war und zu Hause schlampig, und er fragte sich, welcher Hunger sie antreibe.

Um sechs Uhr dreißig rauschte eine schwere Kawasaki die Straße entlang, durch das Tor und auf den Rasen. Der Mann, der von der Maschine stieg und sie aufbockte, war breitschultrig und stabil, sein Haar hell und kurz geschnitten. Er war in seine Maschine verliebt und in seine Stärke, und Wyatt sah ihn mit seiner Sporttasche die ausgetretenen Stufen zur Eingangstür hochsteigen und sich dabei mit seinen Motorradhandschuhen gegen den Oberschenkel schlagen.

Er betrat das Haus. Sie hatte die Tür für ihn nicht abgeschlossen.

Ein Liebhaber?

10

Trask stiefelte in Leahs Haus und stieß in der Küche auf sie – eine Schürze über ihrem T-Shirt, nackte schlanke Beine, schimmernd unter dem Saum des Shirts. Sie begrüßte ihn nicht, drehte sich nicht vom Herd weg. Was nicht anders zu erwarten gewesen war. Und als er seine Lippen auf ihren langen, feuchten Nacken drückte, wand sie sich mit ihren schmalen Schultern. Was entweder *Lass das* bedeutete oder *Nachher, vielleicht.* Es bedeutete nicht *Mach das noch mal.*

»Schon gehört? Die Lions sind im Finale.«

Leah beachtete ihn nicht. Sie kochte, etwas, was sie selten tat und schlecht dazu. Sauce bolognese, wie's aussah. Rinderhackfleisch, Zwiebeln, Knoblauch, Dosentomaten und Tomatenmark. Keine Kräuter, kein Schuss Rotwein, weder Salz noch Pfeffer, noch ein Suppenwürfel oder eine Prise Zucker, um dem ganzen Tomatenzeug die Säure zu nehmen. Aber sie hatte gemeint, man müsse sich unterhalten, wo es keine Zuhörer gebe, also würden sie bei ihr essen.

Trask beugte seine große Gestalt in den Kühlschrank, peilte pessimistisch die Lage, aber da war eine Dose Bier, Cascade Light. Er ließ die Kühlschranktür los, verfolgte, wie sie zuschwang, wie Magnetdichtung und Rahmen einander lautlos küssten, und zog dabei am Verschluss der Dose. Leah trank Gin Tonic, das Glas abgestellt auf dem Fenstersims über der Spüle. Dieses eine Glas würde ihr für den ganzen Abend genügen. Sie erwiderte nichts, als er mit seiner Dose gegen ihr Glas stieß und »Cheers« sagte, sondern zuckte nur wieder mit ihren schmalen Schultern. Was für ein Paar, dachte er: der Schmetterling und der Kleiderschrank.

Eine Zeit lang geschah nichts. Trask trank sein Bier und Leah kochte. Sie fragte nicht, wie es mit Wurlitzer gelaufen sei.

Angeödet zog er sich ins Badezimmer zurück. Badezimmer hatten eine beruhigende Wirkung auf ihn. Er saß da und träumte und schaute und las die Etiketten auf Tuben und Flaschen.

Leahs Badezimmer war voller teurer Shampoos und Lotionen mit obskuren Namen, festgehalten in Schriftbildern, die nur so wimmelten von Umlauten und Zirkumflexen. Entworfen, um exotische Bestandteile zu suggerieren, seltene, kostspielige, entwickelt mithilfe der Weisheit von Jahrhunderten. Alles Schwindel, natürlich. Laut Etikett stammte Leahs Shampoo aus der Fabrik 4, Technology Road, Newcastle North Industrial Estate.

Er ging zurück in die Küche. Offensichtlich mit dem Rühren fertig, schien Leah geneigt, ihm einen Moment ihrer kostbaren Zeit zu gewähren. Am Ende eines langen Arbeitstages zeigte sie keine Spur von Ermüdung. Hinterlist und Tod garantierten ihr eine glänzende Verfassung. Er beugte sich vor, um sie zu küssen, aber sie legte ihm die Hand auf die Brust. »Nein, lass das. Wir gehen dahin, wo's behaglicher ist.«

Ins Bett? Wohl kaum. Trask folgte ihr zum Sofa im Wohnzimmer, den Schwung ihrer Hüften im Blick. Sie ließ sich aufs Sofa fallen, klopfte mit der Hand auf die Stelle neben ihrem Oberschenkel und schwang ihre Beine über seinen Schoß, sobald Trask sich gesetzt hatte. Ihre Haut schimmerte, war glatt, straff, gebräunt. Unterhalb des Saums von Leahs T-Shirt die Andeutung eines schwarzen Höschens.

Er streichelte eins der zarten Beine vom Knöchel bis zum Knie und auch ein Stück darüber. »Wurlitzer lief glatt, nebenbei bemerkt.«

»Natürlich. Davon war ich absolut überzeugt«, sagte sie.

Er streichelte weiter. Wollte ihr ein anständiges Lob entlocken, unfähig, die richtigen Worte zu finden.

Sie packte seine Hand. »Konzentrier dich.«

»Oh, ich bin konzentriert.«

»Konzentrier dich, hab ich gesagt.«

Wenn man sie verärgerte, straffte sich ihr Gesicht und ein Killerblick trat in ihre Augen.

»Tut mir leid«, murmelte er.

Sie rang sich ein Lächeln ab. Eines wie ein Schlitz, der ihre Lippen verschluckte. »Ich habe nachgedacht«, sagte sie.

»Das hast du drauf.«

»Hattest du schon mal das Gefühl, man betrachte uns als selbstverständlich?«

Ständig, dachte Trask. Er sagte: »Du meinst deinen Onkel?«

Sie nickte. »Ich meine, im Endeffekt hast du uns die Kundin beschafft. Gäb's dich nicht, gäb's keinen Ormerod-Job.«

»Genau.«

»Und welchen Dank bekommst du dafür?«

»Einen Scheiß bekomm ich«, sagte Trask, der sauer wurde.

»Und ich?«, wollte Leah wissen. »Immer heißt es: ›Tu dies, Leah, tu das, Leah.‹ Nein, danke.«

»Hm.«

»Onkel David lebt da so in seinem großen Haus, hat Geld wie Heu.«

»Yep.«

»Ich war erst sechs, als Mum und Dad getötet wurden.«

Wie Trask es verstanden hatte, waren sie voll auf Speed in einen entgegenkommenden Betonmischer gerauscht. »Das muss heftig gewesen sein«, sagte er.

»Heftig? In einem Kinderheim wär ich besser aufgehoben gewesen. Ich meine, ich habe immer gewusst, dass er nicht ganz sauber ist. Ich war dreizehn, als er angefangen hat, mich aufzubrezeln. Nicht oft und meistens für Erpresserfotos. Aber immerhin.«

»Hat er ... «

Sie schüttelte den Kopf. »Nee. Hat mich nie angerührt.«

»Und deine Tante?«

»Ist durchgedreht. Sie ist in der Psychiatrischen.«

Trask fragte sich, wohin das alles führen würde.

»Es ist so, dass Onkel David immer gesagt hat, was ihm gehört, würde eines Tages mir gehören. Er würde mich in alles einweisen und wenn er sich zurückzieht, soll ich das Ganze übernehmen.«

»Er macht aber keinesfalls den Eindruck, als würde er sich zurückziehen wollen«, gab Trask zu bedenken.

Leah war Trasks Hand überdrüssig geworden und spannte sich wie eine Feder. »So ist es. Ich werde alt und grau sein, wenn ich so was wie Verantwortung übernehme. Und was, wenn sein kleines Reich zwischenzeitlich um ihn herum zusammenbricht? Was wird dann aus mir?«

Trask wischte sich ein wenig Spucke von der Wange, Leahs Spucke, und streichelte ihr Knie. »Im Fall der Fälle gehen wir alle unter.«

»Er vertraut mir nicht, lässt mich nichts in Eigenregie erledigen«, sagte Leah, von einem Zittern erfasst. »Dieses Gemälde, zum Beispiel – wir beraten uns nicht, er schleppt lieber einen Fremden an.«

Trask linste auf das V ihres Höschens unterhalb des T-Shirtsaums.

»Was zahlt er dem Kerl?«

Leah schwang ihre braunen Beine geschmeidig auf den Boden und das schwarze V verschwand. »Sicherlich kein Trinkgeld.«

Trask sah sich im Zimmer um. Von außen verfiel das Haus, aber das Wohnzimmer war wie aus einem Lifestylemagazin: minimalistisch, mit schimmerndem Holzboden, einem Teppich in Jadegrün, Ledersesseln und nüchternen weißen Wänden und Regalen. Hier und da rote, gelbe und blaue Tupfen, die das kalte Licht aufbrachen: Vasen, Buchrücken, Kissen. Kleine, wie hastig hingeworfene Drucke an den Wänden.

Er fragte sich, ob er heute das Schlafzimmer noch sehen werde, so wie Leah dasaß, steif und stinkig. Vielleicht Massage ihres Egos ...

Trask legte ihr einen Arm um die Schultern und sagte: »Leah, du könntest diese Sache erfolgreich durchziehen, wenn Minto dir die Möglichkeit geben würde.«

Es war, als hätte sie genau diese Worte hören wollen. Da waren sie wieder, ihre Beine, ihre Waden in seinem Schoß, auch ihr Arsch rückte ein Stückchen näher.

»Witzig, dass du das sagst, weil mir genau das eben durch den Kopf ging.«

Einer gewissen Hitze auf der Spur, berührte Trasks Hand Leahs Knie mit kreisenden Bewegungen, wanderte höher.

»Du hast es eben drauf.«

»Wir ziehen den Job selbst durch.«

Trask hielt inne. »Du meinst, Wyatt sagen, dass er unerwünscht ist?«

»Nein, Alan, das meine ich nicht«, erwiderte sie in ihrem Gouvernantenton.

»Was dann?«

»Wir klauen das Gemälde, verkaufen es, sacken das Geld ein.«

»Ich geh davon aus, dass wir deinem Onkel nichts erzählen.«

»So viel steht schon mal fest.« Sie schlängelte sich näher. Trask war klar, dass sie ihn einwickeln wollte, verdrängte es aber. Er dachte an gebräunte Haut, die heiß war und weich.

»Wie also?«

»Wir überlassen Wyatt den stressigen Teil und dann knöpfen wir uns Wyatt vor.«

Trask strich sich übers Kinn. »Möglich wär's. Wenn

auch nicht leicht. Und ... willst du wirklich, dass er dir im Nacken sitzt?«

Leahs Hand auf seinem Unterarm strahlte Hitze aus. »Wenn ich sage, wir knöpfen uns Wyatt vor, meine ich damit etwas Endgültiges. Du hast mir gezeigt, dass du zu so was in der Lage bist.«

Trask schwoll bei diesen Worten ein wenig die Brust, aber er sagte: »Okay, aber dann sitzt uns Minto im Nacken.«

»Nicht, wenn wir Wyatts Leiche so entsorgen, dass sie nie gefunden wird. Onkel David wird glauben, dass er mit dem Gemälde abgehauen ist. Ich meine, der Typ ist ein Ganove. In der Zwischenzeit geben wir uns beide überrascht und empört.«

»Und ... wie? Ihn schnappen, wenn er das Haus verlässt? In seinem Wagen? Wir wissen ja nicht mal, wann er es durchziehen will.«

»Das überlass mir. Ich werde ihn von einem konkreten Zeitpunkt überzeugen.«

Trask, Leah und diesen Draufgänger vor dem inneren Auge, räusperte sich. Mit heiserer Stimme fragte er: »Wie ist er so?«

Sie zuckte zusammen, als steige eine unangenehme Erinnerung in ihr auf. »Sagen wir mal so, er hat flinke Finger.«

Trask spürte, wie sich seine Fäuste ballten. Plötzlich bot ihm die Aussicht, Wyatt plattzumachen, ein gewisses Maß an Befriedigung.

Sie gestattete seiner Hand, unter den Saum ihres T-Shirts zu gleiten, dort ihrer Erregung nachzuspüren. »Wir nehmen deinen Jeep, um die Leiche wegzuschaffen.«

»Was? Nein. Ich will da keine Spuren.«

»Wir werden was brauchen. Mein VW geht nicht.«

»Es ist nicht in unserm Interesse, dass dein Wagen in der Gegend auftaucht. Ich organisiere einen Van«, sagte Trask, Cherub dabei im Blick. Cherub konnte alles besorgen. Sofern der Preis stimmte. »Leah, ich brauch etwas Geld für die Kosten.«

Leah setzte eine mürrische Miene auf, ihre Standardreaktion bei den meisten alltäglichen Angelegenheiten, vor allem wenn es darum ging, Geld rüberzuschieben. »Ich bin kein Geldautomat.«

Trask lenkte weg davon. »Wir werden das Gemälde irgendwo verstecken müssen.«

»In einem Lagerraum in der Nähe vom Flughafen.«

»Dein Onkel wird das nicht einfach so schlucken«, sagte Trask. »Er wird dich genau ins Visier nehmen und mich erst recht.«

»Soll er.«

»Was, wenn die Klientin sich auf uns versteift?«

»Es gibt keinen Grund, warum sie zuerst auf uns kommen sollte statt auf Wyatt oder meinen Onkel. Sie wird auf Rückzahlung pochen. Könnte streuen, Onkel David könne man nicht vertrauen.«

Und dir einen Einstieg ermöglichen, dachte Trask. »Viel Arbeit, Leah. Und was wissen wir über den Kunstmarkt? So ein altes Gemälde zu haben ist nicht das Gleiche wie Bargeld in der Hand. Kennst du jemanden, der willens und in der Lage ist, es zu verschieben?«

Was Trask über Kunst wusste, erschöpfte sich in dem Poster der Lions an seiner Küchenwand.

»Wir können wohl schlecht Wurlitzer einspannen.« Leah grinste.

Trask lachte und streichelte sie durch die Baumwolle. Erregt von Raub und Mord, fing Leah an zu schnurren, wurde träge, ihr Blick schläfrig, dabei bewegte sie ihr Becken gegen seinen Daumen. Das Spiel ihrer Knochen und Sehnen. Jeder Zoll ihres Körpers war aufreizend und vollkommen.

Dann schob sie seine Hand weg und sagte mit rauer Stimme: »Ich muss dich warnen, Wyatt könnte bewaffnet sein.«

»Dann drücke ich zuerst ab«, sagte Trask.

»Hoffentlich nicht mit der Waffe, die du bei Wurlitzer eingesetzt hast.«

»Natürlich nicht«, log er.

»Okay.«

»Dieses Gemälde ist es hoffentlich wert.«

»Es könnte bis zu einer Million Dollar bringen.«

»Wir machen halbe-halbe?«

»Halbe-halbe«, bestätigte Leah und drängte sich mit ihrem kleinen Hintern an ihn. Trask glaubte, dass dieser Deal etwas für ihn abwerfen würde, aber nicht die Hälfte. Leah machte nie halbe-halbe.

11

Leah Quarrells Gast kam gegen elf Uhr nachts wieder heraus. Wyatt verfolgte ihn bis zu einem schäbigen zweistöckigen Apartmentgebäude nahe Noosa Junction, wo die Kawasaki mit einem Gurgeln zum Mieterparkplatz an der Rückseite fuhr. Danach trat Stille ein. Wyatt harrte eine Weile aus, beobachtete und sah, wie das Licht in einer im oberen Stockwerk gelegenen Wohnung anging und kurz darauf wieder erlosch. Er fuhr zurück in sein Apartment und ging zu Bett.

Am Sonntagmorgen begab er sich auf Erkundung. In Shorts und T-Shirt spazierte er den Bogen entlang und weiter zur Noosa Parade, wo er rechts nach Noosaville abbog. Der Himmel war wolkenlos, aber nicht vollkommen klar. Ein Dunstschleier im Westen. Rauch? Er ging flussabwärts, Richtung Tewantin, entlang der Fuß- und Fahrradwege, die im Schatten von Myrtenheiden, Mangroven, Palmen und Großblättriger Feigen lagen.

Das Wasser in seiner Ruhe zeigte sich als breiter, schimmernder Streifen zu seiner Rechten. Die Geräusche des Morgens waren sowohl tierischer als auch menschlicher Natur: zankende Vögel, hechelnde Hunde, ein Radio an einem Küchenfenster, ein Außenborder, der den Fluss entlangtuckerte, Laufschuhe, die auf dem Boden auftrafen, gelegentlich ein Auto, das über Bremsschwellen holperte.

Es waren jede Menge Leute unterwegs. Schon bald meinte Wyatt, er könne Alteingesessene, Urlauber und Pensionäre voneinander unterscheiden. Ergraut, schwerfällig, in sich gekehrt, bedrückt, sowohl im Verhalten als auch im Mienenspiel, saßen die Alteingesessenen auf ihren Veranden, führten ihre Hunde aus, wässerten ihre Süßgräserflecken. Versenkten Angelhaken im Wasser, ohne große Hoffnung oder Erwartung. Demgegenüber waren die Urlauber jung, großartig ausstaffiert in ihrer Montur der Läufer, Radfahrer oder des dynamischen jungen Elternteils. Kinderwagen und Fahrräder sprengten ein paar Fußgängergruppen auseinander. Bekleidet mit Shorts, Trikothemden und in Laufschuhen keuchten Pensionäre an Wyatt vorbei, rotgesichtige Männer mit schlaffen, von Adern durchzogenen Wangen. Verzweifelt um Luft bemüht, mit verzweifeltem Schnaufen und mit Verzweiflung in den Augen, begleitet von ihren Frauen, die sie zwanzig Jahre überleben würden.

Er wandte seinen Blick nach rechts, zum Fluss, wo ein Junge den Steg einer Bootsvermietung mit einem Schlauch abspritzte. Links die Läden, Cafés und Blocks mit Ferienapartments an der Gympie Terrace. Er prägte sich die Lage von Gassen und Seitenstraßen ein, von abgestellten Autos, die Position zu erklimmender Zäune, von Bushaltestellen und Taxiständen, behielt Fluchtwege, Verstecke und Sackgassen im Gedächtnis. Der Fluss hatte vertäute Boote abseits des Ufers zu bieten, Mietboote direkt am Ufer.

Dann ging er landeinwärts, ein paar Blocks zur Mary Street. Supermarkt, Schnapsladen, Bäckerei und Drogerie lagen eigenartigerweise eingebettet zwischen den

Schönheitskliniken für die Wohlhabenden.

Er sah keine Polizei. Sein inneres Warnsystem schlug nicht an. Die Sonne stieg höher und er wusste aus den Nachrichten, dass die Temperatur heute siebenundzwanzig Grad erreichen würde. Im Großen und Ganzen war die Welt in Ordnung: Er wappnete sich weiterhin für alles, was sich im Nachhinein als Irrtum erweisen könnte.

Mit einer Salatrolle und einer Flasche Wasser kehrte Wyatt zurück in sein Apartment und studierte die Aufnahmen von Thomas Ormerods Haus, bemüht, sich einen Zugang zu überlegen.

Nach dem Mittagessen zog er erneut los, wählte diesmal einen Weg die Noosa Parade entlang zur Hastings Street. Die Parade war ein belebter Streifen mit Häusern und Apartmentblocks entlang des Flussufers, eine Straße, die niemals menschenleer war. So begegneten ihm andere Fußgänger, aber zumeist bewegten sich die Leute in Autos, mit Fahrrädern oder in den kleinen Bussen durch die Gegend. Schwer hingen die Abgase in diesem ruhigen Septembernachmittag. Wyatt musste husten.

Beim Gehen schätzte er die Häuser automatisch hinsichtlich ihrer Schwachstellen ein. Große Häuser, Festungen aus Beton und Glas, die hier und da die Bauweise einer toskanischen oder spanischen Gesandtschaft aufwiesen, erdfarben, indessen die anderen in Weiß gehalten waren, und kaum eines von ihnen für die brutalen Sommermonate in dieser Ecke der Welt ausgelegt. Keine Rollläden oder Fensterläden, keine Dachvorsprünge oder Veranden. Keine Sonnenkollektoren. Klimaanlagen brummten, notgedrungen: Es gab keine andere Möglichkeit, der Hitze beizukommen.

Wyatt war an der Hastings Street angelangt und schlenderte umher, ein Mann, gekleidet wie ein Tourist, aber mit den Überlegungen eines Diebes. Er war auf der Suche nach Wegen, die hinein- und wieder hinausführten, nicht nach Dingen, die man kaufen konnte. Doch schon bald bescherten ihm die Läden für Strandbekleidung, die Boutiquen, Cafés, die Maklerbüros und die dahintrottenden Urlauber Platzangst. Er wich zum Hauptstrand aus, einer langen Auslage mit in der Sonne schmorenden Körpern, von denen nicht einer sein Interesse weckte. Und so viele Kinder. Schulferien, fiel ihm ein.

Zwanzig Minuten später erklomm er einen Wanderpfad, der durch den Nationalpark führte. Weiter vor der Küste blitzte die See wie Glasscherben, in Küstennähe jedoch kroch sie in eine Ansammlung kleiner Buchten, wo Leute auf Badetüchern lagen, benommen von der Sonne. Die Bäume über ihm waren still, doch um ihn herum bildeten die Geräusche der Laufschuhe, das unschöne Keuchen der Jogger die Geräuschkulisse des Parks. Wyatt drehte sich um und ging denselben Weg wieder zurück. Zwei Jogger drängelten sich an ihm vorbei, scheinbar ungehalten, dass er sich auf dem Wanderweg aufhielt.

12

Um zehn Uhr am Montagvormittag ging Wyatt mit Leah Quarrell zu einem kleinen Anlegesteg hundert Meter flussabwärts von ihrem Büro. »Ist das Rauch?«

Ein Klecks am Himmel über dem Ufer auf der anderen Seite. Quarrell sah hinüber. »Dort wird Zuckerrohr verbrannt.« Das klang pikiert, so, als gehöre weder das Herumführen Wyatts noch das Beantworten dummer Fragen zu ihrer Aufgabenbeschreibung. Sie trug ein ärmelloses Top, einen engen Rock und Schuhe, die die Zehen frei ließen, und sie sah mürrisch aus, als sie auf halbem Wege den Steg hinunter einen Schlüssel in ein Schloss steckte.

Wyatt folgte ihr durch das Tor zu einer Stelle, wo vier

kleine Boote vertäut lagen. Er hatte wieder seinen leichten Anzug angezogen. An der gesamten sonnenhungrigen Küste gab es an diesem Tag wohl kaum einen Mann, der in einem Anzug steckte: Den Leuten würde der Anzug auffallen, nicht hingegen das Gesicht, und den meisten würde er berufliche Eintönigkeit signalisieren. Hier war ein Mann, der Papierkram hin und her schob und unterschrieb; ein Buchhalter, vielleicht ein Anwalt. Ein Mann aus der City im Auftrag eines anderen, reicheren Mannes. Kein Anlass für weitere Überlegungen.

Quarrell machte halt bei einem Aluminiumflitzer mit weißem Baumwollverdeck und vier roten Plastiksitzen. *RiverRun Realty* stand in riesigem Kursivdruck auf beiden Seiten und auf dem Verdeck. Die gleichen Worte standen erhaben auf dem kleinen Pappschuber unter Quarrells Arm.

Sie stiegen ein und das kleine Boot schaukelte hin und her. »Sie werden doch nicht seekrank, oder?«, fragte Quarrell mit bissigem Unterton.

Wyatt überging es. Ein anderer Mann hätte vielleicht witzige Bemerkungen mit ihr ausgetauscht oder freundlich Boshaftes, aber er hatte von dergleichen keinerlei Ahnung. Abgesehen davon zählte das als Smalltalk, und er spürte eine gewisse Engherzigkeit an ihr, als lege sie es darauf an, ihn aus der Reserve zu locken. Er setzte sich auf einen der Plastiksitze und breitete die Arme aus, gab den Kunden. »Auf geht's.«

Quarrell kniff die Augen zusammen, aber ließ den Motor an.

Wyatt sah hinaus auf den Fluss. Sie hatten einen Auftrag zu erledigen. Sie waren weder Freunde noch ein Liebespaar; nach diesem Job würden sie sich nie wieder über den Weg laufen. Sie mussten auf keiner anderen Ebene als der professionellen miteinander umgehen.

Das Boot legte vom Steg ab, hielt sich zwischen den Markierungen, als sie flussaufwärts Richtung Noosa

Sound fuhren. Nach einer Weile fiel die Anspannung von Quarrells kleiner Erscheinung, als täten ihr die Luft und das Wasser und das Licht gut. Sie öffnete den Pappschuber, zog eine Seekarte heraus und winkte Wyatt heran.

Er trat zu ihr ans Steuer, studierte die Karte, beschwerte sie wegen des Fahrtwindes mit der flachen Hand. Eine präzise Darstellung des Flusses und seiner Sandbanken, der Brücken und Fahrwege. Unterdessen lenkte Quarrell mit einer Hand und ihr Blick sprang zwischen der Karte, den Markierungen und den sich leichtsinnig nähernden Mietbooten und Kajaks hin und her. Während sie weniger befahrene Gewässer ansteuerte, deutete sie mit dem Finger auf die Karte. »Hier fahren wir rein, einmal rauf und runter und fahren hier wieder raus.«

Rein bei Munna Point – einer Station der Küstenwache, wie Wyatt feststellte –, dann vorbei an Iluka Islet und in das Geflecht der Buchten und am Ende wieder Richtung Norden, um am Witta Circle und der Brücke am Lions Park herauszukommen.

»In den Wohngebieten haben wir fünf Objekte zum Verkauf«, fuhr sie fort, »Grund genug, hier zu sein.«

»Eins davon befindet sich zwei Türen weiter von Ormerods Haus.«

»Ja.«

Quarrell drosselte plötzlich den Motor, ihre Finger umklammerten das Steuer fester. Ein kleines Mietboot befand sich auf Kollisionskurs mit ihnen. An Bord ein Mann mit seinen Kindern, der, sich der Situation zuerst nicht bewusst, plötzlich nach Luft schnappte, in Panik geriet. Leah riss das Steuer herum, drosselte den Motor ein weiteres Mal, riss das Steuer wieder zurück und schon waren sie vorbei an dem Mietboot und an dem Mann, der ihnen gequält zulächelte, fädelten sich dahinter ein.

»Idiot«, sagte Quarrell messerscharf.

Es wäre gut, sie nicht zu unterschätzen.

Unter der Hauptbrücke hindurch fuhren sie in geschützte Gewässer. Hier schien das Leben beinahe stillzustehen. Wyatt sah Spiegelungen von Windschutzscheiben in der Ferne und ein leichtes Flugzeug, das am Horizont im Osten kreuzte, doch die meisten Freizeitboote waren verschwunden. Ein oder zwei Kinder paddelten auf Brettern in flachem Gewässer, ein anderes ließ auf einer kleinen Wiese einen Drachen steigen, das war alles.

In der nächsten Stunde fuhr Quarrell ihn in die Buchten und Kanäle, hielt auf Süden zu, bis das Wasser wenig verheißungsvoll aussah, seicht und voller Algen, woraufhin sie wendete und wieder Richtung Norden fuhr, bis zum Lions Park, mehrminütige Pausen einlegte vor jedem der fünf RiverRun-Objekte, so auch vor dem in der Nähe von Thomas Ormerods Grundstück gelegenen. Wyatt stand, sie verharrte bei blubberndem Motor am Steuer. Er beschattete seine Augen mit der Hand, sah sich alles genau an, dieser aus dem Süden kommende Geschäftsmann im Anzug.

Bis auf ein oder zwei ältere Häuser waren alle zweigeschossig, zusammengepfercht, um das Recht kämpfend, einen schmalen Streifen Rasen, Wasser oder einen Schwimmsteg für sich beanspruchen zu können. Ein oder zwei stellten mit ihren Unmengen an Säulen einen architektonischen Albtraum dar. Hin und wieder beeindruckte ihn eine ansprechende Anordnung aus Glas, mit Fensterläden aus Holz und grüner Vegetation. Jedes Haus verfügte dank schattiger Terrasse über einen wohnlichen Außenbereich. Hinter abschirmendem Bambus, hinter Sträuchern und Palmen waren Stühle und Tische mit Glasplatten zu erkennen. Terrakottakübel beherbergten Sukkulenten, Pandanen und Japanischen Schlangenbart, sodass man überall eine Fülle von Grünschattierungen sah und Blätter, die wie ein Arsenal von Klingen und Schilden daherkamen: scharf, stumpf, breit, schmal, gerade, geschwungen.

Die Leute hier wollen Privatsphäre, dachte Wyatt. Sie wollen aber auch beachtet werden. Sie scheuen den Kontakt mit denen, die sich kein Haus am Wasser leisten können, wollen jedoch von ihnen gesehen werden.

Oder von der Familie nebenan oder von der nächsten Bucht aus oder vom gegenüberliegenden Ufer, sagte er sich. Vielleicht sehen sie mich ja nicht, auch nicht Leah Quarrell oder diese Teenager in ihrem Tretboot oder diesen Vater mit seinen Kindern, der eine Woche Urlaub hatte rausschlagen können, in einem Apartment weit weg vom Wasser.

Nach Auskunft von Minto würde Ormerods Haus am nächsten Wochenende unbeaufsichtigt sein. Ormerod würde zweitausend Kilometer südlich das große Footballfinale verfolgen. Aber hatte er Familie, eine Hausangestellte, einen Gärtner? Einen Nachbarn, der die Topfpflanzen wässerte?

»Ormerod lebt allein?«

»Exakt.«

»Kein Hinweis auf eine Haushälterin? Eine Freundin?«

»Nein.«

»Seine Söhne besuchen ihn nie?«

»Die können ihn nicht ausstehen.«

Wyatt starrte aufs Wasser, in den Himmel, auf die Häuser. Würde sich die Stimmung in der Stadt am Samstag ändern? Abgelenkt durch das große Spiel? Käme der Deckung entgegen.

Als hätte Leah Quarrell seine Gedanken gelesen, sagte sie: »Wenn ich Sie wäre, würde ich es Samstagnachmittag durchziehen.«

Nicht direkt eine Anweisung. »Warum?«

»Weil's einleuchtet. Wegen der Übertragung des Endspiels wird alles dichtgemacht. Die Straßen werden wie leergefegt sein und man hört nur das Plärren der Fernsehgeräte und Radios. Selbst hier ist das ein Riesenereignis, erst recht in diesem Jahr. Da könnte eine Bombe hochgehen und niemand würde es mitkriegen.«

Wyatt ließ das sacken. »Oder ich gehe nachts rein. Freitag, Samstag oder Sonntag. Im Schutz der Dunkelheit. Oder Sonntagmorgen, während die ganze Stadt ihren Rausch ausschläft.«

Quarrell machte eine verärgerte Geste, zerrte am Steuer, gab Gas und fuhr zurück nach Iluka Islet, für Wyatts zweiten, genaueren Blick auf Ormerods Haus. Beim ersten Mal hatte er einen weißen Würfel ausgemacht. Zwei kleinere Mansardenfenster, Säulen, Palmen, einen Steg und einen Gärtner beim Stutzen einer Hecke. Jetzt, da Quarrell den Motor drosselte und fünfzig Meter in den Kanal hinein Position bezog, direkt vor dem zwei Türen von Ormerods Haus entfernten Grundstück – in dessen Rasen ein Zu-verkaufen-Schild steckte –, sah Wyatt sehr konzentriert hin. Durch einen Feldstecher diesmal, peinlich darauf bedacht, kein allzu großes Interesse an Ormerods Haus zu offenbaren.

Unterhalb des Dachvorsprungs war eine Sicherheitsanlage montiert, dazu dezente Warnaufkleber an den Fenstern. Dann entdeckte er eine Katze, die neben einem Liegestuhl auf einer Matte schlief. Sollte es eine Katzenklappe geben, müsste die sich in einer Seitentür befinden. Wer kümmerte sich in Ormerods Abwesenheit um die Katze? Nachbarn? Kinder aus der Straße? Katzenpension? Bliebe die Katze zu Hause, würden voraussichtlich alle Bewegungsmelder deaktiviert.

Wyatt sah hoch zur Dachrinne und zu den beiden Mansardenfenstern. Eines stand halb offen. Sollte es auch zu anderen Zeiten unter der Woche offen stehen, würde das auf ein Fenster hindeuten, das man übersehen oder vergessen hatte.

Eine plötzliche Bewegung an dem Haus, das sich zwischen Ormerods befand und dem, das Leah Quarrells Unternehmen im Portfolio hatte. Wyatt schwang den Feldstecher herum, stellte ihn scharf. Ein Mann mit einer

Bohle, in einer Höhe von etwa fünf Metern. Ein Gerüst? Schwer zu beurteilen angesichts des Gewirrs aus Bambus und Palmen.

Das könnte ein Zugang sein. Rauf auf das Gerüst, rüber zu Ormerods Dach, rein durchs Mansardenfenster.

Sofern es nicht geschlossen oder alarmgesichert war.

Nichts davon erwähnte er gegenüber Quarrell. Stattdessen erklärte er, er habe genug gesehen.

»Und ... wann wollen Sie loslegen?«

»Ich gebe Ihnen Bescheid.«

Falsche Antwort, sofern die Anspannung in ihren zarten Gliedern und die Heftigkeit, mit der Leahs Handgelenke das Steuer herumrissen, eine entsprechende Orientierung gaben.

»Wer schmeißt hier den Laden?«

Wyatt sagte milde: »Ich bin doch eben erst hergekommen, Leah.«

»Ich könnte Ihnen wirklich eine Hilfe sein. Mich für Sie auf die Lauer legen, zum Beispiel.«

Sie fühlt sich nicht hinreichend geschätzt, dachte Wyatt. Vielleicht speist ihr Onkel sie mit ein paar Krümeln ab. Wollte er, Wyatt, wirklich, dass eine Amateurin für ihn Schmiere stand?

Damit sie sich nicht überflüssig vorkam, sagte er: »Es wäre hilfreich, wenn ich etwas über die Größe des Gemäldes wüsste ... «

»Oh ... «, sagte sie und dachte darüber nach. »Ich könnte das anhand der Fotos herausfinden.«

»Danke.«

»Warum?«

»Ich werde es wohl irgendwie einwickeln müssen, bevor ich es aus dem Haus schaffe.«

»Ah ja«, sagte sie, gedanklich bereits am Rotieren.

13

In gereizter Stimmung kehrte Leah Quarrell in ihr Büro zurück und informierte sich zunächst über die Ergebnisse der Auktionen vom Wochenende.

Sie war im Begriff, ein paar Häuser weiter zum Lunch in die Sushi-Bar zu gehen, als die Tür zu ihrem Büro geöffnet wurde und plötzlich ein Mann im Türrahmen stand. »Haben Sie eine Minute, Miss Quarrell?«

Ein Cop. Sie wusste es augenblicklich. Wusste er was über die Sache mit Ormerod? Sie bemäntelte ihre Überlegung mit ein wenig Getöse. »Hören Sie, ich bedauere, aber wir bitten Kunden, im Vorzimmer zu warten, bis – «

»Detective Sergeant Batten, Miss Quarrell. Queensland Police.«

»Ms. Quarrell«, betonte Leah, während ihr Verstand zu rasen begann. Batten? Onkel David hatte nie einen Batten auf seiner Gehaltsliste erwähnt. Andererseits erzählte er ihr nicht alles. Sie fixierte den Typ, hoffte auf ein Nicken oder ein Zwinkern. Dass er ihr erklären werde, es sei alles in Ordnung, reine Routine. Worum auch immer es sich handelte.

Nur dass sie irgendwie wusste, dass es nicht in Ordnung war, und jetzt machte der Typ ein paar Schritte hinein, ein schmächtiger Kerl mit Haarausfall, der in seinem leichten marineblauen Jackett, dem weißen Hemd und den grauen Hosen an einen pingeligen Bankangestellten erinnerte. Eng gebundene blaue Krawatte, schwarze Schuhe. Ein kleines goldenes Kreuz am Revers. Dann drehte er leicht den Kopf, sah sich nach einem Stuhl um und ihr Blick fiel auf das Muttermal unterhalb seines rechten Ohrs, ein Komma, vielleicht fünf Zentimeter lang.

»Würde Ihnen gern ein paar Fragen stellen, Ms. Quarrell«, sagte er und setzte sich ihr gegenüber auf seine vier Buchstaben.

Sie lenkte ihre Aufmerksamkeit weg von diesem Muttermal, dem einzigen bemerkenswerten Attribut an ihm und seiner christlichen Fadheit. »Ich verstehe nicht. Geht es um eine unserer Auktionen? Um einen unserer Klienten?«

»Ihre Firma hat einer Miss Tanya Ericsson eine Immobilie verkauft?«

»Ms. Ericsson«, sagte Leah. »Das ist zutreffend. Gibt es ein Problem?«

»In dieser Woche wurde in ihr Haus eingebrochen.«

»Wie schrecklich«, sagte Leah, sich sofort darüber im Klaren, dass es nicht das Gemälde an Ormerods Wand betraf, sondern Gavin Wurlitzer.

»In der Tat«, sagte Batten, der jetzt mehr wie ein Toecutter aussah und weniger wie ein Kirchgänger.

Als er nicht weitersprach, sagte Leah: »Gab es irgendeinen Schaden? Einen größeren Verlust von Wertsachen?«

»Gab es irgendeinen Schaden«, wiederholte Batten, als sinniere er über eine philosophische Frage. »Hängt davon ab, was Sie unter Schaden verstehen.«

»Nun, kaputtes Glas, Flecken auf dem Teppich ... «

»Bei den meisten Einbrüchen kommt es zu Schäden«, sagte Batten, »aber unser Einbrecher ist einen Schritt weitergegangen – und ich sage Ihnen das streng vertraulich, Ms. Quarrell – und hat Ms. Ericsson angegriffen.«

Leah klappte der Kiefer herunter. »Das ist furchtbar. Die arme Tanya.«

»Natürlich, und es ist nicht das erste Mal, dass ein Einbrecher eine Hausbesitzerin tätlich angreift«, sagte Batten.

»Man sollte annehmen, dass die ein Haus meiden, wenn die Besitzer vor Ort sind«, sagte Leah, stocksauer auf Ericsson, die unerwartet nach Hause gekommen war, und stocksauer auf Wurlitzer, der nicht den Abgang gemacht hatte.

»Oder bessere Informationen einholen.«

Was wollte er damit ausdrücken? »Es ist einfach schauderhaft«, sagte Leah.

»Eine Statistik, die Sie womöglich interessieren könnte«, sagte Batten. »Ein Anstieg der Einbrüche in unbeaufsichtigte Häuser im Großraum Noosa im Verlaufe des letzten Jahres.«

»Tatsächlich?«

»Insbesondere Häuser, die zum Verkauf standen oder Auktionsgut waren.«

Leahs Gedanken überschlugen sich. »Ich meine, mich an zwei meiner Immobilien zu erinnern, die im letzten Jahr Ziel von Einbrechern waren«, sagte sie.

»Tatsächlich handelt es sich um vier«, erwiderte Batten. »Natürlich ist Ihr Unternehmen nicht das einzig betroffene. Das würde äußerst verdächtig erscheinen. Es hat auch andere Immobilienfirmen erwischt.«

»Ich hoffe, Sie schnappen den Typ«, sagte Leah.

»Sie müssten sich doch in der hiesigen Szene gut auskennen, Ms. Quarrell, nicht wahr? Sie plaudern mit Kollegen aus konkurrierenden Firmen, tauschen Geschichten aus, bringen Käufer und Verkäufer zusammen?«

»Schon«, sagte Leah und in ihrem Gesicht regte sich kein Muskel. Dann runzelte sie die Stirn. »Aber Sie unterstellen doch nicht etwa, dass einer meiner Kollegen dieser ... dieser Person Informationen zuspielt?«

Wie in einem Appell breitete Batten weit die Arme aus. »Es könnte so sein.«

»Sollte mir etwas zu Ohren kommen, gebe ich Ihnen Bescheid.«

»Dieser Typ«, stieß Batten mit der Miene eines Richter Gnadenlos wütend hervor, »wird jemanden umbringen, wenn man ihn nicht aufhält.«

Nachdem er gegangen war, schrie Leah die Angestellte am Empfang an: »Sie lassen jeden einfach so nach hinten marschieren?«

Die Angestellte kaute an ihrem Kaugummi, dachte nach. »Er war von der Polizei.«

»Mir ist bekannt, dass er von der Polizei war. Das ist nicht der Punkt.«

»Haben Sie was falsch gemacht?«

»Sie haben was falsch gemacht«, sagte Leah, »und wenn Sie sich nicht mehr ins Zeug legen, sind Sie gefeuert.«

Wütend und frustriert rief sie Rafi Halperin an und erklärte, sie werde gleich vorbeikommen.

»Ich dachte, wir sollen uns bedeckt halten.«

Das machte sie scharf. Sie sagte: »Genau da will ich dich, unter der Decke.«

Sie hatte Hannah Stens Anwalt in den Flamingo Gate Apartments oben auf dem Hügel versteckt, Sicht auf den National Park und den Hauptstrand von Noosa inbegriffen. Eine exklusive Adresse mit Panoramablick, einem eigenen Portier und Leah, die ungestört ein- und ausging, schließlich hatte RiverRun Realty das Apartment im obersten Stockwerk im Angebot. Die Besitzerin, Witwe eines Steuerberaters aus Hobart, wollte es einfach nur abstoßen.

»Stornieren Sie alle Reservierungen«, hatte sie zu Leah gesagt, nicht einmal bemüht, die Freizeitkunst ihres verstorbenen Gatten von den Wänden abhängen zu lassen. »Rückerstatten Sie alle Anzahlungen, verkaufen Sie die Einrichtung, lassen Sie neu streichen, die Teppiche reinigen und die tropfenden Wasserhähne reparieren. Verkaufen Sie.«

Sie beabsichtigte nicht, von Tasmanien hierherzufliegen, um sich das Apartment anzusehen, was bedeutete, dass es die nächsten Wochen Leah zur Verfügung stand.

Nicht einmal Leahs betagter Partner wusste davon. Wer also sollte sich Fragen hinsichtlich der Anwesenheit eines charmanten New Yorker Anwalts stellen? Solange er die nächste Woche oder so auf Tauchstation blieb.

Sie stellte ihren VW in der Tiefgarage des Gebäudes ab und fuhr mit dem Fahrstuhl nach oben, in die Eingangshalle, wo der Portier, von einem leichten, lustvollen Schauder erfasst, sie begrüßte. »Guten Tag, Miss Quarrell.«

»Tag, Troy«, rief Leah, ihre Stimme rauchig, ihre Lider lasziv gesenkt. Das und ein Hunderter extra pro Woche waren ausreichend, um sich die Ergebenheit und Wachsamkeit von Klein Troy zu sichern. Er würde Raf umgehend informieren, sollte jemand auftauchen, herumschnüffeln, sich nach dem Mann in der Suite im obersten Stockwerk erkundigen, und dann würde er sie informieren.

Sie nahm den Fahrstuhl, und da war auch schon Raf, wartete, dass die Tür aufglitt, lässiger Weltbürger und den Männern, mit denen sie es sonst zu tun bekam – fette Australier mit vertrockneter Haut, nachlässiger Kleidung und tumbem Mienenspiel –, so unähnlich, wie man es sich nur vorstellen konnte. Schlank, gewandt, in einem frischen weißen Hemd, die Ärmel bis zu den Ellbogen aufgerollt, dunkle Hosen, flache schwarze Schuhe. Leah liebte seine Schuhe. Liebte seine nackten Unterarme, den grüblerischen Ausdruck in seinen Augen, die markanten Wangenknochen. Liebte seinen New Yorker Akzent. Liebte die Mulde in seiner Kehle.

Liebte, wie er sie hochhob, damit sie ihn mit den Beinen umschlingen konnte, und dabei murmelte: »Ich krieg 'nen Lagerkoller.«

Mittlerweile hatten sie es bis zum Panoramafenster geschafft, das hinausging auf den funkelnden Glanz der See. Wellen mit Schaumkronen, die Kurve der Bucht, ein grüner Saum an der Küstenlinie, Leute im Wasser. Wale, sofern man Geduld und ein gutes Fernglas besaß.

Aber Leah war nicht an Walen interessiert. Sie sah hinunter, konzentriert auf Rafis Scheitel, der jetzt teilweise von ihrem hochgeschobenen Rock verdeckt wurde.

Später, im Bett, verschwitzt mit Raf verknäult, kämmte Leah seine Brusthaare mit ihren Fingern. »Ich habe Alan diese Idee in den Kopf gesetzt.«

»Großartig.«

Sie streichelte, er streichelte, sie schnurrte, und dann sagte sie: »Ich wünschte nur, wir müssten nicht warten.«

»Ich auch.«

»Am liebsten würde ich das Gemälde in einen Koffer packen und heute Nacht mit dir wegfliegen und morgen das Geld einsacken.«

»Ich auch.«

»Eine Million Dollar.«

»Vielleicht auch weniger. Was weiß ich von Kunst? Zunächst muss der Käufer es sehen«, sagte Halperin.

»Raf, du hast gesagt eine Million. Mit einer Million wären wir saniert.«

»Hängt von den Konditionen ab.«

Leah legte ihre Hand flach auf seine Brust, ihre zarten Finger ein Kontrast zu seinem muskulösen Oberkörper. »Vorausgesetzt, Trask baut keine Scheiße.«

Rafael drehte sich auf die Seite und beschäftigte sich mit Leahs Nippeln. »Wie ist unser Prügelknabe denn so?«

Leah dachte über die beiden Begegnungen mit Wyatt nach. »Konsequent. Hart. Übellaunig.«

»Er wird das Gemälde sicher nicht kampflos hergeben.«

»Trask ist nicht grad ein Hänfling. Außerdem haben wir Ormerods Haus und Straße bereits erkundet.«

Raf nickte. »Schon einen Gedanken daran verschwendet, wie man die Leiche loswird?«

Abgelenkt, weil die Gefühle in ihren Brüsten Gefühle

in ihrem Schoß auslösten, zwang sich Leah zur Konzentration. »Vielleicht im Meer?«

Nach einer Weile sagte Rafi: »Trask. Wird er sich an deine Fersen heften?«

»Erst bin ich in Noosa, im nächsten Augenblick bin ich weg«, sagte Leah. »Er wird nicht wissen, wo. Er wird nicht erfahren, dass ich mit dir in New York bin.«

Es gab ihr einen ganz besonderen Kick, die finstere Miene ihres Liebhabers zu sehen. Sie kuschelte sich an ihn. »Entspann dich, ich schlaf nicht mit ihm.«

»Ja, aber er möchte mit dir schlafen.«

»Dann wird's wohl bei seinem Wunsch bleiben, nicht wahr?«

Ein wenig später stützte sich Raf auf einen Ellbogen und fragte: »Kannst du mir eine Waffe besorgen?«

Leah war mit einem Mal sehr in sich gekehrt. »Erklärst du mir gerade, dass du Wyatt umlegen willst? Nicht unbedingt das Feld, auf dem wir beide fit sind.«

»Nichts dergleichen. Ich sitze hier tagelang allein fest, kenne nur die Hälfte der Beteiligten und es könnte was schiefgehen. Hier bin ich angreifbar.«

Leah nagte an ihrer Unterlippe. Zusammen mit Computern, iPhones, Kameras, Münzsammlungen und Goldbarren hatte Gavin Wurlitzer auch mal eine Waffe mitgehen lassen. »Eine kleine .32er Halbautomatik?«

»Perfekt.«

Sie hatten wieder Sex und die Nachmittagssonne ergoss sich mittlerweile über das Bett.

»Ich muss gehen«, sagte Leah.

»Wir könnten heute Abend zusammen essen.«

»Raf, wir dürfen uns nicht zusammen sehen lassen.« Sie berührte seine vollkommenen Lippen mit der Fingerspitze. »Du darfst dich nicht sehen lassen. Alle Welt glaubt, du seist zurück nach New York geflogen.«

»Bitch Face ist in einem Hotel an der Gold Coast.«

»Bitch Face könnte für sich entscheiden, dass sie gern

in Noosa wäre, wenn's zur Übergabe kommt. Und was, wenn Trask dich sieht?«

Raf war eingeschnappt. Das war niedlich, die Lippen verzogen, eine kleine Falte zwischen seinen unergründlichen Augen. Sie küsste sie weg. »Du kriegst deine Rache noch früh genug.«

Immerhin hatte er die Vorarbeit geleistet – nur damit Hannah Sten sagen konnte, danke, du kannst jetzt die Heimreise antreten. Scheiß drauf.

14

Am Dienstagmorgen fuhr Wyatt nach Noosa Junction, um im Secondhandladen der Heilsarmee seine Garderobe zu ergänzen. Ein kleiner Rucksack, ausgeblichene gelbe Boardshorts, ein schlichtes weißes T-Shirt, einen Strohhut, Turnschuhe aus Leinen und eine verspiegelte Wrap-Around-Sonnenbrille. Gebrauchte Kleidung, weil er vermeiden wollte, dass ihn jemand genauer ansah. Eine komplett neue Ausstattung war etwas, was anderen ins Auge springen könnte, sofern sie nichts Besseres zu tun hatten oder neugierig waren. Sie könnten ein kleines Drama daraus ableiten – ein bedauernswerter Urlauber, der gleich am ersten Urlaubstag von seiner Frau zum Kleiderkauf verdonnert worden war. Später dann etwas in den Nachrichten und ihre Phantasie schaltet in den Schnellgang. Sie erinnern sich. Stellen Zusammenhänge her. Besser also, gar nicht erst aufzufallen.

Zurück in seinem Apartment, zog er die Sachen aus dem Secondhandladen an, machte sich auf den Weg zur Noosa Parade und von dort aus weiter zu der Zufahrtsstraße, die nach Iluka Islet führte. Beim Überqueren der kleinen Brücke fiel ihm auf, wie sehr der Knubbel Land einen in die Irre leiten konnte. Von einem Boot aus betrachtet oder vom Lions Park, war er eine winzige Insel. Voller Häuser mit Meeresblick, sozusagen Schulter an Schulter entlang der gesamten Kante, mit Zugang über eine kompakte kleine Brücke am Ende einer kleinen Straße, die die Noosa Parade kreuzte. Doch als der Tourist Wyatt so unverfänglich über die Brücke flanierte, machte er eine kleine Ringstraße aus, die die am Wasser gelegenen Häuser von der Gruppe weniger kostspieliger Behausungen trennte.

Häuser; potentielle Zeugen.

Er schlenderte weiter, das Gesicht dank Hut und Sonnenbrille getarnt, und ihm ging allmählich auf, dass es sich bei vielen Häusern um Mietobjekte und Ferienunterkünfte handelte. Ein recht hoher Anteil der Fahrzeuge hatte Nummernschilder anderer Bundesstaaten und die vielleicht zwanzig Fußgänger, denen er begegnete, sahen wie Urlauber aus. Ein Grüppchen weiblicher Teenager ging an ihm vorbei, grell geschminkt, eingehüllt in eine Parfümwolke, ließen sie ihre strahlenden Zähne sehen, hatten Beutel und Handtaschen dabei, unterhielten sich über den Strand, über Läden. Kinder waren beim Toben in den Swimmingpools der hinter den Häusern gelegenen Gärten zwar zu hören, aber nicht zu sehen. Ein Mann aus Tasmanien wusch seinen Wagen; eine Familie aus Victoria zwängte sich in eine Familienkutsche. Eine private Putzkolonne fegte und blies Blätter weg, sammelte Palmenzweige auf, beschnitt Hecken. Elektrisch betriebene Tore glitten auf und zu, Tennisbälle ploppten, Vögel riefen und schwangen sich in die Luft: unverdächtige Geräusche in einer unverdächtigen Umgebung.

Wyatt umrundete die Insel ein weiteres Mal. Die Häuser – sowohl im inneren wie im äußeren Kreis – standen dicht an dicht. Einige waren durch Zäune getrennt, jedoch nicht in der Mehrzahl. Einige verfügten straßenseitig über hohe, keinen Einblick gewährende Zäune und zu verschließende Zufahrten, andere hatten überhaupt keine Zäune noch Tore. Viele Bäume. Palmen, Norfolk-Tannen, Jacaranda, spitzblättrige Tropenbäume.

Doch alles hier war neu, selbst die Bäume. Die meisten würden dem Gewicht eines erwachsenen Mannes nicht standhalten und Geschick und Füße mit Hornhaut waren vonnöten, um eine Palme zu erklimmen.

Die gesamte Zeit über nahm er die Fenster der oberen Etagen in Augenschein. Der Reflex des Diebes. Oberlichtfenster, Klappfenster, Fenster mit Lüftungsschlitzen, Fensterläden, Dachfenster. Mit einer Zange machte man kurzen Prozess, handelte es sich um Fenster mit Lüftungsschlitzen. Fensterläden brach man auf und schnitt mit einem Glasschneider ein Loch in die Scheibe. Bolzenschneider für ein Klappfenster. Andere, wie Ormerods Mansardenfenster – das er jetzt von der Straße aus nicht sehen konnte –, würde er einfach aufschieben.

Er warf einen Blick auf das Haus von Ormerods Nachbarn. Nicht vom Wasser aus betrachtet, sondern von der Straße, fiel das Gerüst mehr ins Auge, genauso die Tatsache, dass die Bauarbeiter mit dem Ausbau einer ersten Etage beschäftigt waren. Miteinander verbundene Eisenrohre, Bohlen, Leitern, eine blaue Plane, die in der vom Fluss heranwehenden Brise flappte. Im Vorbeigehen vernahm er ein wütendes Scheppern und duckte sich mit pochendem Herzen, dachte, man habe auf ihn geschossen. Doch es waren nur Bauarbeiter, die Schutt in einen Container gekippt hatten. Die kleine Explosion wirbelte Staub auf, der Schwaden bildete, sich herabsenkte.

Wyatt verließ die Insel, hielt sich aber noch ein wenig auf der Brücke auf, der Notwendigkeit eines besseren Eindrucks von der Uferzone wegen. Die meisten Häuser waren dicht an der Küstenlinie gebaut, was ihnen nur einen blassen Streifen Sand zubilligte und ein schmales Stück Rasen samt Begrenzungsmauer. Da hinein hatten einige noch einen Swimmingpool gezwängt. Jetzt konnte Wyatt sehen, was er zuvor nur hatte hören können: plantschende Kinder.

Zu jedem Haus gehörte ein Schwimmsteg – befestigte

Schwimmstege aus Holz, zu erreichen über Laufstege aus Holz, und solche aus Metall, die sich mit dem Wasser hoben und senkten, gesichert mit Pylonen aus Beton, jeder mit einem weißen Abschluss an der Spitze. Ein Pelikan hätte Mühe, hier zu nisten.

Frage also: Sollte man sich vom Wasser aus nähern oder von der Straße?

Den Nachmittag verbrachte er mit Nachdenken auf seinem Balkon. Unten befand sich der Tennisplatz, zwei Frauen schlugen Bälle hin und her, und direkt unter ihm lag der Pool, wo kleinere Kinder plantschten und gelassenere Teenager in der Sonne brieten, vertieft in die Mängel und Vorzüge ihrer schimmernden Gliedmaßen. Und als er so dasaß, machte sich ein eigenartiges Missbehagen in ihm breit.

Wyatt neigte nicht zur Selbstreflexion. In ihm regierte nur ein schlichter Antrieb: ein Objekt von Wert ausmachen und es stehlen. Abgesehen von einer kurzen Zeit in der Armee – wo er den Sold eines Stützpunktes geraubt und auf dem Schwarzmarkt Versorgungsgüter der Armee verhökert hatte – hatte er nie etwas anderes getan. In Läden gestohlen, als er jünger gewesen war, Autos geknackt, als er älter wurde, Banken ausgeraubt und Geldtransporter in der Zeit nach der Armee. Er war nicht getrieben von Not oder der Freude am Besitz von Dingen. Er ging darin auf, die Hand an die Beute zu legen. Jeder einzelne Coup erforderte Planung, Nervenstärke und Zeiteinteilung; einige erforderten Fähigkeiten, die er nicht besaß, was ihn nötigte, mit anderen zusammenzuarbeiten. Eine Handvoll war wie der aktuelle Job gewesen: Wyatt, der Dieb, den man anheuerte.

Diesmal gefiel es ihm nicht. Im Allgemeinen war er sich seiner Fähigkeit sicher, den besten Zeitpunkt zu bestimmen, den besten Zugang zu einem Gebäude, den besten Weg hinaus, dabei wachsam, was die Hauptakteure hinter seinem Rücken im Schilde führen könnten, aber bei diesem Job fehlte ihm die persönliche Verbindung. Er hatte das Gemälde nicht entdeckt und aufgespürt, es war nicht in seine Träume eingedrungen. Und obwohl er bemüht war, in seinem Umgang mit Minto und Quarrell gründlich vorzugehen, wusste man nicht zu sagen, ob und welcher Groll sie antrieb.

Andererseits brauchte er den Job. Die Anzahl seiner Alternativen schrumpfte. Sein Konzept von Diebstahl war immer schwieriger umzusetzen. Nur die selbstgefälligsten Banken und Sicherheitsfirmen vertrauten auf ältere Technologie, und die Alarmanlagen für Privathäuser wurden immer ausgeklügelter. Vielleicht sollte er dankbar sein, einen Mittelsmann wie Minto zu haben, bevor alles zu Staub zerfiel.

Wyatt starrte hinunter auf die Tennisspielerinnen, ohne sie wahrzunehmen. Diese Tristesse war eine neue Erfahrung für ihn. Wenn es nicht schnell und wild war, gehörte sein Leben der Planung. Das Brüten über den nächsten Coup, das Sichkonzentrieren auf das Wie und Wann – das Was, Wo und Warum für gewöhnlich bereits geklärt. Er war es nicht gewohnt, das Nachdenken darüber, wie sein Leben sein werde in einem Jahr oder in zehn.

Er blinzelte: Eine der Frauen hatte ihn entdeckt und winkte. Ein Tennisball war neben ihr aufgeprallt, sie war hinterhergetrabt, hatte sich dann anmutig nach unten gebeugt, um ihn aufzuheben, und dabei Wyatts Blick eingefangen. Es steckte nichts hinter dem Gruß, nur Freundlichkeit, eine Bestätigung, dass sie beide diesen Ort gewählt hatten, um hier Urlaub zu machen, aber Wyatt, ungeübt, was die Gepflogenheiten des alltäglichen Lebens betraf, brauchte einen Augenblick, um zu reagieren. Er wusste, dass man sich so verhielt, dass auf das Winken nicht zu reagieren, gleichgültig, befremdlich gewirkt hätte. Und doch war sein Winken keine unverzügliche Reaktion.

Aber würde sie sich in fünf Minuten noch an ihn erinnern? Würde sie ihn gedanklich irgendwo ablegen? Ganz sicher, verließe er den Balkon sofort; folglich blieb er, fühlte sich unbehaglich dabei, beeinträchtigt. Er veränderte seine Position, als wolle er die letzten Sonnenstrahlen einfangen, eben nur ein Typ auf einem Balkon.

Wie sah die Geschichte dieser Frau aus?

Eine Ehe, möglicherweise, oder eine Ehe plus Scheidung? Vielleicht war sie alleinstehend und die andere Frau eine enge Freundin. Oder sie war jemandes Geliebte oder beide Frauen waren verheiratet und ihre Mannsbilder an diesem Tag unterwegs, angeln, surfen. Nichts davon war von Bedeutung. Es war der Lauf des Lebens. Aber Wyatt saß auf dem Balkon eines Ferienapartments, das er nicht selbst ausgesucht hatte, er war nicht in den Ferien und hatte weder einen festen Job noch ein Haus, in das er zurückkehren würde. Anders als die anderen Männer und die Frauen hier.

Er sinnierte über die Idee eines Gegenentwurfs, bei dem er in einem Vorort lebte und jeden Morgen den Zug zur Arbeit nahm. Familie hatte, Freunde und Nachbarn. Er kam nicht umhin, sich ein Haus vorzustellen. Er hatte Domizile gehabt. Eines, dem er nachtrauerte, hatte landeinwärts hinter der Küstenstadt Shoreham gelegen, südöstlich von Melbourne. Viele Jahre hatte er dort gelebt, bis ein Mann kam, um ihn niederzuschießen, und er alles verlor. Hatte alles zurückgelassen mit einem kurzem Vorsprung, fünfundsiebzigtausend Dollar und der Notwendigkeit, in weite Ferne zu verschwinden. Seinerzeit hatte sein Leben Ruhe mit sich gebracht, zwei oder drei Überfälle pro Jahr, Arbeit über vier bis acht Wochen und anschließend ein Leben von den Erträgen, bis diese aufgebraucht waren oder es ihn wieder packte. Er hatte es sich erlauben können, wählerisch zu sein. Die

Arbeit war eine Herausforderung gewesen, aber er hatte immer gewusst, wie den Nebel der Details durchdringen, der jeden Coup umgab.

Dieses alte Gefühl hatte sich verflüchtigt. Auf jeden Fall fehlte es ihm bei diesem Job. Er fragte sich, ob er sich jemals wieder irgendwo heimisch fühlen werde. Er musste einen großen Treffer landen. Mit einem großen Treffer im Gepäck konnte er ein Haus kaufen, wo niemand ihn aufspüren würde, und könnte seine Coups weit weg von dort durchziehen. Er wäre ein pendelnder Dieb, ein diebischer Pendler – ein Jammer, dass gerade niemand bei ihm war, der diesen Scherz zu schätzen wusste. Jedenfalls würde ihm das gefallen. Es würde das Unbehagen besiegen, das ihn überfallen hatte, hier, weit weg von zu Hause. Wo immer das auch sein mochte.

Wyatt musste in diesem Job Anker werfen. Er holte sein Mobiltelefon hervor und aktivierte das WLAN. Zwei Netzwerke: der Apartment Block selbst und die Wyuna Cove Ferienapartments auf der anderen Seite der Straße.

Bevor er die Mitarbeiter der Noosa Sound Apartments mehr als nötig mit seinem Gesicht konfrontierte, ging Wyatt lieber über die Straße, in das Büro von Wyuna Cove und bat um das Passwort. Zurück in seinem Apartment, loggte er sich ein.

Eine halbe Stunde später wusste er, dass Thomas Ormerods Gemälde aller Wahrscheinlichkeit nach von David Teniers dem Jüngeren, 1610 bis 1690, stammte. Die bei Auktionen für einen Teniers erzielten Preise lagen zwischen achtzehntausend US-Dollar und fast einer Million Pfund Sterling, wobei die meisten zwischen einer Drittelmillion und einer halben Million eingebracht hatten. Besagtes Gemälde jedoch war nicht gelistet. Was nicht bedeutete, dass es nicht echt war oder wert, gestohlen zu werden – oder dass man dafür starb.

15

Recht zeitig am Mittwochmorgen unternahm Wyatt wieder einen Spaziergang den Fluss entlang und dachte nach. Verbissen trainierende Jogger liefen an ihm vorbei. Unbeirrt drangsalierten ihn Radfahrer. Jedes Mal die Anspannung, wenn er sich fragte, ob sie eine Überraschung für ihn bereithielten, aber sie gaben stumpfsinnig Stoff, als existiere er gar nicht.

Irgendwann legten sich die milde Luft und der Anblick des glitzernden Wassers auf seine Nerven und er blieb stehen, um die Schönheit und Alltäglichkeit des Lebens entlang eines Wasserweges zu betrachten. Pelikane und Austernfischer; überdachte Grillplätze und Holzbänke mit Aussicht auf den Fluss; ein Abenteuerspielplatz; eine ausladende Großblättrige Feige.

Plötzlich eine Art Schnippen gegen seinen Schädel. Er zog den Kopf ein, dachte wieder, auf ihn sei geschossen worden. Entdeckte aber einen kleineren Vogel, der zu einem weiteren Sturzflug auf ihn ansetzte. Wahrscheinlich hatte er hier irgendwo sein Nest. Wyatt wedelte mit den Armen und machte sich aus dem Staub angesichts dieses verhassten Gefühls, das er von einem Überfall in Brisbane noch in Erinnerung hatte.

Er zog sich an einen der Grillplätze zurück, um über Minto nachzudenken, über Quarrell und den Job als solchen. Er brauchte Informationen über Sicherheitspatrouillen auf Iluka Islet. Beschäftigte Ormerod einen Gärtner oder eine Putzfrau, die während seiner Abwesenheit am nächsten Wochenende auftauchen würden? Und das Haus selbst: Hegte Ormerod ein nicht gerechtfertigtes Vertrauen in die Lage seines Domizils, gelegen auf einem kleinen Knubbel Land, eine Straße im Rücken, Häuser zu beiden Seiten, Wasser, das an seinem Rasen anschwappte? Möglicherweise fühlte er sich dort geschützt, und diese Einstellung könnte einen Mann dazu verleiten, die Frage nach der Sicherheit zu vernachlässigen. Lichtsensoren an den Außenwänden, Aufkleber von Sicherheitsfirmen, Alarmmelder unter Dachvorsprüngen, und sonst? Vielleicht war das egal. Ein schnelles Rein und Raus, bevor Polizei oder Sicherheitsleute eintrafen.

Wyatt wusste, dass er jederzeit zwischen dem späten Freitagnachmittag und dem frühen Montagmorgen einsteigen konnte, aber was, wenn Ormerod seine Pläne änderte und aus irgendeinem Grund früher zurückkam? Er dachte über das Mansardenfenster nach: Selbst wenn Ormerod es schloss und verriegelte, bevor er gen Süden flog, musste es nicht zwingend in das Alarmsystem integriert sein. Hausbesitzer sicherten ihre Türen und Fenster im Erdgeschoss, übersahen, dass Einbrecher Bäume erklommen – oder Baugerüste. Und Installateure von Sicherheitsanlagen beschritten oftmals den einfachen Weg: Sie betrachteten freie, offene Räume unterhalb von Häusern, höher gelegene Toilettenfenster und Entlüftungsvorrichtungen für Dachböden als nicht risikobehaftet. Kaum zugänglich, zu schmutzig oder zu zeitaufwendig, wollte man sie sichern.

Die andere nachlässige oder fehlbare Größe in der Gleichung war der Hausbesitzer. Vielleicht würde Ormerod vergessen, die Sicherheitsanlage einzuschalten.

Zurück von seinem Spaziergang, die Beine auf dem Balkongeländer, nippte Wyatt an einem Kaffee und dachte weiter nach. Die Umgebung lag wie ausgestorben da: der Tennisplatz, der Pool, der Caravan Park dahinter.

Plötzlich wurde er in Unruhe versetzt. Ein Streifenwagen fuhr langsam in den Caravan Park. Zwei junge Beamte stiegen aus, überquerten ein Stück Rasen und und riefen den Bewohnern eines Zeltes etwas zu. Ein Diebstahl? Eine Beschwerde?

Wyatt entspannte sich. Sie waren nicht an einem Mann

interessiert, der hundert Meter entfernt auf einem Balkon saß. Die Polizei war sein natürlicher Feind und so wie er aufgewachsen war, war seine gesamte Entwicklung von Feindseligkeit der Polizei gegenüber durchdrungen gewesen. Aber er hasste sie nicht, noch hatte er Angst vor ihnen. Er kam selten mit ihnen in Berührung. Sie hatten einen Job zu erledigen und eines Tages würden sie ihn vielleicht schnappen, aber daran verschwendete er kaum je einen Gedanken. Das wäre kontraproduktiv. Zeigte man seine Abneigung, zog man die Aufmerksamkeit auf sich. Wyatt blieb gern unsichtbar.

Er trank seinen Kaffee aus, las die Zeitung zu Ende und checkte sein Mobiltelefon nach Mitteilungen. Eine von Minto: *Alles okay?* Er antwortete nicht.

Um neun Uhr erschien er bei Hertz in Noosa Junction und mietete als John Sandford einen Hyundai. Er hatte noch immer den Mazda, aber für den Fall, dass später jemand hinter ihm her sein sollte, wollte er mehr als eine Spur gelegt haben.

Drei Stunden später war er in einem Einkaufszentrum in Brisbane und nahm sich das Angebot eines Ladens für Arbeitskleidung vor. Eingedenk des Hauses neben dem Ormerod'schen, eingedenk des Gerüstes, der Leitern und der flatternden Plane verließ er den Laden mit einem Bauhelm, einem Overall, mit gummibesohlten Arbeitsschuhen, einer Nylonjacke mit Reißverschluss und dem Aufdruck *Security* vorn und hinten.

Eine Waffe war das Nächste auf seiner Einkaufsliste. Er konnte keine kaufen, Minto keine besorgen. Zurück in Noosa kramte er eine Ausgabe der Gelben Seiten hervor und suchte sich die Einträge der Schützenvereine heraus.

Am späten Nachmittag parkte Wyatt vor dem Nambour Small Arms Club, dort, wo die Sonne dank einiger silbriger Eukalyptusbäume Schatten warf auf das etwa zwanzig Kilometer landeinwärts vom Sunshine Coast Airport entfernt und abseits in einem Tal gelegene, von Bäumen und einem Sicherheitszaun umgebene Grundstück. Schüsse – ein schwaches Geprassel – drangen in der würzigen Luft an sein Ohr. In der Hosentasche summte sein Telefon. Er beachtete es nicht.

Geschossen wurde bis sechs Uhr abends, dann hörte es auf. Direkt danach tauchte das erste Fahrzeug auf, ein klobiger Land Rover, gefolgt von zwei weiteren Wagen mit Allradantrieb. Als der Staub sich gelegt hatte, fuhr Wyatt ihnen hinterher. Alle drei Fahrzeuge waren auf dem Weg nach Norden, nach Yandina, und weiter Richtung Osten nach Coolum Beach, wo inmitten von Wiesen und Palmen zahlreiche Ferienorte mit Blick auf die Brecher des Pazifik lagen. Die Schützen hingegen zeigten kein Interesse an dieser Aussicht. Vermutlich hatten sie diesen Anblick Tag für Tag. Sie bogen auf den Parkplatz eines Golfplatzes ab und gingen auf einen Drink ins Clubhaus.

Wyatt parkte dort, wo die Überwachungskameras ihn nicht erfassten, und wartete, bis die Dämmerung hereinbrach, ein seltsamer, kurzer Zeitraum, der das Auge eines Mannes überlisten kann. Als Zeitpunkt und Lichtverhältnisse optimal waren, machte er sich auf zur Jagd. Möglich, dass die Schützen ihre Waffen im Clubhaus zurückgelassen hatten, aber Wyatt hätte wetten können, dass sich in einem der Fahrzeuge eine Waffe in einer verschlossenen Kassette finden ließe.

Im ersten Fahrzeug nichts, weder unter den Sitzen noch im Handschuhfach oder hinter den Türverschalungen. Aber im zweiten Fahrzeug stieß er unterhalb des Ersatzreifens auf einen Waffensafe. Das Schloss war mit einer Tastatur versehen. Er betrachtete sie aus schrägem Winkel, auf der Suche nach verräterischen Gebrauchsspuren oder Verschmutzungen, die die vier Tasten identifizieren würden, womit der eine Zahlencode aus den möglichen Kombinationen eingegeben wurde, aber sein

Glück ließ ihn im Stich. Eine feine Schicht Talkumpuder, über die Tasten geblasen, hätte die ständig benutzten hervorgehoben, aber er hatte nichts dabei.

Er ging weiter zu dem Land Rover, dem schäbigsten und ältesten der drei Wagen. Drinnen dann ein Werkzeugkasten mit doppeltem Boden, darunter verborgen eine geladene .22er Ruger. Sie hätte von einem US-amerikanischen Seemann auf Landgang stammen können oder von einem Biker aus Tasmanien, der aufs Festland geflüchtet war. Das waren die beiden Hauptquellen für eine Ruger, die Wyatt bekannt waren. Er steckte die Pistole ein und spazierte auf einem Umweg zurück zu seinem Wagen, drang tiefer in den Ferienort vor und schlenderte wieder hinaus. Beobachtete, lauschte auf das Geschrei, das zum Ausdruck bringen würde, man habe ihn entdeckt und er hier nichts verloren. Er widerstand dem Drang loszurennen: Er gab einen Urlauber auf seinem Abendspaziergang.

Nachdem er einmal um seinen gemieteten Hyundai herumgegangen war, dabei Rücksitz und Fußraum überprüft hatte, stieg Wyatt ein und fuhr Richtung Norden, nach Noosa zu seinem Apartment. Bei geschlossenen Vorhängen leerte er die Waffe und schlug sie trocken ab. Sie war gut geölt und gepflegt. Aber es amüsierte ihn, als er feststellte, dass der Schlitten einen Ton heller war als Rahmen und Lauf und keine Seriennummer aufwies.

Die Waffe hatte folglich eine Wiedergeburt erlebt. Möglicherweise dank eines Waffenschmiedes, den Wyatt mal gekannt hatte und der jetzt im Knast saß. Wyatt erinnerte sich, dass der Typ der Polizei ein Dutzend Ruger-Schlitten geschickt und zugleich attestiert hatte, sie stammten von Waffen, die vernichtet oder in ihre Einzelteile zerlegt worden seien, wohingegen er lediglich ein Dutzend neuer Schlitten angefertigt und die Waffen anschließend auf dem Schwarzmarkt vertickt hatte.

Wyatt sah sich den Schlitten genau an, schob ihn vor und zurück. Gute Arbeit. Die Mechanik funktionierte reibungslos, präzise, leise. Die Ruger würde nicht versagen. Sie würde einen Mann oder eine Frau ausschalten. Sofern er oder sie nah genug herankäme. Wenn es dazu käme.

Er ölte die Waffe. Dann nahm er ein paar Patronen aus dem Ladestreifen. Aus Erfahrung wusste er, dass ein voller Ladestreifen die Feder mit der Zeit belasten und die Bedienung der Waffe beeinflussen könnte, bis hin zur Ladehemmung.

Er überlegte gerade, wohin mit der Waffe, als das Telefon im Apartment klingelte.

»Ja?«

Leah Quarrell, unleidlich. Sie stehe in seinem Treppenhaus, habe etwas dabei, was sie ihm zeigen wolle, und ob er bitte die verdammte Tür öffnen und sie, Leah, hereinlassen könne?

16

»Seit Montag versuche ich, Sie zu erreichen«, sagte sie und stolzierte herein. Sie hatte einen stabilen, flachen Karton dabei, darauf in großen schwarzen Buchstaben der Aufdruck SONY PLASMA TV.

Wyatt reagierte nicht. Vom Türrahmen aus warf er einen Blick in den Treppenaufgang, in instinktiver Erwartung von Ärger den Griff der Ruger fest umklammert, und lauschte auf ungewöhnliche Geräusche.

Sie war allein. Niemand, der aus dem Schatten heraus losstürmte. Und als sie die Pistole in seiner Hand entdeckte, verzog sie die Lippen. »Oh, um Himmels willen.«

Wyatt ignorierte sie und schloss die Tür. Angesichts eines nicht auszuschließenden Aufnahmegerätes sagte er: »Wir möchten uns bei Ihnen bedanken, dass Sie das Apartment für uns gefunden haben. Es ist perfekt.«

Quarrell schüttelte den Kopf, auffallend genervt. »Ich bin nicht verdrahtet.«

Sie knallte den Karton auf den Wohnzimmertisch, hob die Bluse bis zum Hals, den Rock bis zur Taille, stand da, gebräunt, geschmeidig und zart. »Sehen Sie?«

»Wofür ist der Karton?«

»Sie wollten was, womit Sie das Gemälde transportieren können? Ideale Größe. Ich brauchte sowieso einen neuen Fernseher.«

Wyatt steckte die Ruger in seinen Hosenbund und stieß mit dem Finger gegen den Karton. »Warum sind Sie hergekommen?«

Ihr riss der Geduldsfaden. »Hallo? Ein Dankeschön wär angebracht.«

»Wir hätten uns morgen treffen können, an einem neutralen Ort.«

»Neutral? Ich habe gedacht, Zurückgezogenheit sei Ihnen wichtig.«

»Weiß jemand, dass Sie hier sind?«

»Das glaube ich nicht. Wer denn?«

»Hat man Sie verfolgt?«

»Sie sind paranoid. Hören Sie, lassen Sie uns einen trinken, ein wenig entspannen. Meinen Sie, dass Sie das hinkriegen?«

Quarrell setzte sich unaufgefordert auf das Sofa, ihr weißer Rock und die schimmernden Beine ein lebendiger Kontrast zum tristen Blumenmuster der Polster. Der Saum schob sich an ihren schlanken Schenkeln hoch und sie wusste das.

Wyatt folgte Regeln: keinen Alkohol im Vorfeld eines Coups. Kleine Mahlzeiten. Viel Schlaf. »Tee oder Kaffee?«, fragte er.

»Sie haben was von einem Mönch.« Sie rutschte in eine bequeme Sitzposition. Und als würde ihr klar, dass Wyatt von ihrem Rock nicht aus der Reserve zu locken war, zog sie an dem Saum. »Was soll das mit der Waffe?

Sie werden ein Gemälde stehlen, nicht auf jemanden schießen.«

Wyatt ließ sie nicht aus den Augen.

»Unglaublich. Okay, brauchen Sie sonst noch was? Ein Fahrzeug? Wir sind ein Team, vergessen Sie das nicht.«

»Ich habe alles«, sagte Wyatt.

Dann sah er ein, dass sie das nicht beschwichtigen würde. Er war gut darin, anderer Leute Hoffnungen und Ängste zu deuten – in seinem Metier musste er es sein. Die meisten Männer und Frauen waren der personifizierte Zweifel, die personifizierte Unsicherheit und brauchten deshalb ständig Bestätigung. Sie rissen jede Situation an sich. Große Träumer, kaum fähig, auch nur kleine Träume zu verwirklichen. Plappernde Münder, die mit ihrem Palaver die Stille füllen.

Aber es machte sich nicht bezahlt, ihnen keine Beachtung zu schenken. Man musste ihre Bedürfnisse und Ängste abschätzen. Ein Banküberfall zum Beispiel: Es war nicht hilfreich, Leute anzubrüllen, Waffen abzufeuern, Kunden und Angestellten Pistolen überzuziehen. Leute, die voller Panik schreien und umherstolpern, stellten ein Hindernis dar, lenkten ab. Schweigen würde von ihnen als ebenso beängstigend empfunden. Folglich sprach man mit ihnen. Man sprach leise, beruhigend. Man fragte sie vielleicht nach ihrem Vornamen. Man sagte vielleicht: »Liz, ich werde Ihnen nicht wehtun, niemand wird verletzt, das wird alles bald vorbei sein, wenn Sie sich also mit den anderen auf den Boden setzen und Ihren Arm um die Frau mit dem Baby legen wollen, dann werden Sie uns im Handumdrehen los sein.«

Und Liz würde aufhören zu zittern. Obendrein hätte sie das Empfinden, wichtig zu sein. In ihrem bescheidenen Rahmen wäre sie jetzt unwissentlich eine Unterstützung. Würde man sie anschreien, sie schlagen, was auch immer, könnte sie das Verderben sein.

Wyatt hatte schon seit Längerem keine Bank mehr ausgeraubt und das nicht nur wegen der hochtechnologischen Sicherheitsvorkehrungen. Zuverlässige Partner zu finden – Frauen und Männer mit den notwendigen Fähigkeiten, ohne den Drang, laut zu werden, mit Waffen zuzuschlagen – war unmöglich. Idioten überfielen heutzutage Banken und Geldtransporter. Dumme, dank Drogen durchgeknallte, verzweifelte Männer. Männer, die nichts von Psychologie verstanden.

Also schenkte Wyatt dem, was Leah Quarrell wirklich wollte, Aufmerksamkeit. Sie wollte Anerkennung. Sie wollte im Mittelpunkt stehen.

Er deutete mit dem Kopf auf den leeren Karton. »Darauf wäre ich nie gekommen. Der ist perfekt.«

Sie nahm das Kompliment widerwillig an. »Nun, ich möchte nicht falsch verstanden werden, aber ich glaube nicht, dass Sie Ihre Rolle bei alldem richtig bewerten. *Wir* haben Sie angeheuert. Sie arbeiten für *uns*, für mich und meinen Onkel. Sie verhalten sich, als wären wir unwichtig.«

»Was wollen Sie, Leah?«

»Besser informiert werden.«

»Worüber?«

»Worüber? Über den Zeitplan. Es muss reibungslos ablaufen: – der Einbruch, das Fortschaffen des Gemäldes, die Übergabe. Bekanntlich sind andere daran beteiligt. Ich meine, ich treffe Sie hier mit einer Waffe an, als hätten Sie vor, jetzt dort einzusteigen, noch bevor Ormerod nach Melbourne fliegt. Ich dachte, wir hätten uns auf das Wochenende geeinigt.«

Wyatt hatte kein Interesse an diesem Gespräch, aber er warf ihr einen Knochen hin, gleichwohl ihm die Worte kaum über die Lippen wollten: »Ja, ich habe mich entschieden, Ihrem Vorschlag zu folgen und am Samstagnachmittag in Ormerods Haus einzubrechen. Einstweilen sollen Sie wissen, dass ich stets eine Waffe trage.«

Sie lehnte sich zurück. »Danke. War das so schwierig?«

Die Frage war für Wyatt ohne Belang. Er erwiderte nichts darauf.

Er hätte ihr besser eine weitere Bestätigung ihrer Schlüsselrolle geliefert. Quarrell geriet nämlich erneut in Harnisch. »Das war's? Was ist mit der Vorbereitung?«

»Alles unter Kontrolle.«

Sie langte nach ihm und umschloss sein Handgelenk mit ihren schlanken Fingern.

»Werkzeug, Ausrüstung ... «

»Alles klar so weit.«

Sie zog die Hand zurück. »Und was bin ich? Eine Statistin?«

Wyatt hatte keinen Sinn für Capricen und Gereiztheit. Beides war witzlos; zeitigte ausnahmslos negative Resultate. »Sie sind bisher eine große Hilfe gewesen«, sagte er und versuchte zu ergründen, was sie hören wollte, »und ich möchte Sie nicht weiter beanspruchen.«

»Ich weiß, dass ich eine große Hilfe gewesen bin. Aber wie wollen Sie zu dem Haus gelangen? Wie den Karton transportieren? Wann genau gedenken Sie einzubrechen? Auftakt des Spiels? Mittelteil? Endphase?«

»Das muss noch entschieden werden.«

Sie lehnte sich zurück, zischte wie eine Schlange: »Ich hasse das.«

Wyatt erwog, Minto anrufen, ihn zu bitten, sie zu bremsen, aber das würde Zeit, Energie und eine gewisse Finesse erfordern. Es könnte zudem unter der Oberfläche für Ressentiments sorgen. Besser, ihr noch ein paar Knochen hinzuwerfen. »Wann würden Sie einsteigen?«

Sie dachte darüber nach. »Etwa zur Tagesmitte, sagen wir gegen ein Uhr, wird es viel Hin und Her geben, Leute treffen mit Grillwürsten und Bier in den Häusern anderer ein. Sie könnten dies als Deckung nutzen, um reinzugehen.«

»Guter Gedanke.« Er nickte. »Ist es Ormerod zuzutrauen, Sicherheitsleute zu engagieren, um sein Haus während seiner Abwesenheit bewachen zu lassen?«

Quarrell grinste. »Wir werden es wissen, wenn er's macht.«

Das hieß, sie hatte Kontakte zu den örtlichen Sicherheitsfirmen.

»Okay.«

»Haben Sie darüber nachgedacht, wie Sie dorthin kommen? Wo Sie das Gemälde aufbewahren, nachdem Sie von dort weg sind? Wie Sie es zur Kundin bringen?«

»Ist noch in Arbeit«, sagte Wyatt, seine Stimme ein wenig wie ein Peitschenknall.

Sobald sie gegangen war, zog sich Wyatt etwas konventioneller an, verließ sein Apartmenthaus und spazierte entlang der Sichel zur Hauptstraße, bog links ein und machte sich auf den Weg nach Noosa. Der milde Abend war voller Gerüche: Abgase, frische Farbe, Pflanzen in Blüte.

An der Hastings Street bog er nach rechts und marschierte bis zur French-Quarter-Ferienanlage am Fuße eines steilen Hügels. Er gab sich den Anschein, die Anlage betreten zu wollen, und verharrte zwanzig Minuten in einem Hausflur. Dann verließ er ihn, alle Sinne in Bereitschaft. Er spürte nichts, sah niemand Auffälliges. Er ging in die entgegengesetzte Richtung zurück, zum Pacific Grand, einem Fünfsternehotel, wo die Zimmer auf der einen Seite auf Noosa Sound und den Fluss hinausgingen, auf der anderen Seite auf den Hauptstrand und Laguna Bay.

Dank einer kurzfristigen Stornierung war eine Suite im Penthouse zu haben. Weder ein Killer noch ein Meisterdieb hatte sie bislang bezogen, noch würde die Polizei auf die Idee verfallen, hier nach einem zu suchen, wenn sich die Dinge am Samstag negativ entwickeln sollten.

»Benötigen Sie Hilfe mit Ihrem Gepäck, Mr. Sandford?«

»Die Fluggesellschaft hat es versehentlich nach Brisbane geschickt«, sagte Wyatt. »Man wird es morgen hier abliefern.«

»Oh, das ist ja furchtbar. Falls Sie zwischenzeitlich irgendetwas brauchen ... «

Wyatt lächelte und schüttelte den Kopf.

»Dann wünsche ich Ihnen noch einen schönen Abend«, sagte der Rezeptionist, »und danke, dass Sie sich für das Pacific Grand entschieden haben.«

Wyatt fuhr mit dem Fahrstuhl nach oben. In seinem Zimmer ging er hinaus auf den Balkon. Nichts verstellte die Sicht auf Ormerods Haus auf Iluka Islet. Er beobachtete es eine Weile, reglos, nicht in der Lage, eine in der Zukunft angesiedelte Vorstellung abzuschütteln. Blinkende Lichter und Streifenwagen und Uniformen und Hunde dort drüben, die friedliche Stimmung zerstört.

17

Unterdessen brachte Leah Quarrell die .32er zu Rafi Halperin. Sie stolzierte ins Flamingo Gate, trällerte »Hallo, Troy!« und schwebte, ihr Lächeln auf volle Leistung hochgefahren, zum Fahrstuhl.

Der Portier blinzelte und schluckte, versuchte, seiner Stimme Herr zu werden:

»Hi, Leah.«

Es musste öde sein, zwölf Stunden dort zu sitzen, sich mit dem Kollegen bei der Früh- und Spätschicht abzuwechseln. Niemand da zum Reden, glückliche Familien, die den lieben langen Tag auf der anderen Seite der Rauchglasscheibe vorbeiflanierten. Womit verbrachte er seine Zeit? Mit Pornos? Mit Tagträumen? Er war Schauspielschüler, schrieb vielleicht ein Drehbuch. Sie hatte das für die dezente Andeutung genutzt, dass es sich bei dem Mann in der Suite in der obersten Etage um einen Filmproduzenten handele, der absolute Ruhe benötige, also dass niemand dort hinaufgehe, okay?

Eine Minute später trat sie aus dem Fahrstuhl direkt in Rafis Arme. Gebräunte Arme, schlank und doch Stränge voller Kraft.

»Bist du erfreut, *mich zu sehen*«, fragte sie und drängte sich mit einer angedeuteten Burlesquenummer an ihn, »oder bist du erfreut, dass ich dir eine Waffe bringe?«

Er zog eine Augenbraue hoch. »Lass mich mal überlegen.«

»Sehr komisch.« Sie knöpfte ihm das Hemd auf, arbeitete sich dabei von seinem Hals bis zu seiner Taille vor. »Ich hatte gerade die frustrierendste halbe Stunde meines Lebens. Ich dachte, ich geh in die Luft.«

Sie erzählte ihm von Wyatt, von seiner abweisenden, verstockten Art. An seinem Gürtel gebot er ihren Händen Einhalt. »Hast du vorgeschlagen, die Sache am Samstagnachmittag durchzuziehen?«

»Er denkt in die Richtung.«

Seine Hände an ihren Oberarmen, bewegte sich Rafi einen Schritt zurück, sah ihr prüfend ins Gesicht. »Bist du sicher, dass du nicht auf ihn stehst?«

»Was? Nein. Bist du verrückt? Ich brauchte Informationen und er hat versucht, mich bei Laune zu halten, als wäre ich ein kleines Kind.« Sie umschlang ihn wieder und reckte das Kinn. »Zeigt sich da ein Anflug von Eifersucht?«

Halperin lachte. Sie schafften es kaum bis zum Bett.

Danach, als beide sich die Bettdecke wegen der kühler werdenden Luft bis zum Kinn hochgezogen hatten, sagte Leah: »Ich werde das Gefühl nicht los, dass er mit Schwierigkeiten rechnet, wenn er mit dem Gemälde verschwinden will. Und er wird es eilig haben. Ich schätze, er wird in der Nähe einen Wagen abstellen, aber was, wenn er direkt zur Gold Coast fährt? Ich meine, wo und wann überfällt man ihn?«

»Besprich das mit Trask. Er ist derjenige, der den Abzug betätigt.«

»Er geht mir auf die Nerven. Ich mach drei Kreuze, wenn ich ihn los bin.«

Halperin erstarrte. Leah kuschelte sich enger an ihn. »Es ist nicht das, was du denkst, Raf.«

Sie beobachtete ihn, als er darüber nachdachte und sich schließlich entschied, ihr zu glauben. Er begann, das Grübchen über ihrem Steißbein zu streicheln. »Meiner Erinnerung nach ist Ormerods Haus von Bäumen und Büschen umgeben. Trask könnte hinter einem Busch warten.«

»Das Risiko geh ich nicht ein. Was, wenn man ihn sieht? Und Leute werden den Schuss hören.«

»Ein Messer.«

»Eine Schusswaffe ist sauberer. Und macht allem schneller ein Ende.«

»Okay, man erledigt Wyatt, wenn er das Gemälde in seinen Wagen packt oder wenn er losfährt.«

»Am helllichten Tage? Auf der Straße? Nein.«

»Nutze deine Möglichkeiten als Maklerin und beschaff dir einen Schlüssel zu seinem Apartment. Dort wartet ihr auf ihn.«

Leah ging mit sich zurate. Ihr gefiel der Gedanke. Und wenn Wyatt nicht in sein Apartment zurückkehrte?

Mit fieberhaft arbeitendem Verstand zog sie eine vorzügliche Variante in Erwägung: Wyatt in dem Moment zu überfallen, wenn er das Gemälde von der Wand nahm.

Vorausgesetzt, Trask fände eine Möglichkeit, ins Haus zu gelangen und dort zu warten.

Rafi, der ihre Gedanken erriet, sagte: »Wie wär's damit: Man bricht bei Ormerod ein und schaltet Wyatt aus, sobald er drinnen ist. Nichts in der Öffentlichkeit, keine Zeugen, die Wände dämpfen den Schall.«

»Deshalb zahlt man dir das große Geld«, sagte Leah, ihre Hand sehr geschäftig.

Von nun an befasste sie sich mit Rafis Vorschlag aus allen nur möglichen Blickwinkeln. Dachte beim Sex darüber nach, dachte darüber nach, als sie unter der Dusche standen – weniger konzentriert, denn was war erotischer als das Spiel warmen Wassers auf nackter Haut?

Schließlich musste sie Rafi sagen, er solle unterlassen, was er mit der Seife veranstaltete. Sie legte ihm die Hand auf die Brust, stieß ihn sanft zurück. »Wir müssen nicht nur einen Weg finden reinzukommen – was, wenn's in die Hose geht und Wyatt tötet Trask? Was bedeuten würde, kein Gemälde. Alles wär für die Katz gewesen.«

Rafi machte sich daran, sie abzutrocknen. »Dann stehlt es, bevor Wyatt es stehlen kann, und vergesst ihn.«

Leah schüttelte den Kopf. »Nein. Wir brauchen einen Prügelknaben. Es ist wichtig für uns, dass es so aussieht, als wäre er mit dem Gemälde abgehauen. Wenn er einsteigt und sieht, dass das Gemälde nicht mehr da ist, könnte er mutmaßen, ich hätte etwas damit zu tun. Ich will ihn nicht im Nacken haben, geschweige denn meinen Onkel oder Hannah Sten. Sie müssen glauben, dass es Wyatt war.«

Das Handtuch verharrte an ihren Brüsten und Schenkeln, und sie sagte mit heiserer Stimme: »Raf? Hörst du zu?«

Er hob den Kopf und grinste: »Bringt zuerst das Gemälde in Sicherheit. Schafft es an einen geschützten Ort. Dann wartet Trask auf Wyatt, eliminiert ihn, entsorgt die Leiche.«

Jetzt stand Leah mit beiden Händen gegen die Wand gestützt, Beine auseinander, als würde sie gefilzt. Sie wimmerte und konnte das unwillkürliche Wiegen ihrer Hüften nicht kontrollieren. Aber Rafi war grausam, er tupfte ihr ungerührt Rücken und Schultern mit dem Handtuch ab und versetzte ihrem rosa Hintern einen Klaps. »Okay, Prachtstück, Zeit, deinen Arsch in Bewegung zu setzen.«

»Verdammt«, sagte Leah, halb erleichtert. Sie musste Trask unbedingt erreichen. Reichlich Planung stand an.

»Das Gemälde in Sicherheit bringen?«, sagte sie. »Wo zum Beispiel?«

Rafi breitete die Arme aus. »Hier.«

»Ich möchte die Anzahl der Momente gern begrenzen, bei denen mich die Portiers sehen.«

»Du betrittst das Gebäude nicht. Du rufst mich an und ich komm runter, um die Lieferung entgegenzunehmen.«

»Könnte funktionieren. Nur, was wird geliefert?«, murmelte Leah und dachte, sie müsse noch einen Fernseher kaufen.

»Hat das jemanden zu interessieren? Schlag es in Packpapier ein.«

Sie packte Raf sanft bei den Eiern, meinte es aber ernst.

»Ich kann mich in den nächsten Tagen nicht mit dir sehen lassen. Du darfst außerhalb dieser vier Wände nicht gesehen werden.«

Er zuckte zusammen. »Au. Das tut weh.«

Sie dachte an die .32er, die sie ihm vorhin gegeben hatte und sagte: »Verarsch mich nicht, Raf, okay?«

»Verarsch du mich nicht«, schnauzte er, und er war in diesem Augenblick kein sympathischer Anwalt mehr. Etwas Dunkles in ihm zeigte sich.

Vielleicht würde ihre Beziehung so sein, »künftig«, wie Politiker es gern ausdrückten. Vielleicht würde der Kitt, der sie zusammenhielt, das Misstrauen sein.

18

Im Auftrag eines Klienten verbrachte Trask den Donnerstagmorgen auf seiner Kawasaki mit der Beschattung einer Frau. Er fotografierte sie, als sie mit Sporttasche und Squashschläger das Haus verließ. Sie fuhr zu einem Squashcenter, wo sie eine Partie mit einer Freundin spielte, um anschließend wieder nach Hause zu fahren. So hatte es sich jeden Tag abgespielt, der Klient zu begriffsstutzig für die Botschaft, dass seine Frau ihm keine Hörner aufsetzte.

Dann fuhr er zu Leahs Büro. War im Begriff, am Empfang vorbei nach hinten zu gehen, als die Angestellte ihn ansprach: »Entschuldigung. Haben Sie einen Termin?«

»Was? Ich bin's, Liz.«

Liz sah sich um, stieß nur auf Stühle und Schusterpalmen mit Ohren und senkte die Stimme. »Ich habe sie neulich Vormittag auf dem falschen Fuß erwischt.«

»Wie das?«

»Ich habe einen Polizisten nach hinten gelassen. Ich dachte, ein Polizist, was spricht dagegen?«

Eine ganze Menge, dachte Trask, aber er hatte ein breites Lächeln für die gute Liz übrig und sagte: »Vorsicht ist die Mutter der Porzellankiste. Besser, Sie kündigen mich an.«

Eine Minute später war er in Leahs Büro, wollte sie umarmen und ein wenig befummeln, woraufhin sie hinter ihren Schreibtisch flüchtete.

Sie war geladen. »Geht's noch?«

»Schon gut.«

Mit leiser Stimme sagte sie: »Wir müssen uns über was unterhalten.«

»Meinst du den Cop?«

Ihre Augen flackerten, zogen sich zusammen. »Wie ... egal. Ja, ein Detective namens Batten hat mich Montagmorgen hier aufgesucht. Kennst du ihn?«

»Nein.«

Leah lächelte. »Gut, dass wir das mit Gavin Wurlitzer in den Griff bekommen haben. Offenbar gibt es eine Zunahme von Einbrüchen in Immobilien, die verkauft oder versteigert werden sollen. Offenbar wurde eine meiner Klientinnen im Zuge eines Einbruchs letzte Woche vergewaltigt.«

Trask atmete hörbar ein und aus. »Hat er Wurlitzer namentlich erwähnt?«

»Würde er das tun? Es ist so, dass wir hier einen Cop haben, der schlau genug ist, sich die Frage zu stellen, ob es eine Verbindung gibt zwischen Leuten, die ihre Häuser zum Verkauf anbieten und kurz darauf Opfer eines Einbruchs werden.«

»Erst recht Opfer einer Vergewaltigung.«

»Ja. Aber Gavin kann uns jetzt nicht mehr schaden, richtig?«

»Richtig.«

»Wenn dieser Cop ihn nicht aufspüren kann, wird er andere Perverse ins Visier nehmen«, sagte Leah und wusch ihre Hände in Unschuld. »Ich habe mir inzwischen überlegt, wo wir Wyatt erledigen.«

»Wo ich Wyatt erledige«, sagte Trask.

Das räumte sie mit einem Nicken und einem Lächeln ein. »In Ormerods Haus.«

Trask ließ es sich durch den Kopf gehen, sah es vor sich, und seine Überlegungen landeten bei der Katzenklappe seitlich am Haus. »Ich weiß, wie wir reinkommen«, sagte er.

Sie hörte gespannt zu, als er es beschrieb. »Bist du sicher, ich passe da durch?«

»In meiner Zeit als Cop hatten wir Kinder, die das ständig gemacht haben«, sagte er und erinnerte sich an einen Einbrecherring, den er hochgenommen hatte, an einen Typ, der Boss einer Bande von Zehnjährigen gewesen war.

»Aber der Alarm könnte losgehen.«

»Nicht, wenn wir einen Code Reader benutzen. Sobald du drin bist, führst du ihn über die Tastatur und deaktivierst die Alarmanlage.«

»Kannst du einen besorgen?«

»Ja.«

»Hast du einen Van in Aussicht?«

»Ja«, sagte Trask und fragte sich, wie viel Cherub für all das verlangen würde. Wenn er schon dabei war, konnte er sich auch einen Infrarotmelder besorgen. Draußen an Ormerods Haus anbringen, damit das Ding Wyatts Eintreffen signalisierte, was ihm, Trask, Zeit gäbe, sich im Hinterhalt in Stellung zu bringen.

Er sagte: »Ich werd mehr Geld brauchen, Leah.«

»Ich hoffe, du führst Buch«, zischte sie, schwang mit ihrem Stuhl zur Seite, um den Safe zu öffnen.

Trask fuhr direkt zum Fitnessstudio, stellte seine Maschine ab, nahm auf seinem Weg ins Mezzanin zwei Stufen auf einmal und stieß mit Cherub die Fäuste aneinander.

»Alter.«

»Was willst du?«

»Den Code Reader, den ich neulich erwähnt habe, und einen Infrarotmelder. Ich werd mich in einem Haus aufhalten und muss wissen, ob sich jemand nähert.«

Cherub schirmte seine Augen mit der Hand ab und starrte Trask an. »Bist du sicher, dass nichts für mich drin ist?«

»Ein nettes Sümmchen Bares und Wohlwollen.«

Cherub knurrte. »Ich könnte dich vielleicht mit was versorgen, was dein Telefon aktiviert.«

»Perfekt.«

»Kostet dich was.«

Trask klopfte auf seine Tasche, auf Leahs nettes Sümmchen Bares darin. »Kein Ding.«

Das gleiche Prozedere wie zuvor. Trask wartete draußen, während Cherub geheime Verstecke öffnete und ihn am Ende zwecks Übergabe wieder hereinrief.

Dann nach unten für ein Workout. Gewichte, Sandsack, Laufband und schließlich unter die Dusche. Als er aus dem Dampf herauskam, war da wieder der Schmächtige, saß auf einer Bank und bearbeitete seine Beine mit einem Einreibemittel. Sein Muttermal leuchtete geradezu. Er sah hoch zu Trask, lächelte und widmete sich wieder selbstverliebt seinen dürren Beinen.

»Neu hier?«, wollte Trask wissen.

»Neu ist mir gar nichts, Kumpel«, erwiderte der Typ.

Musste eine Schwuchtel sein. Trask schlenderte hinaus, Code Reader und Infrarotmelder in seiner Adidas-Tasche, und röhrte auf seiner Kawasaki quer durch die Stadt zurück.

19

Am selben Morgen erwachte Wyatt im Pacific Grand mit dem Geruch von Staub in der Nase.

Er verließ zügig das Bett und ging hinüber zum Fenster des Penthouses. Morgendämmerung, aber noch nicht sechs Uhr. Genug Licht über dem Fluss, um eine allgemeine Trübung entlang der Küste sichtbar zu machen. Er duschte, frühstückte und hörte die Siebenuhrnachrichten. Starke Winde in den von Dürre betroffenen Inlandsregionen von New South Wales und Queensland hatten den ausgedörrten Mutterboden aufgewirbelt und als schädigende Wolken nach Osten, Süden und Norden geweht. Für Menschen mit Atembeschwerden war eine Warnung herausgegeben worden. Wyatt hustete – aus Mitgefühl? Er wusste es nicht. Er harrte den ganzen Morgen aus, sah hinaus. Der Himmel verdichtete sich zu einem kompakten Nebel in Orange, der auf allem, was

Wyatt berührte, eine körnige Schicht hinterlassen hatte. Es steckte in seinen Lungen, reizte seine Augen.

Zur Mittagszeit hatte sich der Himmel aufgeklart. Wyatt ging zum Einkaufen in die Hastings Street und erwarb eine Reisetasche für Wochenendausflüge. Dazu Toilettenartikel und edle Freizeitklamotten, die ihn als Gast der Suite im Pacific Grand charakterisieren sollten. Gekleidet wie ein Tourist, in Shorts, T-Shirt, mit Sonnenbrille und labberiger Tenniskappe, schlenderte er am Fluss entlang nach Noosaville und direkt zum Sand Dollar Boat Hire. Fünf Minuten später saß er in einem kleinen Aluminiumflitzer, fuhr flussaufwärts und unter der Brücke hindurch nach Iluka Islet.

Er tuckerte eine Weile umher, ein Mann, der ins Blaue fuhr, ließ dann das Boot zum Anlegesteg der RiverRun Realty-Immobilie zwei Häuser entfernt von Ormerods weißem Kasten treiben. Er machte fest, stieg aus und warf, die Hände in die Hüften gestemmt, einen Blick auf das Zu-verkaufen-Schild. Niemand würde ihn für einen ernsthaften Interessenten halten: Dergestalt angezogen war er ein Mann, der gern träumte. Was er sich leisten konnte, waren zwei Wochen in einem lumpigen Ferienapartment. Es war so gut wie sicher, dass niemand Wyatt beobachtete oder sich Fragen zu seiner Person stellte, aber er zog es vor, unsichtbar zu bleiben, selbst wenn er allen Blicken ausgesetzt war.

Mittlerweile, die dunkle Sonnenbrille auf der Nase, nahm er Ormerods Haus genau in Augenschein. Leitungen für Strom und Telefon, Lichtsensoren, erneut das offene Fenster. Doch es war unmöglich einzuschätzen, was ihn drinnen erwartete. Leah Quarrells Fotos zufolge waren die wesentlichen Türen und Fenster alarmgesichert, doch wie stand es mit der nachgelagerten Sicherheitsebene? Gab es eine? Vielleicht hatte Ormerod ein

Passiv-Infrarot-System installiert, das auf Körperwärme reagierte. Selbst wenn Wyatt die Zentralheizung aufdrehte – sofern sie bei diesem Klima existierte und er die Bedienelemente fände, ohne vom Sensorfeld erfasst zu werden –, müsste er sich quälend langsam bewegen, um ein solches System auszutricksen.

Ihm fiel die Katze ein. Kein Infrarot.

Doch selbst wenn Ormerod das Haus nicht bis ins letzte Detail gesichert haben sollte, blieb immer noch die Möglichkeit, dass er sein Wohnzimmer in einen Tresorraum verwandelt hatte. Leahs Aufnahmen war nicht zu entnehmen, ob der Boden mit Drucksensoren oder Vasen und Nippes mit Kameras versehen waren. Er dachte wieder an die Katze. Man kann die meisten Räume für eine Katze unzugänglich halten, doch der Zugang zum Wohnraum war ein offener Torbogen.

Wyatt stellte Überlegungen hinsichtlich der verschlossenen Türen an, die er auf seinem Weg zum Wohnraum vorfinden könnte. Er war zuversichtlich, die meisten Schlösser knacken zu können. Viele Jahre zuvor hatte er mit einem Schlosser trainiert, mit seinem Expartner Jardine. Hatte sich mit technischen Blaupausen befasst, von Schlosswellen, Zuhaltungen, Federn und Zylindern; was folgte, waren Lektionen in Praxis. Jardine brachte ihm bei, wie man Picks und Spanner bei unterschiedlichen Schlössern einsetzte. Am Ende war er in der Lage, Schlösser zu öffnen, sie auseinanderzunehmen, ihr Innenleben zu studieren und sie wieder zusammenzusetzen.

Dann hatte Jardine ihn zu einer Handvoll Einbrüche in Privatdomizilen mitgenommen. »Theoretischer Unterricht ist eine prima Sache«, hatte er gemeint. »Aber jetzt arbeitest du unter Prüfungsbedingungen.« Zeitdruck, Dunkelheit, Nachtwächter, Wachhunde, neugierige Nachbarn und bewaffnete Hausbesitzer.

Das hatte jedoch nicht das Ende bedeutet. Nachdem Wyatt die Zwischenetappe gemeistert hatte, schubste Jardine ihn hin zu ausgefeilteren Schließsystemen – Autoschlössern, Schließanlagen für den gewerblichen Bereich, Bolzenschlössern, Wand- und Standsafes – und zu moderneren Verfahren wie Code Readern, elektronischen Picks und magnetischen Riegeln.

Wyatt glaubte nicht, dass es in Ormerods Haus darauf hinauslaufen werde. Er hatte Leahs Fotos gesehen und das Äußere des Hauses inspiziert. Das Haus selbst, das waren luftige Räumlichkeiten mit einem Minimum an Sicherheitsvorkehrungen. Er wollte es zuerst mit dem Fenster im oberen Stockwerk versuchen, und sollte das nicht funktionieren, würde er Werkzeug einsetzen: Picks, Glasschneider, Saugnäpfe. Die Sicherheitsvorkehrungen trieben ihn nicht sonderlich um. Dumm zwar, würde er einen Alarm auslösen, aber er wäre binnen Minuten drinnen und wieder draußen.

Er ging zurück zum Boot, tuckerte hinaus auf den Fluss und dachte an die Fallstricke, die er noch nicht gesehen hatte.

Dachte bis zum Einbruch der Dunkelheit darüber nach, lieferte am Freitag den Hyundai bei Hertz ab und fuhr mit einem Taxi nach Noosa Junction. In einem Supermarkt kaufte er Sekundenkleber, womit er am nächsten Tag seine Fingerkuppen präparieren würde, und für den Fall der Fälle Latexhandschuhe. Die Handschuhe würden für Stirnrunzeln sorgen, sollte man ihn damit sehen, und für schweißnasse Hände sowieso, aber er zog es vor, vorbereitet zu sein. Er kaufte auch ein Strandlaken und eine Flasche Wasser, um beides in eine Außentasche des Rucksacks zu stecken. Er könnte das Wasser trinken. Aber wie das Strandlaken gehörte es zu seiner Tarnung. Wasserflaschen mit sich zu führen war etwas, was Leute so machten, es war Teil seiner Aufmachung als Strandurlauber. Nur dass man nichts von der Pistole wusste, die in das Handtuch eingewickelt war, und von den Einbruchswerkzeugen in seinem Rucksack.

Dann in den Baumarkt. Wyatt kaufte Gummisaugnäpfe, einen Glasschneider, Fensterkitt, eine Abdeckplane für Anhänger und zweimal weiße Farbe in Spraydosen. Ein Mitarbeiter, der angesichts des Glasschneiders und der Saugnäpfe stutzig werden sollte, würde nicht länger darüber sinnieren, sobald Fensterkitt ins Spiel kam. Hier hatte man's mit einem Heimwerker zu tun, nicht mit einem Einbrecher.

Schließlich noch eine sehr große blauweiße Kühlbox aus Styropor. Wog nahezu nichts. Aber wenn er morgen über Thomas Ormerods Rasen ging, dabei ein wenig schwankte, die Kühlbox mit beiden Händen hielt, wäre er ein Typ, der zu einem Barbecue eingeladen war und mit dem Gewicht von Bier und Steaks zu kämpfen hatte.

Um sechs Uhr abends, die Füße hochgelegt in seiner Hotelsuite, hörte er das Klingeln seines Mobiltelefons. Leah Quarrell, ihr Tonfall ein einziger Vorwurf: »Ich habe es unter der Nummer des Apartments versucht, aber Sie sind nicht rangegangen.«

»War unterwegs«, knurrte Wyatt.

Quarrell stöhnte auf. »Ich rufe an, um Ihnen zu sagen, was wir soeben erfahren haben: Ormerod ist heute Nachmittag nach Melbourne geflogen, ist mit einem Taxi ins Hotel und hat eingecheckt.«

Sie wartete, als erhoffe sie sich Wyatts tiefe Dankbarkeit. »Gut zu wissen«, sagte er schließlich, sich bewusst, dass nichts, was er äußern oder tun würde, je ausreichend wäre, und hörte, wie die Verbindung abbrach.

Er schaltete die Nachrichten ein. Ein halbes Dutzend Regionalnachrichten, gefolgt von Überregionalem und einem Beitrag über Melbourne, eine Schießerei in Ballarat. Irgendjemand hatte Stefan Vidovic aufgetrieben und eine Kugel in seinem Hinterkopf hinterlassen. Wyatts erster Gedanke: warum? Sein zweiter Gedanke war, dass er jetzt eine versierte Hand weniger hatte, auf die er zurückgreifen konnte, wenn es mal wieder um einen Raubüberfall ging.

20

Es war Jack Pepper nicht in den Sinn gekommen, dass Wyatt und Vidovic ihm mal in die Parade fahren könnten. So hatte er lediglich mit den Achseln gezuckt, nachdem die beiden das Motelzimmer am Nepean Highway verlassen hatten. »Drauf geschissen, wir brauchen die nicht.«

Syed, ein zappeliges Bündel mit dem Verlangen nach einer Dröhnung, sagte: »Bleibt mehr für uns.«

Leon, ausgestreckt auf der Bettdecke, fragte auf seine stupide Art: »Du meinst, nur wir drei? Wir sollen einen Geldtransporter überfallen?«

Pepper zählte es an den Fingern ab: »Einer blockiert den Van, einer schnappt sich das Geld. Einer fährt und hört den Polizeifunk ab.«

Leon biss sich auf die Lippe. »Bist du sicher?«

Jack hatte gewusst, dass es riskant war, seinen kleinen Bruder mit an Bord zu holen. Leon, der Nervöse der Familie: jünger, weicher, unfähig, eigenständig zu denken und zu handeln. Aber Leon würde tun, was Jack ihm sagte. Jack hatte ihn vor den Fäusten und dem Gürtel ihres Vaters beschützt, ganz zu schweigen von Prügel auf dem Schulhof und der Sorte Frauen, die den letzten Dollar aus ihm rauspressten.

»Es ist machbar«, sagte Jack an diesem Abend, während der Nebel von der Bucht hereinzog.

»Du bist der Boss«, sagte Leon, und Syed nickte voller Enthusiasmus. Es hätte aber auch das Meth sein können, das Verstärkung brauchte.

Nach der abgebrochenen Sitzung mit Vidovic und Wyatt kümmerte sich Jack wieder um sein Tagesgeschäft, den Verkauf von Glücksspielautomaten an Pubs und Clubs in den Vororten von Melbourne. Zwischen einzelnen Terminen ging er ins Fitnessstudio und traf sich mit seinem guten Kumpel, einem Fahrer von SecureCor, um Routen, Zeiten, Tage und Abläufe abzugleichen. Und Jack überprüfte alles doppelt und dreifach, den einzigen vernünftigen Ratschlag seines Vaters im Hinterkopf: »Sieh dir alles aus jedem Blickwinkel an, sieh noch mal hin, erwarte das Unerwartete.«

Dämlicher alter Versager. War inzwischen tot, Leberzirrhose und ein langer Aufenthalt im Knast. Dennoch, der Ratschlag war tadellos.

Ein paar Tage vor der Operation fuhr Leon Jack zu einer elenden Ansammlung von Autohöfen zwischen Frankston und Seaford. Verschossene Plastikwimpel knatterten im Wind, als wollten sie jeden Kunden ermuntern, der hinreichend verzweifelt oder entmutigt war, die Hektare voller angejahrter Karosserien, schlecht geflickter Öllecks, zerbrochener Armaturenbretter und gesplitterter Sonnenblenden abzugrasen, aber Jack brauchte kein Stimulans. Er ging geradewegs zu einem Hof, der sich auf Gewerbefahrzeuge spezialisiert hatte, ließ Nutzfahrzeuge, Lieferwagen, kleinere Lkw und Rettungswagen links liegen und klopfte mit der Hand auf den Kühler eines ausrangierten Geldtransporters. Bekam ihn für siebentausendfünfhundert Dollar, nachdem er ihn von neuntausend Dollar runtergehandelt hatte.

Mit Leon im Schlepptau fuhr er den Van anschließend zwecks Ausbeulens und Neulackierung nach Footscray, zur Werkstatt eines Kumpels, zahlte einen weiteren Riesen, um ihn in den Farben von SecureCor umspritzen zu lassen. In Sack und Tüten binnen zwei Tagen, und am Donnerstag fuhr er zu einem Schuppen in einer abgelegenen Gasse in Collingwood und schloss den Van fix und fertig für Montag dort weg.

Um fünf Uhr am Freitagmorgen flippte King in seiner Hundehütte neben dem Gartenschuppen völlig aus. Jacks erster Gedanke galt den Cops. Er schnappte sich seine Browning und hämmerte gegen Leons Tür. »Aufstehen, Hohlkopf, hier gibt's 'ne Razzia.«

Er rannte zur Waschküche an der Rückseite des Hauses, schlug das Fenster ein und feuerte auf das suspekte Gebilde aus Schatten und Mondlicht, das zu dieser Stunde den Garten hinterm Haus ausmachte. Bis zur Dämmerung war es noch eine Stunde, aber etwas Licht sickerte bereits in den Himmel, trügerisches Licht. Jack feuerte wieder und der Hund jaulte auf. Scheiße. Er seufzte. Wo waren die Cops? Waren es Cops? Hatten sie laut gerufen? Gegen die Tür getrommelt? Dank Müdigkeit und Ice lief Jacks Verstand nur auf halber Leistung und so war sich Jack nur einer Sache sicher: Er kochte vor Wut.

Dann ballerte der gute alte Leon durch die Hintertür und die Silhouetten im Garten erwiderten das Feuer, und nach dem Gewitter aus Rauch, Lärm und Mündungsfeuer gab Jacks kleiner Bruder ein Wimmern von sich und taumelte hinaus auf die Betonstufen. Steckte nur noch halb in seiner Pyjamahose, verlor Blut. Nur ein Zucken, dann rührte er sich nicht mehr. Sein Kopf war zur Hälfte weggeschossen worden.

Jack rannte los.

Die erste Nacht verbrachte er im Haus einer Exfreundin, verfolgte die Nachrichten: Leon war tot, Syed Ijaz im Knast und jemand hatte einen falschen SecureCor-Transporter benutzt, um entlang des Nepean Highways eine Serie von Überfällen auf Supermärkte durchzuziehen.

Wyatt und Vidovic, wer sonst.

Jack stahl sich quer durch Melbourne von Haus zu Haus; alte Kontakte zeigten sich erkenntlich oder von dem Rasen in seinen Augen und der Browning zutiefst eingeschüchtert. Jack tat sein Bestes, sie zu beruhigen, brachte sie auf Stand und ließ, soweit nötig, seine Überzeugungskraft wirken. Bald erfuhr er, dass Syeds Mutter ihren Sohn angeschwärzt hatte und niemand wusste, wo Vidovic und Wyatt abgeblieben waren.

Während Wyatt jedoch ein Geist war – keine Spur von ihm, nirgends –, war jeder über Vidovic im Bilde.

Jack machte sich auf, an alle möglichen Türen zu klopfen, und einer von Arlo Waterfields Vollstreckern öffnete eine von ihnen. »Nix da« sagte er. »Verpiss dich. Du bist hier nicht willkommen.«

»Ich ziel gerade mit einer Waffe auf deine Eier«, sagte Jack.

Der Kerl war nicht beeindruckt. »Was soll das sein? Ein Spielzeug? Vom Grunde deines Weihnachtsstrumpfes?«

Jack schätzte, er habe nichts zu verlieren, und schoss dem Gorilla in den Fuß. Mit einem Ausdruck der Überraschung im Gesicht schnupperte er am Lauf. »Nö, ist 'ne echte Waffe.«

Arlo Waterfields Bodyguard war blass geworden. Er hüpfte nicht umher und stöhnte oder fiel in Ohnmacht, sondern lehnte sich in aller Ruhe gegen den Türpfosten und glitt daran hinunter, flüsterte: »Du bist Geschichte.«

»Bedauerlich für dich, dass ich deine Gegenwart bin«, sagte Jack. »Ich frag noch mal – wo ist Vidovic? Oder Wyatt, bin diesbezüglich nicht pingelig.«

»Vidovic kam letztes Wochenende her«, keuchte der Bodyguard. »Hat seine Schulden bezahlt.«

»Von meinem Geld.«

»Uninteressant, von wem es kommt.«

»Fick dich. Wohin ist er gegangen?«

»Keine Ahnung.«

»Über wie viel Geld reden wir?«

»Hatte ein fettes Bündel dabei, der durchgeknallte Mistkerl«, sagte der Bodyguard, jetzt weiß wie die Wand, glitt zur Seite und verlor das Bewusstsein.

Dieses fette Bündel brannte Vidovic vermutlich ein Loch in die Tasche. Während ein kluger Mann sein Geld einer Bank anvertrauen würde oder sich auf eine kleine Wette hier und da beschränkte, würde Vidovic so lange volles Risiko gehen, bis er keinen Cent mehr auf Tasche hatte.

Jack klopfte an noch mehr Türen. Keiner von Waterfields Buchmachern oder »Kreditsachbearbeitern« hatte direkt oder telefonisch Wetten von Vidovic angenommen. Auch keiner von Waterfields Konkurrenten. Also sah sich Jack bei den Galopprenntagen außerhalb um. Irgendwann stieß er in Ballarat auf einen kleineren Buchmacher, der für die Wochenmitte ein paar Wetten von Vidovic angenommen hatte. Der Mann sagte, Vidovic habe auch viel verloren, und unwillkürlich ballte Jack die Fäuste. Sah, wie sich sein Geld vor seinen Augen in Luft auflöste.

Er machte Vidovic abseits des Western Highways ausfindig, in einem wenig stabilen Wohnwagen in einem rattenverseuchten Winkel voller nach Pisse stinkender Ecken, der sich Golden Mile Caravan and Camping Oasis schimpfte. Unter dem dämpfenden Brummen der Lkw und Sattelschlepper schoss er Vidovic in den Fuß. Das hatte schon einmal Wirkung erzielt.

Vidovic, der in schmuddeliger Unterwäsche auf einer zerschlissenen Bettdecke geschlafen hatte, erlitt einen Schock und verlor das Bewusstsein. Pepper steckte den Kopf durch die leichte Aluminiumtür, spähte die Reihen der Wohnwagen entlang, überzeugte sich, dass niemand schaute oder lauschte, ging zurück und kippte einen Becher kalten Kaffee über den Mann, der seine Idee und sein Geld gestohlen hatte.

Vidovic schnappte nach Luft, warf den Kopf hin und her, es sprühte Kaffeetropfen.

»Du hast mich angeschossen.«

»Wo ist mein Geld?«

»War nicht dein Geld. War meins. Ich hab die Arbeit gemacht.«

»Mein Van, dazu die Größenordnung von siebeneinhalb Riesen plus einen Riesen fürs Umspritzen«, sagte Jack. »Mein Plan, mein Geld.«

Vidovic kroch von ihm weg, zerknüllte zugleich die Bettdecke und stützte seinen knochigen Rücken gegen die Wand. Er packte den Fuß, drehte ihn in seine Richtung, um ihn sich anzusehen, und dabei rutschte sein Schwanz aus dem Schlitz der Unterhose.

Jack zuckte zusammen: »Ach du Scheiße!«

»Was, wenn ich nicht mehr laufen kann?«, jammerte Vidovic. »Ich brauch einen Arzt.«

Jack warf einen Blick auf den verletzten Fuß. Viel Blut, dick und zum Teil bereits am Gerinnen. Blutlachen und Verschmiertes am Fußende des Bettes.

»Mein Geld!«

»Ich bin blank, du kleines Arschloch.«

»Dann nehm ich Wyatts Anteil.«

Vidovic blinzelte, sein Schmerz war vergessen. »Wyatt? Was hat der damit zu tun?«

»Was?«, höhnte Jack. »Hast du Angst vor ihm?«

»Jeder mit halbwegs Verstand hat Angst vor Wyatt«, sagte Vidovic. »Was ich meine ... er war nicht beteiligt.«

»Ja, schon klar«, sagte Jack. Er stieß mit der Mündung der Waffe gegen den verletzten Fuß und bleckte die Zähne: »*Wo ... ist ... Wyatt*?«

Vidovic schrie auf und wimmerte. Nach einer Pause stieß er unter Keuchen hervor: »In dem Moment, wo du auftauchst ... macht er dich fertig.«

Pepper schoss Vidovic in den anderen Fuß und musste

alles noch einmal mitmachen – die Ohnmacht, die Rückkehr aus der Bewusstlosigkeit und das Genörgel. »Na los. Wo ist Wyatt, verdammt noch mal?«

Am Ende bekam er einen Namen und einen Ort, David Minto, unten an der Gold Coast.

»Das hat keine Aussicht auf Erfolg«, wimmerte Vidovic. Dann setzte Jack Pepper dem Wimmern ein Ende.

21

Samstag, die Stunde vor Sonnenaufgang.

Alan Trask, bekleidet mit einem Monteuranzug aus einem Secondhandladen, ein nichtssagendes Logo auf der Brusttasche, ging zur Rückseite seines Wohnblocks und schloss den weißen Lieferwagen auf, den er am vorherigen Nachmittag bei Cherub abgeholt hatte. Er ging mit einem Sensor für Ortungsgeräte über den Wagen. Nichts. Er ließ den Motor an, fuhr auf die Straße, den Hügel hinunter und Richtung Noosaville. Nur wenig Verkehr; niemand folgte ihm auf der Parade und der Gympie Terrace oder auf den Parkplatz hinter RiverRun Realty.

Dort stand Leahs gelber Käfer. Sie reagierte auf Trasks Klopfen und öffnete die Hintertür, voll und ganz ihr fröhliches, lebhaftes Ich: »Du bist spät dran.«

»Dir auch einen schönen guten Morgen.«

Ebenfalls in einem Monteuranzug, stand sie da, die Hände in die Hüften gestemmt.

»Hast du an den Alarm-Dekoder gedacht?«

Trask wies mit dem Daumen auf den Lieferwagen. »Yep.«

Sie zeigte auf einen leeren Karton für einen Sony-Flachbildfernseher. »Pack den hinten rein.«

»Mit größtem Vergnügen.«

»Halt die Klappe, verdammt noch mal«, schnauzte Leah und saß eine Minute später auf dem Beifahrersitz, während Trask hinten hockte, seine Glock, die Proteinriegel, das Gerät für den Polizeifunk und das Infrarotset in dem leeren Karton verstaute.

Dann kletterte er auf den Fahrersitz und ließ den Motor an. Er wurde Teil des spärlichen Verkehrs auf der Noosa Parade und passierte die kleine Brücke, die zu den kreisförmig angeordneten Häusern auf Iluka Islet führte. Eine schweigsame Fahrt, was ihn betraf, doch Leah konnte den Mund nicht halten. Sie habe etliche hundert Dollar vorgeschossen, für Fernsehgeräte, für Monteuranzüge, mal abgesehen von dem Geld, das sie Trask für den Lieferwagen, die Waffen, den Code Reader gegeben habe, und all das gehe von seinem Anteil ab ...

Trask hörte auf zuzuhören.

Den Blick auf die Spiegel des Lieferwagens, bog er in Thomas Ormerods Auffahrt ein und stieg aus. Auch Leah stieg aus. Es war, als würde ein Schalter umgelegt: Das missmutige Mienenspiel verschwand und sie lächelte und sang und pfiff, während sie Trask half, die Seitentür des Wagens aufzuschieben, den Karton herauszuholen und ihn zur Eingangstür zu schleppen. Sie mühten sich ab, als wiege er eine Tonne.

Vermutlich hätten sie sich darüber keine Gedanken machen müssen. Niemand führte seinen Hund aus, niemand holte die Morgenzeitung herein oder wässerte die Rosen. Sobald Büsche und eine Kletterpflanze an einem Spalier sie von der Straße abschirmten, gingen sie zur Küchentür an der Seite des Hauses, wo Leah aus ihrem Monteuranzug stieg. Darunter trug sie einen einteiligen Speedo, eine Nymphe mit einer zweiten Haut in Dunkelblau, mit Nippeln, die sich deutlich abzeichneten, und einer Andeutung dort, wo die Schenkel sich trafen ...

Leah schoss einen Blick ab. »Konzentrier dich!«

»Oh, das mache ich.«

Sie schnaubte und fischte eine Flasche Massageöl aus der Tasche des Monteuranzugs. Ging daran, sich Beine und Arme einzuölen. Trask hielt das kaum aus. Er sah weg.

Dann hörte er das Schnappen von Gummi: Sie streifte Latexhandschuhe über.

Starrte ostentativ auf seine bloßen Hände. Er griff in seine Tasche und streifte ebenfalls Handschuhe über.

Ohne ihn weiter zu beachten, kniete Leah sich vor die Katzenklappe und legte los mit ihrem Geschlängel. Trask verfolgte das wie gebannt. Er hatte einmal eine lange, dicke Kupferkopfnatter beim Verschwinden in dem engen Loch einer Betonplatte beobachtet. Sie schien ihren Körper mit einem langsamen Pulsieren zu biegen und jedes Mal um einen Teil zu schrumpfen, während sie davonglitt.

Leah tat jetzt genau das – den rechten Arm über dem Kopf, den linken an ihrer Seite, schob sie zuerst den ausgestreckten Arm behutsam durch die Öffnung, dann Schulter, Kopf und Hals, streckte und schlängelte sich, bis der Großteil ihres Rumpfes verschwunden war, gefolgt von ihrem winzigen perfekten Hintern, und zuletzt dann ihre glänzenden Beine und, mit einem kleinen Ruck, die Füße.

Was Trask kirre machte, war das Warten auf das Einsetzen eines Alarms. Was, wenn Ormerod Bewegungsmelder installiert hatte? Er wartete, holte kaum Luft.

Noch immer nichts.

Dann tauchte ihr schlanker Arm auf, Finger schnippten. Er drückte ihr den Code Reader in die Hand und der Arm verschwand. Zwei Minuten später öffnete Leah die Seitentür und führte Trask in die Küche. Kein Alarm ertönte. Trask prüfte das Bedienfeld im Flur: Es leuchtete grün.

Plötzlich etwas an seinen Füßen und sein Herz fing an zu hämmern. Mensch! Eine Katze strich um seine Füße. Er schob sie weg und entleerte den Fernsehkarton auf dem Boden.

Leah deutete auf das Infrarotset. »Wofür ist das?«

»Informiert mich, wenn Wyatt sich dem Haus nähert.«

Leah zuckte die Achseln, bereits desinteressiert an der Sache. Sie stieg wieder in den Monteuranzug. »Ich hab heute Vormittag diverse Kunden, kann also hier nicht rumhängen. Ich muss duschen, mich umziehen und das Gemälde verstecken.«

»Wo?«

Nicht ganz bei der Sache, fragte sie: »Wo, was?«

»Wo du das Gemälde versteckst?«

»Hab ich dir bereits gesagt.«

»Nein, hast du nicht.«

»Mietlager in Tewantin«, kam es spontan.

Er hätte sie noch weiter ausfragen können, aber Leah, dazu befähigt, zehn bis zwanzig Sekunden am Stück liebenswürdig zu sein, umarmte ihn und bedachte ihn mit einem breiten Lächeln, was seine Zweifel in Nichts auflöste. Sie zog an seiner Hand, zog ihn in den riesigen Wohnbereich. Die Vorhänge zugezogen, vermittelte der Raum den Eindruck einer schummrigen Höhle. Leah blieb vor dem Gemälde stehen, vollführte eine neckische Verbeugung mitsamt überschwänglicher Handbewegung: »Edler Herr.«

Trask grinste. Er langte mit den Händen nach oben, packte den Rahmen an beiden Seiten und nahm das Gemälde von der Wand, alles mit pochendem Herzen. Kein Alarm. Mit Erleichterung schob er das Gemälde vorsichtig in den Karton. »Gott sei Dank.«

Leah hatte zum Geschäftsmäßigen zurückgefunden. »Du wartest hier und rufst mich an, wenn Wyatt auf der Bildfläche erscheint. Ich komm dann mit dem Van zurück.«

»Hab's kapiert«, sagte Trask.

»Du weißt, dass er eine Waffe hat?«

»Yep.«

»Wenn du mit ihm fertig bist, laden wir ihn in den Van

und versenken ihn im Meer.«

Das, was Trask beabsichtigte und auch so gesagt hatte, nur hatte er nicht näher über das Wie und Wo nachgedacht. »Kein Problem.«

Leah hatte ihre zwanzig Sekunden Liebenswürdigkeit aufgebraucht. »Sollte es auch nicht sein.«

Dann machte sie sich auf den Weg. Mit Trask, der im Hintergrund wartete und eingreifen konnte, sollten sich ihr Schwierigkeiten in den Weg stellen, trug Leah den Karton hinaus zum Van in dem Moment, als eine Frau mit einer Zeitung und einer Flasche Milch vorbeiging. Leah zögerte nicht: Mit einem aufgeräumten Winken in Richtung Haus rief sie: »Genießen Sie das Spiel, Mr. Ormerod. Sollte es mit dem Gerät Probleme geben, rufen Sie uns einfach an.«

22

Die Luft war frisch, das frühe Licht über dem Fluss dunstig, als Leah Quarrell Ormerods Haus verließ und Richtung Noosa Heads fuhr. Zeitlich wurde es eng, aber sobald sie Iluka Islet hinter sich gelassen hatte, fuhr sie mit dem Lieferwagen an die Seite, kletterte nach hinten und kippte das Gemälde aus dem Karton.

Neugierig, warum ein solches Aufhebens darum gemacht wurde, hielt sie es ins Licht und hoffte, hinter den erdigen Farbtönen die Pinselführung ausmachen zu können. Hoffte etwas zu entdecken, was ihr Schönheit und Altehrwürdiges vermitteln würde. Doch sie sah nur ein paar Bauern, die sich bei der Feldarbeit die Hände schmutzig machten.

Zurück hinterm Steuer, rief sie Halperin an, benutzte dafür ein altes, vor zwei Wochen von Gavin Wurlitzer entwendetes iPhone, jemandes in Vergessenheit geratenes Telefon aus der untersten Schublade und noch funktionstüchtig.

»Ich bin in fünf Minuten da«, sagte sie, als er ranging. »Wir treffen uns auf der Straße.«

Sie war binnen sechs Minuten dort. Halperin, frisch rasiert und gekämmt, in Leinenhosen und in einem weißen Hemd aus ägyptischer Baumwolle, zog amüsiert eine Augenbraue hoch, als er sie in einem Monteuranzug aus einem Lieferwagen steigen sah.

»Ich weiß, ich weiß«, sagte sie und errötete, sich bewusst, dass ihre Haare eine Katastrophe waren, ihre Wangen verschmiert und ihre Haut fettig glänzte.

»Gott, ich könnte dich küssen. Ich könnte dich auffressen«, murmelte er und sandte einen Stromstoß durch ihren Körper.

Sie sah nach links, nach rechts, als wolle sie ungebetene Zuhörer ausmachen, und trat etwas näher. »Später, versprochen.«

Sie drehte sich zum Lieferwagen um, schob die Seitentür auf und langte nach dem Karton, als Rafi von hinten zugriff. Seine herrlich gebräunten Arme und schlanken Finger. Ein Hauch von Rasierwasser, etwas Teures, nicht der billige Scheiß aus dem Supermarkt, mit dem sich Trask besprengte.

Dann ging er, mit dem Gemälde im Karton, lächelte sie an: »Später.«

Ein wenig schwindlig stieg sie hinter das Lenkrad des Lieferwagens.

Ihr Plan war, im Bad der RiverRun Realty zu duschen und sich umzuziehen. Als Erstes parkte sie den Lieferwagen vor dem Yachtclub schräg gegenüber der RiverRun Realty, tauschte für ihren Gang ins Büro den Monteuranzug gegen ein einfaches Baumwollkleid. Als Nächstes warf sie iPhone und Monteuranzug in einen Abfalleimer in der Nähe und ging über die Straße – zum ersten Mal mit einem Gefühl des Unbehagens, als habe sich etwas von der Welt gelöst, als räume die Sonne alle Scheiben, jedes Stückchen Glas am Küstenstreifen beiseite und heize ihr das Gehirn auf.

Ob Wyatt sie beobachte? Sie schloss die Eingangstür auf, beeilte sich einzutreten und spürte ein Quentchen Befriedigung, wohl wissend, dass er bald tot sein würde. Sie war Gleichgültigkeit von Männern nicht gewohnt – von einem so geschmeidig-schlanken, wenig kooperativen und auf leise Art gefährlichen Mann. Das war nervig; sie verspürte den Wunsch, ihn aus dem Konzept zu bringen. Wollte sehen, wie das steinerne Gesicht Risse bekam.

Sie duschte, schlüpfte in eine den Samstagen vorbehaltene Maklerkluft aus ärmelloser Bluse, einem engen, oberschenkelkurzen blauen Rock und vorne offenen Schuhen und stellte sich auf die vormittägliche Arbeit ein. Es war acht Uhr dreißig.

Keine Veränderung im samstäglichen Ablauf – vom Diebstahl eines Gemäldes abgesehen. Mit ein wenig Glück würden Dutzende Leute heute mehr Interesse am Kauf einer Immobilie zeigen als an einem drögen Footballspiel.

Jetzt, gegen Ende des Frühlings, gegen Ende der Schulferien und mit dem Sommer in Sichtweite, war der Markt unberechenbar. Ab morgen würde sich die Stadt leeren und die, die blieben oder hier nur wegen der Suche nach einem Haus aufschlugen, waren auf eine Gelegenheit aus. Aber da musste man gute Miene zum bösen Spiel machen.

Als Auftakt ein Pärchen mittleren Alters aus Melbourne, das einen Termin für die Besichtigung eines Hauses vereinbart hatte, das in Sunshine Beach zum Verkauf stand. Leah, die kurz davor gewesen war, den beiden zu eröffnen, dass sie es sich nicht leisten konnten, zeigte ihre strahlenden Zähne und führte durch die Immobilie. Sie empfand für all ihre Kunden Verachtung, eine Nebenwirkung der Arbeit mit ihrem Onkel. Es amüsierte sie, dass sich diese Haltung ausgerechnet heute hielt.

Zahltag.

Als Nächstes wollte ein Spitzentyp mit Maserati und einer dank Fitness straffen Ehefrau ein Apartment im French Quarter am oberen Ende der Hastings Street besichtigen. Leah traf sie im Eingangsbereich und sie durchfuhr ein Ziehen, so in der Nähe dessen, wo Rafi sich aufhielt. Sie ging mit den beiden hinein und man stand gemeinsam am Fenster – sehen Sie nur, wie nah alles ist, die Bucht lediglich eine Minute zu Fuß entfernt, Noosa Hill gleich hinter dem Gebäude, der Nationalpark über den Wanderweg von Main Beach und Little Cove nur in kurzer Entfernung. Das Ehepaar schrak ziemlich zurück, als wäre es bislang nie über unbefestigte Wege gegangen.

Aber der Typ kaufte das Apartment. Hielt sich nicht lange mit Vorreden auf, sondern stellte kurzerhand einen Scheck aus.

Ihr dritter Termin an diesem Vormittag führte sie in ein schäbiges Haus in einem schäbigen Teil von Tewantin. Eine stämmige alte Frau aus Brisbane, die nah bei ihren Enkeln sein wollte. Voller Zweifel und mit unguten Gefühl, etwas, was Leah nicht abfedern konnte. Gott, sie war so was von gelangweilt!

Dann ein Meeresbiologe aus Kanada, der für sechs Monate eine Wohnung in Peregian Beach mieten wollte; dann ein geplatzter Termin; dann eine junge Lehrerin aus Mount Isa, die sich mal umschauen wollte, da sie um eine Versetzung zu Beginn des neuen Schuljahres gebeten hatte. »Ich liebe die Gegend hier«, sagte sie, »aber ich hasse die Preise.« Leah hatte ein dürres Lächeln für sie übrig und schaltete ab.

Mittlerweile fast elf Uhr, und ihre letzte Besichtigung an diesem Vormittag war ein Albtraum in Castaways Beach, ein Zahnarzt und seine Frau, beide sechzig, die mit dem Gedanken spielten, sich zur Ruhe zu setzen, während Leahs Gedanken um den Einbruch in Ormerods Haus kreisten. Sie hörte die Frage des Mannes nicht, die sich um etwas in der Gegend drehte.

»Wie bitte?«

Er sah sie merkwürdig an, einer dieser dünnen, zäh wirkenden Ruheständler, die man am Fluss Powerwalken sieht. »Pflegeheime.«

Was wusste sie schon über gottverdammte Pflegeheime? RiverRun hatte derlei Immobilien nicht im Portfolio. Und wenn er sich auf dem Markt nach einem Haus umsah, warum, zum Kuckuck, erkundigte er sich nach Pflegeheimen?

Sein Sohn war dabei, ein Typ Marke Trask, ein Mann wie ein Schrank, mit Händen wie Schaufeln. Er sei vom Bau, sagte er, und Leah wusste, was das bedeutete – er würde jeden Zentimeter des Hauses abgrasen, überall rumpulen, gegentreten und schnuppern, und dann würde er alle Mängel aufzählen und was es kostete, sie zu beheben. Mit einem Blick auf ihre Armbanduhr sagte Leah: »Es tut mir leid, ich – «

Der Mann vom Bau rückte ihr ein wenig auf die Pelle und beugte sich hinunter zu ihrem Ohr. Würde er sie jetzt küssen? »Meine Mutter«, murmelte er und zuckte dabei mit dem Kopf.

Und Leah verstand. Die Frau hatte die ganze Zeit über nichts gesagt, war lediglich den Kerlen wie betäubt gefolgt.

Demenz. Leah spürte ein Kribbeln auf der Haut.

»Sie neigt zum Umhergeistern«, sagte der Sohn.

»Das muss hart für Sie sein«, erwiderte Leah, der das scheißegal war. Sie überprüfte ihr Mobiltelefon.

Jetzt verzog der Mann vom Bau das Gesicht und starrte auf die Wände, an die Decken, als wäre alles krumm und schief. »Ich weiß nicht ... «, begann er.

Leah wusste, wie man dem bei einem Mann beikam. Sie müsste sich ihm nur nähern, mit feucht glänzenden Lippen und den verhaltenen Bewegungen, die ihn veranlassten, auf ihre Brüste zu schauen; mit ihrem Körper ein leichtes Wummern in ihm hervorrufen, eine Vibration. Es war, als betätige man einen Schalter, es war nie vergebens. Doch heute kümmerte es sie einen Dreck. »Wissen Sie, ich habe noch einen Termin am anderen Ende der Stadt«, sagte sie und sah auf ihre Uhr.

Den Blick auf ihre Brüste gerichtet, ließ der Mann vom Bau ein Lächeln aufblitzen und beeilte sich dann, seine Mutter von der Eingangstür wegzulotsen, und am Ende verabschiedeten sich alle drei, es sei nicht ganz das, was man sich vorgestellt habe, und so weiter und so fort.

Kurz nach Mittag. Zu früh für einen Anruf von Trask, zu früh für Wyatt, um einzusteigen. Das Spiel würde erst in ein paar Stunden beginnen und die meisten Einheimischen waren dabei, den samstäglichen Hausputz zu beenden, bevor sie sich am Nachmittag in Klausur begaben. Wohl wissend, dass sie sich in der Nähe des Lieferwagens aufhalten musste, hatte Leah dafür gesorgt, dass kein weiterer Termin anstand.

Sie fuhr zurück zur Gympie Terrace. Das Frühstück lag Stunden zurück. Sie brauchte Energie für die nächste Phase. Nachdem sie den VW abgestellt hatte, ging sie die Straße hinunter zu einer Lunch Bar in der Nähe ihres Büros. Sie setzte sich an einen Tisch ganz hinten und sah sich vergeblich nach einer Bedienung um. Irgendwann bündelte ein Kaugummi kauendes junges Mädchen mit schlechter Haltung und Metall in Nase und Nabel all seine Kräfte, um Leahs Bestellung über einen grünen Salat und einen Doubleshot Latte aufzunehmen. Leah hätte ihr eine runterhauen mögen.

Sie dachte nach. Sollte sie sich das antun und alles bis zum Ende durchziehen? Sie könnte sofort zu Rafi fahren und sie könnten zum Flughafen düsen und um Mitternacht in Singapur sein. Und dann weiter nach Europa.

Nein. Ihr Onkel würde sie irgendwo ausfindig machen. Und sie hätte Trask am Hacken.

Leah nagte an der Innenseite ihrer Wange, als man ihr Salat und Kaffee lieblos hinknallte. Sie sagte zu dem Mädchen: »Haben Sie ein Problem?«

Die Bedienung blinzelte: »Was?«

»Wenn Sie Ihren Job hassen, suchen Sie sich einen anderen. Wenn Sie Ihr Leben hassen, dann bringen Sie sich um. Aber belasten Sie das Verhältnis zu Ihrer Kundschaft nicht mit Ihren Fimmeln und Ihrem Frust.«

Die Bedienung war durch und durch perplex. »Was?«

»Vergessen Sie's. Ziehen Sie ab und verschütten Sie den Kaffee bei jemand anderem.«

»Möchten Sie eine Serviette?«

»Nein, ich möchte keine Serviette. Ich möchte, dass Sie sich verpissen.«

Das Mädchen sank in sich zusammen, offenkundig verletzt. Keine soziale Kompetenz.

23

Nachdem Leah weggefahren war, schlüpfte Trask zurück in Ormerods Haus. Irgendwo in der Nähe spielte ein Radio. Eine Sprinkleranlage stotterte. Die Vögel machten das, was sie immer machten.

Laut Plan sollte er anrufen, wenn Wyatt einbrach, und Leah würde mit dem Lieferwagen zurückkommen. Dann würde sie auf den »Erledigt!«-Anruf warten und dabei helfen, die Leiche aus dem Haus zu schaffen.

Er warf einen Blick auf seine Uhr: acht Uhr morgens.

Er bezweifelte, dass Wyatt vor Mittag auftauchen werde. Er schlich sich hinaus, bewegte sich im Schutz des Grüns, das das Haus umgab, und montierte die Infrarotsensoren sowohl an der Vorder- als auch an der Rückseite des Gebäudes. Jedes Sensorfeld beschrieb einen Bogen von fünf Metern Spannweite und im Normalfall würde alles und jeder, der ihn überschritt, einen speziellen Alarm auslösen, doch Cherub hatte das System so verkabelt, dass es ein Signal an Trasks Mobiltelefon sandte, einen leisen, unverwechselbaren Ton.

Jetzt war es ein Geduldsspiel. Trask ging zurück in den Wohnraum, zog einen Sessel in die Nähe der Vorhänge, setzte sich und wartete, die Pistole im Schoß. Erst acht Uhr dreißig. Es würde noch Stunden dauern.

Den Gedanken einmal im Kopf, konnte Trask ihn nicht mehr abschütteln: Leah würde ihn verschaukeln, irgendwie.

Was wusste er eigentlich über sie? Sie war giftig, sah niedlich aus, war fies, couragiert, ambitioniert, gewissenlos. Im Bett stürmisch, wenn auch emotional distanziert. Hasste es, ausgefragt oder kritisiert zu werden ...

Trask hatte die Universität verlassen, um Cop zu werden. Im ersten Jahr Kriminologie hatten sie sich mit den unterschiedlichen Persönlichkeitstypen beschäftigt und damit, dass einige – wie Soziopathen – mehr zu kriminellem Verhalten neigten als andere. Klar, nicht jeder Soziopath würde ein Verbrechen begehen und die Skrupellosigkeit eines Soziopathen war für gewöhnlich ein Vorteil auf der Führungsebene von Unternehmen und Politik. Zu welchem Typus er gehörte, wusste Trask nicht zu sagen. Er war kein Freund von Regeln, aber er hatte Gefühle, was vermutlich bedeutete, dass er kein Soziopath war. Ich mag es einfach, Dinge zu stehlen, dachte er.

Wenn er jetzt die halbherzig besuchten Vorlesungen Revue passieren ließ, fragte er sich, ob Leah an einer narzisstischen Persönlichkeitsstörung litt. Ihre harsche Ablehnung von Kritik zum Beispiel. Leah brach keinen Streit vom Zaun, sie rastete aus. War im Nu auf hundertachtzig. Und sie zweifelte nicht im Geringsten an ihren Fähigkeiten. Sie war begabter, intelligenter und leistungsfähiger – fähiger zum Erfolg als andere Menschen. Sie bildete sich ein, es weit zu bringen. Und sie würde alles Notwendige tun, um dorthin zu gelangen, ohne Gewissensbisse, sich dabei anderer Menschen zu bedienen. Für Leah waren Bedürfnisse, Gedanken und Gefühle anderer bedeutungslos.

Bei dieser Ormerod-Sache wird sie insgeheim ein paar Schritte vorausgeplant haben, dachte Trask. Was hatte sie bei diesen Schritten für ihn vorgesehen? Dieser ganze Mist von wegen Wyatt habe es bei ihr probiert. Wesentlich wahrscheinlicher war, dass sie vor ihm mit dem Hintern gewackelt hatte. Als er in gedrückter Stimmung vor den geschlossenen Vorhängen stand, wurde ihm bewusst, dass er sich auf Leahs Wort verließ, sie werde das Gemälde in einem Mietlager in Tewantin bunkern. Was, wenn sie es woanders versteckte? Es jemand anderem übergab?

Er versuchte, ihren Vormittag gedanklich nachzuzeichnen. Zuerst würde sie nach Hause fahren, um zu duschen. Er konnte es sich lebhaft vorstellen, das Wasser, wie es über ihren Körper strömte. Dann würde sie sich in ihre schicke Maklerschale werfen und sich ein paar Stunden lang um ihre Termine kümmern. Sich in Noosa und Umgebung hin und her bewegen, Kunden bei Hausbesichtigungen treffen, Auktionen beiwohnen, schnell mal einen Kaffee trinken.

Wo bei alldem kam das Gemälde ins Spiel?

Was auch nahelag: Es war eine abgekartete Sache. Wyatt war bereits auf dem Grundstück.

Von einem unheimlichen Gefühl in diesem stillen, höhlenartigen Haus befallen, schlich Trask von Zimmer zu Zimmer, sah, die Waffe in der Hand, hinter Türen und unter Betten. Nichts. Nichts im Garten vor dem Haus oder hinter dem Haus oder rechts und links davon. Nur die Katze.

Die Katze. Trask machte sich auf den Weg in die Küche und stieß dort auf eine große Schüssel Wasser neben einer großen Schüssel mit Trockenfutter. Katzenstreu in der Waschküche. Reichte das für Freitag bis Montag? Was, wenn Ormerod beabsichtigte, früher nach Hause zu kommen?

Allerdings nicht heute. Trask ging zurück in den Wohnraum und zog den Vorhang ein wenig auseinander. Von hier aus hatte er einen guten, wenn auch eingeschränkten Blick auf den Rasen bis hin zum Steg und zum Wasser und zugleich hatte er den Eingangsbereich unter Kontrolle. Er blieb dort ganz locker stehen, mit der Glock in der Hand und der Katze, die um seine Knöchel strich.

Etwa eine Stunde hielt er aus. Konnte nicht still sitzen. Keine interessanten Bücher in Ormerods Arbeitszimmer, der Computer passwortgeschützt. Misslich: Er konnte die Vorstellung von dem Kind nicht verscheuchen, das er zuvor in dieser Woche mit Ormerod gesehen hatte. Beinahe hoffte er, Bilder von der Kleinen zu finden.

Er ging auf die Suche – in Geschirr- und Kleiderschränken, unter den Betten. Als Polizist hatte er derlei Durchsuchungen durchgeführt. Er wusste, welche Maschen sich der klassische Perverse einfallen ließ. In einem stattlichen Haus in Kenmore waren sie auf ein fensterloses Wellnessbad gestoßen, pastellblau und rosa gestrichen, dazu eine Tapete, bedruckt mit Kinderliedern, und ein halbes Dutzend Badespielsachen aus Weichgummi. Nur, dass der Mann, der dort wohnte, weder Kinder noch Enkel, weder Neffen noch Nichten hatte. Die Kinder, die in diesem Bad plantschten – die für Fotos posierten und dort vergewaltigt wurden –, gehörten zu einer Meth-Süchtigen und ihrem Freundeskreis. Der Beweis war völlig problemlos zu finden gewesen: ein Kasten mit DVDs, bereits versandfertig. Betitelt mit *Wimbledon Tennis Highlights 2000-2014*. Ergänzt durch Rechnungen, Zeugenaussagen, E-Mail-Verkehr und Spuren von Sperma.

Aber Trask fand nichts dergleichen, nicht in Ormerods Arbeitszimmer, Wohnraum oder Schlafzimmer. Das Zeug in den DVD-Ständern war unverfänglich. Keine in Schubladen verborgenen kleinen Badeanzüge, kein Lidschatten oder Glitter, keine Schleifen oder hauchzarten Stoffe in bunten Farben.

Resigniert ging Trask wieder nach unten. Er hegte keinen Zweifel, dass Ormerod ein Kinderfummler war, und nur zu gern hätte er auf der Stelle etwas gegen das kranke Arschloch unternommen. Doch zuerst musste er Wyatt aus dem Weg räumen, also saß er auf seinem Stuhl, versuchte, mit einem Golfmagazin ins Gleichgewicht zu kommen.

Richtig miese Stimmung. Er war unruhig, fühlte sich

klebrig. Wohl wissend, dass er heute noch nicht trainiert hatte.

Er machte fünfzig Liegestütze, streckte die hintere Oberschenkelmuskulatur, wagte ein paar Klimmzüge am Türsturz.

Zehn Uhr vormittags, vielleicht drei Stunden, bevor Wyatt auflaufen sollte. Rechnete Leah tatsächlich damit, dass er die ganze Zeit hier ausharrte? In fünfzehn Minuten konnte er im Gym sein. Trainingsklamotten zum Wechseln hatte er dort. Eine Stunde Training, duschen, vor Mittag wieder zurück in Ormerods Haus. Das Haus wieder zu betreten war leicht, jetzt, da die Alarmanlage deaktiviert war.

Er hütete sich davor, die Glock zurückzulassen. Er verstaute sie in einer alten Adidas-Tasche aus einer Rumpelkammer oben im Haus, ging zur Noosa Parade und winkte ein Taxi heran.

Samstagvormittag, im Gym brannte die Luft. Mit Rücksicht auf die Zeit beschränkte sich Trask auf fünfundvierzig Minuten an Gewichten und Maschinen, ging dann unter die Dusche. Cherub war nirgendwo zu sehen. Genau genommen keiner von den Mongrels. Zu früh für diese Luschen.

Er trat aus der Dusche, in ein Handtuch gewickelt, ging um die Trennwand herum und stieß auf zwei Uniformierte, beide in voller Montur – Stiefel, Kevlarjacken, Helme, Sturmgewehre und ein Jucken in den Fingern. Er blieb stehen. Drehte sich um. Noch mehr Uniformierte.

Und, an seinem Spind, der dürre Typ mit dem Muttermal; hantierte mit der Adidas-Tasche, die Trask in Ormerods Haus aufgetan hatte. Für einen schmächtig wirkenden Kerl war er geradezu in Wettkampfform, in Hosen mit perfekter Bügelfalte, dazu ein weißes Hemd und ein Jackett, an dessen Revers ein goldenes Kreuz steckte. Eine Krawatte, die ihm beinahe die Kehle abschnürte.

Trask wusste, es war vorbei. »Was ist los?«

Der Typ sagte: »Detective Sergeant Batten, Mr. Trask.«

»Und?«

»Ich schätze, Sie fragen sich, ob ich einen Haftbefehl habe.«

Trask befeuchtete seine Lippen und sagte: »Wär 'n Anfang.«

»Nette Glock«, sagte der Typ nachdenklich, als er sie mit einer bleichen behandschuhten Hand am Griff herauszog. »Ich vermute, die haben Sie von Cherub.«

»Nie zuvor gesehen. Die haben Sie da platziert.«

Zwei klassische Fehler, dachte Trask: Ich hätte Handschuhe tragen sollen und ich hätte die Pistole wegschmeißen müssen, nachdem ich Wurlitzer erschossen habe. Aber er hatte sich irgendwie überlegt, dass, sollte Wyatts Leiche jemals gefunden werden, ein ballistischer Abgleich mit Wurlitzer der Polizei ein nettes Rätsel aufgeben würde – sofern man Wurlitzer gefunden hätte, wovon Trask jetzt ausging.

Batten bestätigte das, als er sagte: »Irgendwelche Einwände gegen einen Ballistiktest im Labor, um das Projektil mit dem zu vergleichen, das wir bei Wurlitzer gefunden haben?«

Trask drehte sich behände um, riss sich dabei das Handtuch vom Körper, schnellte es in das Gesicht des Uniformierten in seiner unmittelbaren Nähe. Es war sinnlos. Sie alle umdrängten ihn, schrien: »Auf den Boden, Hände hinter den Kopf.«

Kalte, feuchte Fliesen pressten sich gegen seine Eier, Knie drückten sich in seinen Rücken. »Okay, okay«, sagte er.

Sie ließen ihn aufstehen und er zog sich an. Als er sein Hemd zuknöpfte, sagte er zu Batten: »So wie Sie mich in dieser Woche taxiert haben, hätte ich schwören können, dass Sie eine Schwuchtel sind.«

»Köstlich.«

»Sicher, dass Sie nicht schwul sind?«

Batten sagte: »Sie wissen doch, wem der Laden gehört und wer hier ein und aus geht, nicht wahr, Al? Ich darf Sie doch Al nennen?«

»Nein, dürfen Sie nicht.«

Batten strich sich über seine eingefallenen Wangen. »Sie haben sich nie Gedanken gemacht über die Motorräder, die da hinten abgestellt werden? Die Tätowierungen und die Lederklamotten? Überall Schlägertypen aus dem Libanon und von den Inseln?«

»Darauf fahren Sie ab, was?«

»Es ist nichts Besonderes, wenn aktive und in Ungnade gefallene Polizisten gewisse Interessen mit den Blödmännern teilen, die sich Bikergangs anschließen. Eine schwere Maschine zwischen den Schenkeln, Gewichte stemmen, Bodybuilding, Steroide ... Meinen Sie nicht, das ist ... ein bisschen schwul?«

Trask versuchte, sich zu sammeln. Er wischte sich die Nase, etwas Feuchtes, und er sah Blut an seinem Ringfinger. Trask ballte die Fäuste.

Batten wippte auf den Zehenspitzen, ließ seine bleichen Christenhände spielen, bereit für Trask, der ihn provozierte. »Sachte, Alan. All die Steroide, die in Ihnen arbeiten, es könnte sein, dass Sie nicht mehr klar denken. Hat

Cherub Sie nicht davor gewarnt, es zu übertreiben?«

»Was wollen Sie?«, fragte Trask und sah sich nach einem Fluchtweg um.

»Ich wollte Sie wegen Mordes drankriegen. Und hab Sie wegen Mordes drangekriegt. Ob Sie dafür allein in den Knast wandern oder nicht, liegt ganz bei Ihnen.«

Trask sank auf die Bank, die zwischen den Spinden stand. Batten blieb stehen, stellte aber einen Fuß auf die Bank und sah wie ein rachedurstiger Priester auf Trask hinunter; sein Hosenbein rutschte nach oben und lenkte den Blick auf ein knochiges, unbehaartes Schienbein, auf billige Socken, auf glänzende schwarze Schuhe.

»Hat Leah Quarrell Sie aufgefordert, Wurlitzer umzubringen? Oder war das Ihre Idee?«

»Einen Anwalt«, sagte Trask, während er sich die Schuhe zuband.

»Ist Ihnen eigentlich bekannt, dass Wurlitzer mit uns geredet hat, Al?«

Trask hatte das Gefühl, Wände und Decke bewegten sich auf ihn zu. »Keine Ahnung, wovon Sie sprechen.«

»Er hat uns erzählt, wie's abgelaufen ist: Ihre Freundin hat das Objekt ausfindig gemacht, Sie haben Polizeiinformationen beigesteuert, er ist eingestiegen. Dann wurde das fiese kleine Arschloch zur Belastung.«

»Ich kann Ihnen nicht folgen«, sagte Trask.

»Er hat Ihre letzte Zusammenkunft auf Band aufgenommen«, stieß Batten mit einem Zischen hervor, sein puritanischer Mund ein Schlitz, seine Zähne klein und scharf.

Trask rieb sich nochmals die Nase, was blutig-klebrige Knöchel hinterließ. »Ich brauche einen Arzt. Ich brauche einen Anwalt.«

»Nasenbluten. Nicht der Rede wert.«

»Ein polizeilicher Übergriff.«

Trask erhob sich, um klarer denken zu können, Schwindel erfasste ihn und er hielt sich kurz die Hand vor die Augen.

»Hören Sie auf mit der Show und reden Sie endlich«, sagte Batten.

»Ich könnte innere Verletzungen haben.«

»Sie haben innere Verletzungen«, sagte Batten und klopfte zugleich mit einem spitzen Knöchel gegen Trasks Kopf.

Trask wurde käseweiß, fragte sich, ob Batten ein unmittelbares Symptom entdeckt hatte, eine der beiden Pupillen vielleicht, die mehr geweitet war als die andere. Dann ging ihm auf, dass es sich lediglich um Gehässigkeit handelte. »Vielleicht können Sie mich aufklären«, sagte er, »weshalb sich Christen stets weniger christlich verhalten als die Mehrheit der Bevölkerung.«

Auf der Fahrt zum Revier, mit Batten auf dem Beifahrersitz und Trask hinten, eingekeilt zwischen zwei Uniformierten, rauschte ein gelber VW an ihnen vorbei.

Leah Quarrell, auf dem Weg von einem Termin zum nächsten? Das ging Trask jedes Mal durch den Kopf, wenn er einen gelben VW Käfer sah. Deprimiert starrte er auf Häuser, Autos, Fußgänger. Zwischen Quamby Place und der Brücke zum Lions Park gefangen, fuhr der Streifenwagen im Schritttempo durch den zähflüssigen Verkehr, und Trask überlegte, ob er im Falle einer Flucht eine Außenseiterchance hätte. Dem Typ links eine einschenken, über ihn drüberklettern, die Straße runter und weg.

Nur dass man ihm Handschellen angelegt hatte, und dann drehte sich Batten nach hinten und sagte: »Sie wissen ja, wie's sich abspielen wird, Al. Wenn wir Ihre Freundin in den Zeugenstand rufen, dieses zarte kleine Ding, mit Tränen in den Augen, wer wird Ihrer Version der Ereignisse Glauben schenken?«

Herrgott, diese Nummer?, dachte Trask. Leah zum Reden bringen, mich zum Reden bringen, uns beiden was vormachen, nichts Konkretes versprechen.

Dennoch, sollte es zu einem Prozess kommen, wer würde ihm glauben statt ihr?

Besser, als Erster drauf einsteigen.

24

Wyatt startete mit der Kontrolle seines Apartmenthauses in den Morgen. Hier war auch der Mazda abgestellt. Nichts forderte seine Wachsamkeit heraus. Er frühstückte in einem Hostel in der Nähe, saß draußen, an einem Tisch, im Schutze von Rankengewächsen. Ruhe, die Luft lau. Er aß und trank zurückhaltend. Er würde kribbelig werden, würde er sich vor dem Job dem Essen und Trinken verweigern, träge, würde er zu viel des Guten tun.

Drinnen lief ein Radio. Er hörte mit halbem Ohr hin und bekam eine Regionalnachricht mit: Beim Durchkämmen der dichten Buschlandschaft bei Eumundi hatten Polizeikräfte auf der Suche nach einem vermissten Kleinkind ein improvisiertes Grab entdeckt. Darin die Leiche eines Mannes, dem man in den Kopf geschossen hatte. Polizeibekannt. Verurteilt wegen Einbruchdiebstahls, schweren Einbruchdiebstahls und sexuellen Übergriffs. Es gab keinerlei Anhaltspunkte.

Mittlerweile ging Wyatt am Fluss entlang. Vier Stunden vor dem Anstoß zum Footballfinale in zweitausend Kilometer Entfernung rüstete sich Noosa für das Spiel.

Wyatts Interesse an Sport aller Art war nur gering, aber er verstand den Herdentrieb der Menschen. Ein Wagen fuhr vorbei, ein schwarz-weißer Schal flatterte aus dem Fenster. Die Farben von Collingwood. Riefen ihm seine Kindheit in Melbournes Vorort in Erinnerung. Vor der Gentrifizierung waren ein Football und die Loyalität gegenüber dem Footballteam so ziemlich alles, was man im Leben hatte. Ein Fußgänger im Trikot der Lions höhnte beim Anblick des Wagens.

Darauf würde es an diesem Tag hinauslaufen: Die Urlauber aus Victoria würden zur Unterstützung Collingwoods buhen – sofern sie sich dazu durchringen konnten. Die Einheimischen das Team aus Queensland anfeuern, Radiosender schlichte Analysen ausstrahlen.

Wyatt kümmerte das Ergebnis nicht. Collingwood war sein Geburtsort, wo er gekämpft hatte, gelernt hatte, abzuwarten und nachzudenken, bevor er tätig wurde. Wo man ihm nichts gegeben und er es sich deshalb genommen hatte. Aber das war nur eine frühe Phase seines Daseins gewesen, kein Kapitel in einer Geschichte. Er hatte keine Geschichte, es sei denn, man könnte eine hervorzaubern auf Grundlage der Tatsache, dass er jetzt existierte und zuvor nicht existiert hatte. Und eines Tages nicht mehr existieren würde.

Es kam Wyatt jetzt nur darauf an, dass Noosa und Noosaville und womöglich das gesamte Land die nächsten Stunden abgelenkt waren. Er ging mit dem ausgreifenden Schritt eines Raubtiers zum Bootsverleih und wieder zurück.

Zum zweiten Mal an diesem Morgen nahm er die Kontrolle seines Ferienapartments in Angriff, spitzte die Ohren auf dem Spielplatz neben dem Gebäude, beobachtete es, bevor er es betrat. In den letzten neunzig Minuten hatte es keine Veränderung gegeben.

Er hatte nicht die Absicht, Leah Quarrells Karton einzusetzen. Er zerriss ihn, stopfte ihn in einen Altpapiercontainer im Erdgeschoss, ging zurück in sein Apartment und wischte alles ab. Schließlich verstaute er Strandlaken und Pistole in seinem Rucksack, dazu die Spraydosen, Plane und Sekundenkleber, das Pickset und den Glasschneider, stopfte Overall, Bauhelm und die *Security*-Jacke in die Kühlbox aus Styropor.

Er zog die Sachen aus dem Secondhandladen an – T-Shirt, Shorts, Schuhe und Strohhut – und verließ, die Kühlbox auf der Schulter, das Gebäude zum letzten Mal, hinterließ die Schlüssel im Kasten neben dem Büro.

Jetzt der Mietwagen. In der Annahme, die Polizei würde den Mazda sowohl mit dem Namen Sandford in Verbindung bringen als auch mit dem Apartment, hatte er keine Anstrengungen unternommen, ihn sauber zu halten, sondern hatte es zugelassen, dass sich Sand und Verpackungen dort angesammelt hatten. Eine gründliche Reinigung innen wie außen wäre vonnöten. Dennoch, er hatte die ganze Woche über Handschuhe getragen. Trug sie auch jetzt, auf der kurzen Fahrt zur Budget-Filiale in der Mary Street. Anschließend verfrachtete er alles hinunter an den Fluss. Blieb vor einem Schuppen stehen, daran ein großes rotes Schild, Q-Craft Hire, und entschied sich für einen kleinen Flitzer mit Baumwollverdeck. Er zahlte für den ganzen Tag und tuckerte los, Richtung Goat Island auf der anderen Seite.

Hier war es feucht, ruhig, von üppigem Grün. All der Reichtum und Glanz lag am gegenüberliegenden Ufer. Im Schutze einer Mangrovenbucht übersprühte er das Q-Craft-Logo und klebte die Plane der Länge nach an die Unterseite des Verdecks, das nun der versteckten Tasche eines Ladendiebes gleichkam.

Zurück auf die andere Seite, nach Noosa Sound, und hinein in das Geflecht der Buchten, wo die Reichen residierten. Samstag, und er war unsichtbar inmitten der anderen Fahrzeuge auf dem Wasser: Kajaks, Kanus, Touristen, wie er in gemieteten Booten. So wie er angezogen war, unter einem Baldachin, der die gesamte Länge des Bootes abdeckte, wäre kein Augenzeuge fähig, ihn annähernd akkurat zu beschreiben. Da war nichts zu beschreiben. Er war schlicht ein Mann in einem Boot.

Weder Frau noch Kinder dabei, na und? Vielleicht waren sie einkaufen, sonnten sich, hassten die Angelei, wollten heute nichts mit ihm zu tun haben.

Er steuerte weit hinein in das Geflecht der Kanäle und wieder hinaus, und bei seinem zweimaligen Vorbeigleiten an Ormerods Haus sah er nur einen grauen Schatten hinter dem Glas. Vorhänge.

Genau in diesem Augenblick vibrierte das Telefon in seiner Tasche.

Er warf einen Blick auf das Display. Im Verlauf der Woche hatte Wyatt zwei Anrufe von Minto ignoriert, dachte jetzt aber, er sollte den hier besser annehmen. Er wusste, dass Minto das Risiko einer unsicheren Verbindung nicht eingehen würde.

»Probleme?«

»Kommt drauf an. Ich habe jemanden auf Ormerod angesetzt. Ormerod ist vor einer Weile zum Spiel eingetroffen, hat aber soeben einen Anruf erhalten und ist davongeeilt.«

»Wohin?«

»Keine Ahnung. Ich kenne deine Pläne nicht, aber sollte er zurückfliegen, müsstest du bald reingehen.«

»Okay«, sagte Wyatt und beendete das Gespräch.

Ormerod würde etwa eine Stunde brauchen, um zum Melbourne Airport zu kommen, einzuchecken und abzufliegen. Dann zwei Stunden in der Luft, dann mit Taxi oder Auto nach Noosa. Wyatt würde jetzt einsteigen.

Er fuhr ein letztes Mal an Iluka vorbei, checkte noch einmal alles doppelt und dreifach. Er konnte angebranntes Fleisch riechen und Zwiebeln, hörte Radios und Fernseher, die aus dem Stadion sendeten, aber es gab momentan nur wenig Hin und Her, jedermann hielt sich drinnen auf. Wyatt machte lediglich zwei Kinder in einem Kajak aus und einen Mann, der, mit dem Rücken zum Fluss, offenbar Fleisch und Würste auf seinem Grill wendete. Die Atmosphäre sprach von Müßiggang, war entspannt, ungeachtet der fiebrigen Erregtheit der Kommentatoren. Niemand sonst gab sich derart ekstatisch oder wollte es auch nur sein. Schließlich vertäute er das Boot an Ormerods Schwimmsteg, griff sich die Kühlbox, taumelte den Rasenabhang hoch wie unter der Last eines Gewichts. »Hi!«, rief er.

Dann schlich er an der östlichen Mauer mit ihrem dichten Gebüsch entlang. Identifizierte die Telefon- und Stromleitungen und durchtrennte beide. Kaum dass er in das Haus eingebrochen war, würde die Pufferbatterie den Alarm auslösen und ihn automatisch melden, nur würde der Ruf nie eine Verbindung herstellen und er, Wyatt, würde Tastatur und Lautsprecher aus der Wand reißen, sobald er durch das obere Fenster eingestiegen und die Treppe nach unten gelaufen war. Womöglich könnte ein Nachbar über seinen brüllenden Fernseher und seine betrunkenen Gäste hinweg den Alarm mitbekommen, aber er würde ihn auch abebben hören und sein Bier auf das Wohl der Magpies oder Lions erheben und schnell vergessen haben.

Wyatt stieg in den Overall, zog die gelbe *Security*-Jacke an, setzte den Bauhelm auf und erklomm das Gerüst nebenan, schob die Leiter dort über die Lücke und erreichte darüber das Dach von Ormerods Veranda. Niemand sah ihn zum Dachfenster gehen. Niemand rief etwas.

Ein in Vergessenheit geratenes Fenster für ein in Vergessenheit geratenes Zimmer.

Als Wyatt hindurchspähte, sah er Krempel. Kleiner, als Fenster und Dachlinie hatten vermuten lassen, war das Zimmer mit einem einzelnen Bett ausgestattet, mit einer Kommode, einem Wandschrank und einer Nähmaschine auf einem Kartentisch. Offene Kartons mit Taschenbüchern, Weihnachtsdekoration und Schallplatten standen verstreut am Boden, Skier und Golfschläger lehnten in Ecken und das Bett ächzte unter Tennisschlägern, einem Kricketschläger, gebündelten Zeltstangen und einer offenen Plane. Über allem hatte sich eine feine Staubschicht ausgebreitet. Kinder hatten hier gewohnt und ihre Mutter, vermutlich, aber Wyatt scherte das nicht. Er entfernte das Fliegengitter, stellte es zu seinen Füßen ab und schob die Unterkante des Fensters nach oben. Nicht zu heftig; er wollte verhindern, dass die Scheibe womöglich nach oben sauste.

Sie bewegte sich schwerfällig, blockierte schließlich. Wyatt taxierte die Abmessung der Öffnung. Schob den Rucksack durch, zog seinen Bauch ein und schlängelte sich hinüber zur anderen Seite.

Im Haus war nichts zu hören. Kein Alarm am Fenster. Was Tür, Flur und Treppe betraf, darüber wusste er nichts.

Er erschnupperte die Luft, verharrte dabei reglos und sah sich in dem Zimmer um. Es wurde jetzt stärker, das Gespür für das merkwürdige Maß. Der Raum war in der Tat wesentlich kleiner und das Fenster befand sich nicht in seiner Mitte.

Doch ihm fehlte die Zeit, darüber nachzudenken. Begleitet von einem schwachen Quietschen der Türangeln, gelangte er in einen langen Gang, der in U-Form im Haus verlief, mit einer Treppe, die zur Basis des U hinunterführte.

Er blieb stehen, um Fußleiste und Decke zu begutachten. Kein Infrarotstrahl, keine Kameras zu sehen und der Alarm schwieg noch immer. Er wartete, seine Sinne hellwach, bereit, nach Geräuschen zu greifen, nach Empfindungen schlechthin, und nahm endlich eine feine Geruchsspur im Haus wahr.

25

Echt von Vorteil, jemanden für den Empfang zu haben. Zurück in ihrem Büro, durchforstete Leah ihr Telefon nach einer Nachricht oder einem verpassten Anruf von Trask, fragte sich, ob etwas schiefgelaufen sei, als eine Frau mit dem Modegespür einer fundamentalistischen Zeugin Jehovas schnurstracks hereinspazierte.

»Detective Constable Snyder, Miss Quarrell.« Sie zerrte einen Stuhl von der Wand durch den Raum und setzte sich Leah direkt gegenüber.

Leahs erster Gedanke: Bei Ormerod ist alles gefloppt. »Wie? Ich verstehe nicht«, sagte sie verwirrt. Eine ahnungslose Frau, von den Ereignissen überrollt.

»Man hat uns gebeten, Sie hier für eine Weile festzuhalten«, sagte Snyder.

Und hinter ihr, im Flur, stand ein Cop in Uniform. »Aber weshalb?«, fragte Leah und zwang ihren Blick zurück zu der Frau.

»Detective Sergeant Batten würde gern mit Ihnen reden.«

Batten? Für Leah ergab das keinen Sinn. Was hatte er mit Ormerod zu tun?

»Worüber?«

»Das werden wir dann sehen, nicht wahr?«, erwiderte die Frau.

Kurzes, mattbraunes Haar, eine zerknitterte Bluse, Hosen aus schwarzem Polyester. Keinen Schmuck.

Eine Lesbe, dachte Leah. Was, wenn Trask jetzt anruft? Sie spürte, wie sie aufstand, um den Schreibtisch herumging, die Hand an der Kehle, hyperventilierend.

Die liederlich gekleidete Polizistin legte einen Arm um sie. »Langsam durchatmen.«

Voller Abscheu vor dem Kontakt, vor der Körperwärme dieser Frau, dem ordinären, statisch aufgeladenen Ärmel, der ihren Nacken streifte, riss sich Leah los. Lichtpunkte trübten ihre Sicht, kleine, aufblitzende Nadelstiche.

»Sie haben das Gefühl umzukippen«, murmelte die Polizistin und der Geruch ihres Deodorants erfasste Leah wie ein Windstoß. »Ein Schwindelanfall. Atmen Sie tief und gleichmäßig durch. Zählen Sie bis zehn: eins, zwei, drei ... «

Leah folgte dem schließlich, in ihrem Kopf tickende Anspannung. Die Funken verschwanden.

»Besser?«

Leahs Haut fühlte sich kalt an, schweißig.

»Setzen Sie sich«, sagte Snyder und half ihr in den Stuhl mit der steifen Rückenlehne vor ihrem Schreibtisch. »Detective Sergeant Batten wird gleich hier sein.«

»Ich möchte nach Hause.«

»Nein, tut mir leid. Wir müssen Ihnen ein paar Fragen stellen.«

»Ich möchte einen Anwalt.«

Vermutlich die Zauberworte. Die Frau lächelte und zeigte schiefe, gelbliche Zähne. »Alles zu seiner Zeit«, sagte sie und setzte sich hinter den Schreibtisch, in Leahs Sessel.

»Das ist mein Sessel«, sagte Leah.

»Jetzt nicht mehr«, gab die Polizistin zurück, wieder mit diesem abstoßenden Lächeln. Lass mal deine Zähne durchchecken, dachte Leah. In der Zwischenzeit verschone andere mit diesem Lächeln.

»Angst, ich könnte aus dem Fenster springen?«

Snyder lächelte. »Möglicherweise. Und dass Sie Anrufe tätigen und Festplatten löschen und Papierkram schreddern.«

»Ich bemühe mich, ein Geschäft zu führen, nicht wahr?«

»Aber welches Geschäft, Leah? Das vorgebliche oder das tatsächliche?«

»Lecken Sie mich am Arsch.«

»Wir bleiben ganz ruhig sitzen und warten, dass Sergeant Batten hier eintrifft.«

Leah deutete mit dem Kopf auf den jugendlich wirkenden Cop, der im Gang lauerte. »Was ist mit Ihrem Freund? Oh, 'tschuldigung, Sie sind ja andersrum.«

Die Beleidigung verpuffte, und Snyder verharrte regungslos hinter dem Schreibtisch. Inaktivität nicht gewöhnt, wurde Leah von Unruhe gepackt. Sie starrte die Wände an, die Decke, den Boden, das Fenster. Sie musste etwas tun. Auf und ab gehen, Vereinbarungen treffen und Leute aus der Welt schaffen.

»Tja«, sagte sie nach einer Weile, »mir ist langweilig. Kann ich spielen?« Sie hielt ihr iPhone hoch.

Snyder schnippte mit den Fingern. »Lassen Sie mal sehen.«

Ohne weiter nachzudenken, reichte Leah das iPhone hinüber, wollte gerade auf das Icon von Flappy Bird hinweisen, als die Polizistin das Telefon einsteckte und »nein, tut mir leid« sagte.

»Zicke.«

Die Frau zeigte ihre Zähne.

Leah zuckte zurück und sagte: »Was soll das alles? Was soll ich denn getan haben? Ich habe doch nur – «

»Nun, Leah, die Zeit wird angenehmer vergehen, wenn Sie einfach den Mund halten und warten. Sparen Sie Ihren Atem, okay?«

Leah schwieg beleidigt, doch ihre Gedanken überschlugen sich. Die Lesbe hatte tatsächliche und vorgebliche Geschäfte erwähnt. Gingen sie gegen Onkel David vor? Würde er sie schützen oder ans Messer liefern? Und warum hatte Trask nicht angerufen? Sie konnte weder reden noch etwas tun, solange sie nicht wusste, wer noch am Leben war oder was man gesagt oder gedacht hatte und wo sich die Hauptakteure aufhielten.

Sie musste etwas in der Art gemurmelt haben. Das Weibstück hinter ihrem, hinter Leahs Schreibtisch fragte: »Bitte?«

»Hab nicht mit Ihnen gesprochen.«

Die Beamtin zuckte mit den Achseln und bewegte sich, um bequemer zu sitzen. Leah hörte tatsächlich, wie die Kleidung der Frau knisterte. Ich meine, bemüh dich mal, dachte sie. Was trägst du da, einen recycelten Teppich?

»Ich will meinen Anruf machen.«

Wieder ein schiefes Lächeln von der anderen Seite des Schreibtisches. »Alles zu seiner Zeit.«

»Ich will einen Anwalt.«

»Sie sind noch keiner Sache beschuldigt.«

»Also steht es mir frei zu gehen.«

»Das habe ich nicht gesagt.«

»Ich könnte Sie der internen Ermittlung melden.«

»Das ist ein Witz«, sagte Snyder, »oder?«

Leah starrte wütend über ihre Schulter Richtung Fenster, die Sichtachse zum Hof hinter dem Büro. Sie ging fast davon aus, Trask und Wyatt dort zu entdecken, halb verborgen hinter dem Müllcontainer am Seitenzaun, bereit, ihr eine Kugel ins Hirn zu pflanzen.

Dann erschien Batten, sah aus wie ein an Verstopfung leidender Banker, das winzige Kreuz der Missionare am Revers seines Jacketts. Er nickte dem hässlichen Mannweib zur Begrüßung zu und tauschte mit ihm den Platz hinterm Schreibtisch. Das Mannweib stellte sich vor die geschlossene Tür, ein Schemen in Leahs Rücken.

Leah sagte: »Was geht hier vor? Es ist bekannt, dass der Samstag mein am meisten ausgelasteter Tag ist.«

Batten nahm das mit dürrem Lächeln zur Kenntnis und allmählich entdeckte Leah die scharfe Kante hinter der harmlosen Fassade. Für sie unerklärlich, wurde sie an Wyatt erinnert, dessen Augen ihr ebenfalls das Gefühl gaben, sie würden sich auf einen Punkt im Innern ihres Schädels konzentrieren. Aber Battens Kraft war mehr intellektueller als physischer Natur. Bei Wyatt bekam man beides, intellektuell geladen und schussbereit.

»Ein paar Fragen, Miss Quarrell.«

»Brauche ich einen Anwalt?«

»Das wird sich zeigen.« Pause. »Wie laufen die Geschäfte?«

Das brachte Leah aus dem Konzept. »Bitte?«

»Ist die Lage angespannt? Müssen Sie Ihre Einkünfte aufstocken?«

»Keine Ahnung, wovon Sie sprechen«, sagte Leah, die durchaus eine Ahnung hatte. Wurlitzer hatte Batten gegenüber geplaudert; Trask und sie waren zu spät gekommen.

»Vor ein paar Tagen haben Sie und Ihr Freund ein Haus auf Iluka aufgesucht, das einem Mr. Thomas Ormerod gehört. Was können Sie mir darüber sagen?«

Leah schloss die Augen, schwankte auf ihrem Stuhl und hätte sich am liebsten die Haare gerauft. Entweder hat man uns verfolgt, dachte sie, oder sie haben Trask. Oder beides.

Sie machte die Augen wieder auf. »Warum?«

Batten hatte ein hinterlistiges Rattengesicht, war einer von der unnachgiebigen, gewissenhaften, misstrauischen Sorte, ein Wühler. »Was haben Sie dort gemacht?«

»Es war ein geschäftlicher Termin.«

»Geschäftlicher Termin. Es sieht so aus, als wäre auch ein kleines Mädchen dort gewesen. Was können Sie mir darüber sagen?«

Leah schluckte. Sie haben Trask, dachte sie. Oder man hatte Ormerod observiert. Nein: Hätten sie sich um die Sicherheit des Kindes gesorgt, hätten sie eingegriffen.

»Seine Enkeltochter«, sagte sie.

»Mr. Ormerod hat keine Enkeltochter.«

Leah schlug sich die Hand vor den Mund. »Sie meinen – «

»Hören Sie auf mit dem Mist, Leah! Wie ich gehört habe, waren Sie heute Morgen wieder in seinem Haus.«

»Er trägt sich mit dem Gedanken, es zu verkaufen«, sagte Leah mit Ungestüm. Sie wollte nicht hineingezogen werden in irgendwelche Ermittlungen wegen Pädophilie.

»Leah«, sagte Batten und schüttelte sacht den Kopf, »ich muss Sie davon in Kenntnis setzen, dass wir unlängst Ihren Freund festgenommen haben und er zu erstaunlichen Eingeständnissen und Beschuldigungen bereit war.«

»Er ist nicht mein Freund«, widersprach Leah. Sie griff nach dem nächstbesten Strohhalm und sagte: »Er arbeitet im Bereich Sicherheit, er sorgt für Schutz, er – «

»Arbeitet für Ihren Onkel«, sagte Batten und klang dabei weniger wie ein Kirchenältester als vielmehr nach einem für seine Todesurteile berüchtigten Richter.

Leah warf einen Blick auf ihre Armbanduhr. »Hören Sie, ich habe eine Besichtigung – «

»Handelt es sich um Liebe? Ich vermute, das muss es sein. Schwierig mit einem derart passionierten Konsumenten von Steroiden, könnte ich mir vorstellen. Eier, so groß wie Erdnüsse. Erektionsstörungen ... «

Eindeutig ja, in beiderlei Hinsicht, dachte Leah. Sie richtete sich auf und sagte: »Hören Sie auf, bitte. Ich muss mir das nicht anhören.«

Batten bedachte sie mit dem Lächeln des Gesetzeshüters. Nur die Lippen, kein anderer Muskel beteiligte sich. »Wir haben Trask in seinem Gym festgenommen. Wie's aussieht, hätte er gar nicht dort sein sollen.«

Leah schöpfte ein Quentchen Hoffnung. Man hatte sie nicht verfolgt. Was bedeutete, dass sie nichts von Rafis Apartment wussten. Und sie hatten nur Trasks Aussage, dass sie in Ormerods Haus gewesen war. Allerdings konnte sie sich keinen Reim darauf machen, weshalb Trask im Fitnessstudio aufgetaucht war.

Und warum war die Polizei dort gewesen? »Ich habe keinen blassen Dunst, wovon Sie sprechen. Wenn ich ein Verbrechen begangen habe, klagen Sie mich an. Wenn Alan Trask sagt, dass ich ein Verbrechen begangen habe, lügt er.«

»Entrüstung. Sehr gut. Behalten Sie sie bei«, sagte Batten.

Sein Telefon klingelte. Batten krümmte sich, während er zuhörte, und er warf Leah einen Blick zu. Dann erstarrte er, stand auf, in seinem spitzen Gesicht flackerte Zorn auf. »Wie schwer verwundet?«, rief er. Er hörte zu, bellte dann seine Anweisungen: »Durchkämmen Sie die Gegend. Achten Sie genau auf die Touristen, achten Sie auf Männer ohne Begleitung, die sich nicht ins Bild fügen. Unpassendes Schuhwerk, unpassende Kleidung. Kein Handtuch, keinen Sonnenhut, keine Badehose. Kleidung in Unordnung oder beschmutzt. Unter Spannung, desorientiert, zerzaust, mit Blutspuren. Sie wissen, wie's läuft.« Er hörte wieder zu. »Ich bin gleich da.«

Er kam hinter dem Schreibtisch hervor, bedeutete der Lesbe mit einem Nicken, seinen frei gewordenen Platz einzunehmen, und öffnete die Tür. Sagte beim Hinausgehen: »Weiß Ihr Onkel eigentlich, was hier vor sich geht, Leah?«

26

Wyatt schlich die Treppe hinunter. Es war Aftershave, was er riechen konnte. Und noch etwas: ein Sporttonikum.

Ormerods Hinterlassenschaft? Nein. Die Gerüche waren frisch.

Weiter den Flur entlang zum Wohnraum. Er betrat ihn in geduckter Haltung, seine Waffe schwenkte suchend hin und her, durch einen großen, schwach beleuchteten Raum, die Vorhänge fast zur Gänze zugezogen, ein Gebiet trügerischer Umrisse und Schatten. Doch hinreichend Licht, um zu erkennen, dass die Wand über dem Kamin nackt war und ein Uniformierter zwischen Sesseln Position bezogen hatte. Er stand breitbeinig auf dem Teppich, hielt die Dienstwaffe nahe am Schenkel und das Gesicht zur Decke gerichtet, als hätte er von oben Geräusche gehört und warte darauf, sie nochmals zu hören.

Dann nahm er Wyatt wahr, fuhr herum und brachte die Waffe in Anschlag. Wyatt schoss ihm ins Bein, drehte sich um und lief zur Treppe, als ein zweiter Uniformierter auftauchte, aus einem der vorderen Zimmer trat. Ihre Vorstellung von einem Zangenangriff, dachte Wyatt. Hat nur nicht funktioniert. Er drückte ab, zielte daneben, drückte wieder ab, trieb den Mann so zurück in den Raum, aus dem er gekommen war.

Wyatt lief rasch die Treppe hoch.

Er holte die Wasserflasche aus der Außentasche des Rucksackes, nahm einen gehörigen Schluck für den eigenen Wasserhaushalt, schüttete den Rest über Ormerods Treppenläufer. Warf den Verschluss weg, schob die leere Flasche über den Lauf seiner Pistole, betrat den Flur und ging in eines der vorderen Zimmer.

Es war Ormerods Schlafzimmer. Ein ausladendes Bett, Schränke, Leselampen, ein begehbarer Kleiderschrank und ein Mangel an Individuellem. Wyatt nahm es nur beiläufig wahr. Er ging direkt zum Fenster, zog die Vorhänge zurück und verschaffte sich einen Eindruck vom Draußen.

Sein Blick erfasste die schmale Straße, die sich als Kreis durch die kleine Insel zog, die Gruppe von Behausungen im Innern vom äußeren Ring der Villen mit Blick aufs Wasser trennte. Eine Handvoll abgestellter Autos. Auch ein Streifenwagen musste hier irgendwo sein, aber Wyatt sah keine Notwendigkeit, danach Ausschau zu halten. Stattdessen schob er das Fenster auf und schoss, beide Hände an der Pistole, auf einen Audi, stach ein Loch in die Windschutzscheibe, wobei der improvisierte Schalldämpfer den Knall auf einen dumpfen Schlag reduzierte. Der Boden der Wasserflasche barst, Rauch stieg in Kräuseln hoch, aber Wyatts Aufmerksamkeit galt mehr dem Audi. Der schien einen Moment lang in Schockstarre zu verharren, bevor der Alarm losschrie.

Wyatt feuerte auf einen Range Rover, ein Schuss aus

noch größerer Entfernung, ein weiterer Alarm, in Disharmonie mit dem ersten. Ein dritter Schuss, ein vierter, diesmal auf Fenster von Häusern. Der dritte Schuss blieb ohne Folge. Der vierte löste eine Alarmanlage aus.

Mittlerweile dämpfte die zerfetzte Flasche die Schüsse kaum noch. Wyatt drückte noch einmal ab, während Leute aus ihren Häusern kamen, sah, wie sie auseinanderstoben, als die Kugel abprallte, und ging dann zurück in den Flur. Von unten drang Geschrei herauf, der verletzte Beamte rief nach einem Krankenwagen. Eine zweite Stimme, jung, aufgeladen mit Nervosität, schrie die Treppe hinauf: »Polizei! Wir sind bewaffnet! Kommen Sie mit erhobenen Händen runter!« Noch immer nur zwei Cops, dachte Wyatt. Ob noch mehr auf der Straße warteten?

Er ging zu Ormerods Rumpelkammer, stieg aus seiner Arbeitskluft und schlängelte sich zum Fenster hinaus. Eine Flucht über das Wasser schied aus: Er konnte einen dritten Uniformierten sehen, der vor dem Mietboot Posten bezogen hatte. Er musste es über die Straße versuchen.

In geduckter Haltung lief er über das Verandadach, erreichte das an Ormerods Haus angrenzende Gerüst, lief dort entlang zum nächsten Haus, wo ein üppiger Jacaranda-Baum die Lücke zwischen beiden Gebäuden ausfüllte. Einige Äste reichten hinunter in den benachbarten Garten. Wyatt wählte den aus, der den kräftigsten Eindruck machte, trat darauf wie ein Seiltänzer, rutschte jedoch am Ende ab, als sich der Ast mit einem Knacken bog. Wyatt machte daraus einen Abgang ohne jegliche Eleganz, über den Zaun und hinein in ein Beet mit Bodendeckern.

Eine Frau in leichtem Sommerkleid, ein Weinglas in der Hand, sah aus einem Seitenfenster zu ihm hinüber. Sie schien allenfalls leicht überrascht von seinem Anblick. Wyatt kam auf die Füße, grüßte sie mit einem Nicken, registrierte, dass sie ihm geistesabwesend zuwinkte.

Er schlenderte zur Ecke des Hauses, blieb stehen, um einen Blick auf die Straße zu werfen. Ein halbes Dutzend Männer und Frauen war herausgekommen, man gaffte, beschwerte sich, trank Alkohol. Er klopfte sich ab, ging auf die Straße und mischte sich unter die Gruppe.

»Was is denn los?«

»Keine Ahnung.«

Einer der Alkoholkonsumenten reichte ihm ein Bier. Wyatt sagte »Cheers« und hob die Dose an die Lippen. Dann trat er sachte den Rückzug an. Er sah nicht zerknitterter aus als einige von denen, nur steckten die nicht in Hosen mit Grasflecken oder vermittelten den Eindruck von Hast. Und die Frau mit dem Weinglas könnte anfangen, darüber nachzudenken, wessen sie soeben Zeugin geworden war.

Ein kleiner Mazda bretterte ins Blickfeld, »Papa's Pizza« warb an der Seite und auf der Motorhaube. Der Fahrer stieg aus, ließ den Motor laufen. Ein Junge in Eile. Er wischte sich mit dem Unterarm den Schweiß von der Stirn, zog seine Papa's-Pizza-Jacke aus und warf sie auf den Beifahrersitz, dann holte er hinten aus dem Wagen ein paar Pizzakartons. Er schien weder die Alarmanlagen wahrzunehmen noch die sich versammelnde Menge, nur bestrebt, die richtige Lieferadresse zu finden, sich bewusst, dass er unter Zeitdruck stand.

Wyatt schlüpfte auf den Fahrersitz des Mazda und versaute dem Jungen den Zeitplan.

Er verließ Iluka Islet in rasantem Tempo, fuhr über die kleine Brücke zur Kreuzung an der Noosa Parade. Seine aussichtsreichste Chance bestand darin, den Wagen loszuwerden und an Noosas Hauptstrand in der Menge der Badegäste und Sonnenhungrigen unterzutauchen, doch der Verkehr auf der Parade stockte, bot keine Gelegenheit, demnächst rechts abzubiegen. Er hielt sich links, hoffte, wenden zu können, sobald der Verkehr sich lichtete. Kurz darauf heulte eine Sirene auf und der dicht auffahrende Wagen hinter Wyatt zeigte sich im Rückspiegel. Der würde den Mazda alt aussehen lassen, hätte Wyatt eine freie Straße vor sich, aber der Verkehr verstopfte noch immer die Noosa Parade. Wyatt beschleunigte, bremste, beschleunigte, bremste, überquerte die Munna Point Bridge in Zwischenspurts, eingekeilt im Verkehr und verspottet von einem Pelikan, der auf der Hängeampel über ihm hockte.

Danach wurde der Verkehr flüssiger. Wyatt jagte über die Parade zum Kreisverkehr an der Weyba Road. Ins Hinterland oder zum Fluss? Er bog rechts ab, Richtung Wasser, wo er vielleicht ein Boot auftreiben oder sich unter den Touristen unsichtbar machen konnte.

Aber die Straße war hier breiter. Der Streifenwagen, der ihm hinten an der Stoßstange hing, scherte zum Überholen aus. Jetzt fuhr er nebenher, der Cop auf dem Beifahrersitz gestikulierte heftig, seine Lippen gaben zu verstehen, Wyatt solle an die Seite fahren. Der richtete seinen Blick wieder auf die Straße, langte mit der linken Hand hinüber zum Beifahrersitz, zum Rucksack, unter dessen Klappe sich die Pistole verbarg.

Wollte er die Polizei zwingen, das Feuer zu erwidern? Wyatt entschied sich gegen die Waffe. Er tastete nach der Jacke des Pizzaboten. Raffte sie in seiner Faust zu einem Bündel zusammen und beschleunigte, bis der Mazda eine halbe Länge Vorsprung vor den Verfolgern hatte, ließ dann das Seitenfenster herunter. Er wartete, passte den richtigen Moment ab und schleuderte die Jacke aus dem Wagen, wo sie, vom Sog erfasst, ihre Flügel ausbreitete und an der Windschutzscheibe der Verfolger kleben blieb.

Reifen quietschten. Es kam zu einem mächtigen Aufprall, Metall barst, Glas zersplitterte. Wyatt achtete nicht darauf. Er raste auf die Gympie Terrace, eine kurze Strecke am Fluss entlang und dann auf der Howard Street zurück zur Parade.

Streifenwagen blockierten die Straße direkt hinter Munna Crescent. Mehr Streifenwagen kamen aus entgegengesetzter Richtung, also riss Wyatt das Lenkrad herum, bog in die Munna Crescent ein, eine heulende Sirene nur wenige Meter von seiner hinteren Stoßstange entfernt. Die Straße war leer, lag ruhig da, man hätte nicht zu sagen vermocht, was hinter der Kurve lag.

Mit einer scharfen Bremsung auf gerader Strecke schob Wyatt den Schaltknüppel in den Leerlauf, schlug das Lenkrad nach rechts ein und riss zugleich, den Daumen auf dem Knopf, heftig an der Handbremse. Das Heck des Mazda brach um hundertachtzig Grad aus und der Wagen schlitterte rückwärts. Wyatt riss das Lenkrad zurück, trat auf die Bremse und der Mazda stand für eine halbe Sekunde still. Das gesamte Manöver hatte nicht mehr als ein paar Sekunden gedauert.

Er löste die Handbremse, trat auf das Gaspedal und nahm Kurs auf den Streifenwagen. Er konnte das Drehmoment in dem kleinen Auto spüren, die Räder drehten durch, bis Qualm vom erhitzten Gummi aufstieg. Der Streifenwagen bremste, Panik stand in den Augen von Fahrer und Beifahrer. Darauf hatten sie nicht gesetzt. Der Fahrer riss das Steuer Richtung Bordstein und verschaffte Wyatt die Lücke, die er benötigte. Er rauschte vorbei.

Hatte es fast geschafft, als er die hintere Stoßstange des Streifenwagens streifte, der Mazda sich drehte, in einen abgestellten Kombi krachte und dessen Front zusammenknautschte. Wyatt schnappte sich den Rucksack, stieß die Tür auf und rannte quer über den Spielplatz, hinüber zum Caravan Park dahinter.

Es war, als trete er von einer Welt in eine andere, entschleunigte. Die Sonne hing träge über allem, Kinder warfen sich Frisbees zu, Hunde zuckten im Schlaf. Eine Frau spülte Sand von ihren Beinen, eine zweite rubbelte einem Kind das Haar mit einem Handtuch trocken. Radios waren zu hören, wilde Rockmusik hier, rauschhafte Footballberichterstattung da. Ein älteres Paar vollführte eine Serie kurzer, genervter Rangiermanöver, um einen Van zu parken; Teenager, in Handtücher gewickelt, kamen vom Flussufer zurück.

Wyatt lief in einen Duschraum, fischte das Pickset aus dem Rucksack, stopfte ihn anschließend unter einen Haufen feuchter Papiertücher und hastete, die Waffe in der Hand, wieder hinaus. Leute würden ihn sehen und verwundert sein, aber zwischen Verwunderung und Reaktion lägen Sekunden. Jedenfalls hätte Wyatt wetten können, dass sie nichts tun würden. Er hätte wetten können, dass sie die Waffe für eine Attrappe hielten. Er hätte wetten können, dass die meisten die Waffe zunächst einmal gar nicht sähen. Er lief über den Sand, hielt Ausschau nach einem Weg hinauf zur Noosa Parade. Während seines Laufs ließ er die Waffe von einer Hand in die andere wandern, hielt sie fünfzehn Sekunden in der linken, fünfzehn Sekunden in der rechten. Er war Rechtshänder und musste die Hand regelmäßig entspannen. Die Belastung durch das Gewicht der Waffe hätte seine Treffsicherheit beeinträchtigt.

Er sah einen Polizisten. Mehr auf Zack als der Rest, hatte er sich bis an den Fluss vorgewagt und behielt die sonnenbadenden Teenager im Blick, die Männer mit ihren Ehefrauen und Freundinnen und Kindern, dabei eine Hand am Griff seiner Dienstwaffe.

Er sah Wyatt und verharrte reglos. Dann zog er die Waffe, seine Stimme mit einem leichten Beben, aber entschlossen: »Bleiben Sie stehen! Legen Sie die Waffe hin!«

Wyatt änderte weder Tempo noch Richtung. Bewegte sich in großen Sätzen, ein hochgewachsener Mann, der so über Stunden laufen konnte, wie es schien. Er richtete seinen Blick nicht auf die Waffe des Polizisten, sondern auf dessen Gesicht. Er sah Verunsicherung. Ob man wohl stehen bleibt, wenn man einen bewaffneten Polizisten sieht? Oder wegrennt? Oder ausweicht? Eine Lücke öffnet, nicht schließt? Doch Wyatt lief weiter drauflos, was den Beamten noch mehr verunsicherte. Schließlich gab er einen Schuss ab. Einen Warnschuss, denn er war aus dem Konzept gebracht und da waren Kinder und dann war Wyatt bei ihm und stieß ihm die Faust in den Magen. Er ging zu Boden, schnappte nach Luft, halb erleichtert, und die Kinder und Eltern um ihn herum standen mit offenem Mund da.

Inzwischen hatte Wyatt die Brücke erreicht. Er kraxelte den Abhang hoch, fand mit den Füßen nur schwer Halt in dem staubigen Dreck und absterbenden Gras, steckte die Waffe in den Hosenbund und trat auf den Gehweg der Brücke, die sich über den Fluss spannte. Nur wenige Meter von seinen Ellbogen entfernt rauschten Autos vorbei. Kinder und Jugendliche stromerten umher, eine Mutter schob einen Kinderwagen und ein Mann, ein Kind auf den Schultern, schlenderte vorbei.

Dann war Wyatt auf der anderen Seite angelangt und betrat die Einkaufspassage am Quamby Place. Er kaufte ein für Touristen typisches T-Shirt und streifte es hinter einem Postkartenständer über. Er warf Hut und Sonnenbrille weg und ging zurück zur Noosa Parade. An der Hastings Street stieg er aus dem Bus, noch bevor jemand daran gedacht hatte, die Fahrgäste der Busse zu kontrollieren.

27

Aufs Pacific Grand zu setzen war das Sicherste. Sich nach einem anderen Hotel umzusehen, nach einem Motel oder Ferienapartment, würde bedeuten, erneut sein Gesicht zu präsentieren, es den Leuten zu präsentieren, die dazu neigen, sich an ein fremdes Gesicht zu erinnern, wenn in den Nachrichten ausführlich von einer Schießerei die Rede gewesen ist, von einer Autoverfolgungsjagd, von einem bewaffneten Mann. Die Polizei würde Zeit verplempern mit Befragungen in Taxiunternehmen und an Flughäfen, von Busfahrern und mit Beschwerden von Autofahrern, bevor sie sich den Hotels zuwenden würde, insbesondere denen der Luxusklasse. Und die Sorte Mann, die stiehlt und schießt und Polizisten attackiert, steigt nicht in einem Hotel wie dem Pacific Grand ab. Theoretisch.

Wyatt schlich sich in seine Penthousesuite und stellte die Nachrichten an. Man hatte eine Beschreibung herausgegeben, doch es war die eines großen Mannes, dunkelhäutig, ungepflegt und tätowiert. Er entspannte sich: Zweifelsohne hatte er am Flussufer eine Spur übersteigerter Gefühle hinterlassen. Schockierte, verängstigte Leute, die ihr Erlebnis nicht mit einem Mann von gewöhnlicher Erscheinung verbinden konnten. Ein Mann, der raubt, schießt und prügelt, ist keiner von ihnen, sondern ein Fremder, ein Ausländer, ein gänzlich Anderer.

Allerdings waren die abgedrehten Beschreibungen zutreffend, was allgemeine Details anbelangte. Wyatt war groß. Schlank, aber von stabilem Körperbau. Olivfarbener Teint, ein Raubvogelgesicht. Sein Gesicht, zumeist unbewegt, sah weder freundlich aus noch nahbar.

Er machte sich daran, seine Züge milder zu gestalten.

Um vier Uhr, die Stadt noch immer wie gebannt angesichts des Schauspiels auf ihren Straßen und der Inszenierung auf einem Footballfeld in einem anderen Bundesstaat, stahl sich Wyatt auf der Suche nach der Wäscherei mit feuchtem, zu einem Igel frisiertem Haar in den Bauch des Hotels. Er stöberte schließlich eine gebügelte graue Hose auf und ein gebügeltes Oberhemd und zog sich um. Ging hinaus auf die Hastings Street und versenkte die Kleidung, die er beim Einbruch getragen hatte, in einen Abfallbehälter.

Seine erste Anlaufstelle war eine Drogerie, wo er eine Lesebrille mit klobigem schwarzem Gestell erwarb. Als Nächstes eine Buchhandlung: Taschenbuch und Büchertasche. Jetzt war er ein gebildet aussehender Exsoldat oder Cop. Bei einem Herrenausstatter kaufte er zwei Leinenjacketts, das eine cremefarben, das andere marineblau, zwei Paar Chinos, in Hellbraun und in Anthrazit, und zwei Polohemden, eins gelb, eins blau.

Dann überquerte er die Straße, stieg eine Treppe hoch, die zu einer Tür führte mit der Aufschrift »*Medizinischer Bedarf und Klinikartikel/Verleih und Verkauf*«. Wyatt humpelte hinein und kaufte ein Paar Gehhilfen aus Kunststoff, dazu Gaze und Verbandszeug.

»Hab mir beim Surfen das Bein verletzt«, erklärte er.

Die junge Frau an der Kasse bearbeitete ihren Kaugummi und nickte. Sie schaltete auf Durchzug. Samstagnachmittag und sie, zu Tode gelangweilt, zählte die Minuten, bis sie Feierabend machen konnte. Bescheuerte Touristen, die nach Noosa kamen, einen vollquatschten, weil man in einem Laden arbeitete, bewegten sich zum ersten Mal im Jahr und verletzten sich dabei. Sie erlebte das ständig. Kaute ihren Kaugummi und schob dem Typ das Wechselgeld über den Tresen. Fünf Dollar sechzig Cent.

Dann sah sie Wyatt an und irgendetwas regte sich in ihr, als ihr Blick das ordentliche Hemd und die unansehnliche Brille überwand. Er war verstohlen, von Instinkt gesteuert, widersprüchlich, Verlangen und Angst zugleich. Sie schluckte.

Wyatt sah es und verstand. Die Brille aus der Drogerie hatte bei der jungen Frau nicht verfangen. Er zwang ein entwaffnendes Lächeln in seine granitenen Züge, hoffte, sie werde sich an das Verlangen erinnern, nicht an die Furcht, und ging zurück ins Hotel. Nach unten, in die Wäscherei, um Hemd und Hose zurückzulegen, beides gegen ein neues Hemd, eine neue Hose einzutauschen; dann nach oben in seine Suite.

Über die Treppe gelangte er in den siebten Stock, öffnete vorsichtig die Tür und nahm den Gang in Augenschein. Es handelte sich um einen schwach beleuchteten, von einem leichten Summen erfüllten Tunnel, mit einem strapazierfähigen Teppich ausgestattet und mit einem Dutzend durchaus praktischer Spiegel und Nischen über die gesamte Länge – doch nirgendwo Cops oder Gäste oder Hotelpersonal. Bislang hatte er in diesem Hotel kaum jemanden gesehen, war kaum jemandem irgendwo begegnet. Wo sie alle waren, wo sie sich aufhielten, hätte er nicht zu sagen vermocht.

Mit Vorsicht, ein wenig geduckt, betrat er das Zimmer. Es war leer.

Er setzte sich aufs Bett und krempelte das rechte Hosenbein hoch. Seine Wade war schlank, muskulös, von festem Bindegewebe, sah gesund aus. Dagegen musste er etwas unternehmen. Er legte einen dicken Verband an, schnitt das Hosenbein entlang der Naht vom Knöchel bis zur Wadenmitte auf, damit es über den Verband gestreift werden konnte. Er stand probeweise auf, die Gehhilfen unter seinen Armen. Er ging im Zimmer umher, verlagerte das Gewicht auf die Gehhilfen und das linke Bein. Hoffte bei Gott, sich in den kommenden Tagen über keine großen Strecken, über keinen längeren Zeitraum derart fortbewegen zu müssen, und hoffte, niemand werde auf seine Größe achten, auf die Anzeichen von Kraft in seinem Körper, auf das abweisende Gesicht, sondern auf sein verletztes Bein.

Anschließend humpelte er zum Surfclub, wo es, wie er wusste, noch immer ein an der Wand angebrachtes öffentliches Telefon gab. Mit dem Rücken zum Gebäude, sein Blick auf der Suche nach jedem, der nicht einwandfrei aussah – zu entschlossen, in den Bewegungen zu schnell, seine, Wyatts, Blicke meidend –, rief er David Minto an.

»Ja?«

Die Stimme klang verhalten, Minto in Erwartung von Neuigkeiten – guten oder schlechten. Aber Neuigkeiten von wem? Wyatt sagte: »Scheint so, als wäre ich zu spät gekommen, die Immobilie war bereits vergeben, an die Polizistenfamilie, die ich dort antraf.«

Schweigen, während Minto zwischen den Zeilen las. Er hörte sich gestresst an: »Ich bin derzeit nicht im Büro. Rufen Sie mich in dreißig Minuten dort an.«

Das war der übliche Plan B: Minto würde zum Einkaufszentrum hinter dem Hügel in der Nähe seines Hauses fahren und Wyatts Anruf von einem öffentlichen Telefon aus entgegennehmen. Nicht bereit, das Telefon am Surfclub ein zweites Mal zu nutzen, humpelte Wyatt unterdessen Richtung Umsteigehaltestelle für Busse. Doch Polizei nahm dort Fahrgäste ins Visier, also hielt er ein Taxi an. Er stieg Noosa Junction aus, machte einen 7-Eleven mit Telefon ausfindig und rief Minto nach den verabredeten dreißig Minuten an.

»Ja?«

Wyatt hörte Fahrstuhlmusik und Kinderstimmen im Hintergrund.

»Die Polizei hat mich erwartet«, sagte er, »und es gab kein Gemälde an der Wand.«

Ein langes Schweigen. »Ich habe dich nicht geprellt.«

»Hast du mit deiner Nichte gesprochen?«

»Sie geht nicht ran.«

»Und ihr Freund?«

»Welcher Freund?«

»Groß, Steroidfreak, fährt eine Kawasaki«, sagte Wyatt.

Wieder Schweigen. »Hört sich nach Alan Trask an, dem Detektiv, von dem ich dir erzählt habe. Wie kommst du darauf, dass er Leahs Freund ist?«

»Ich bin ihr eines Nachmittags gefolgt. Er kam vorbei und blieb ein paar Stunden.«

»Scheiße, Scheiße, Scheiße.«

»Wenn du sie dazu angestiftet hast ... «, sagte Wyatt.

»Ich weiß, ich weiß, dann jagst du jedem von uns eine Kugel in den Kopf. Meinst du, jemand hat gesehen, wie du das Haus betreten hast, und hat die Polizei alarmiert?«

Wyatt sagte: »Nein, kann nicht sein. Sie haben bereits auf mich gewartet und hatten Verstärkung in der Nähe. Das war organisiert.«

»Und das Gemälde war nicht da?«

Wyatt erwiderte nichts darauf. Er hatte es Minto bereits gesagt.

»Ich schwöre, ich habe keine Ahnung, was passiert ist. Vielleicht hat Ormerod das Gemälde in einen Safe oder in einen Banktresor gepackt und hängt es wieder auf, wenn er Montag zurückkommt. Irgendwie hat er Wind von der Sache bekommen und die Polizei eingeschaltet. Es sei denn ... «

»Was?«

»Mein Kontakt in Melbourne ist ihm zum Flughafen gefolgt. Ormerod ist in einen Flieger nach Thailand gestiegen.«

»Reserviert?«

»Weiß ich nicht.»

»Finde es heraus«, sagte Wyatt. Für ihn ergab das keinen Sinn. Wenn Ormerod für einen Inlandsflug zu einem Footballspiel seinen Reisepass dabeihatte, hieß das, er war auf eine Flucht vorbereitet gewesen. »Du hast doch Cops auf deiner Gehaltsliste, oder?«

»Und?«

»Tätige ein paar Anrufe. Haben sie das Gemälde, haben sie deine Nichte in Gewahrsam, haben sie den Freund in Gewahrsam et cetera. Ich melde mich in einer Stunde wieder.«

28

Leah Quarrell bat um Schutz. »Ich könnte in Gefahr sein«, sagte sie und stand auf, um hinaus auf den Hinterhof zu blicken.

»Setzen Sie sich, Ms. Quarrell«, sagte Snyder.

»Sagen Sie Ihrem Boss, dass ich offiziell Zeugenschutz beantrage.«

»Ach, Zeugenschutz, sagen Sie? Zeugin inwiefern?«

»Ich weiß einiges.«

»Dessen bin ich sicher. Und Schutz wovor?«

»Vor Leuten, die mich tot sehen möchten«, sagte Leah.

»Setzen Sie sich, Ms. Quarrell.«

»Ich habe Angst«, sagte Leah.

Die Frau stellte sich zu Leah ans Fenster. Sie starrten hinaus auf den Parkplatz, auf den Müllcontainer und den Zaun, auf den Streifen Asphalt. In dunklen Ecken hatte sich hier und da Papier angesammelt.

»Bitte, ich brauche Schutz.«

»Da draußen ist niemand. Ich bin bei Ihnen und im Flur steht ein bewaffneter Beamter.«

»Ich würde mich besser fühlen, wenn er draußen postiert wäre.«

»Setzen Sie sich, Ms. Quarrell. Ich sage es nicht noch einmal.«

Leah ging zurück zu dem Stuhl mit der steifen Rückenlehne und verfolgte mürrisch, wie sich diese reizlose Person hinter *ihren* Schreibtisch setzte. Sie hatte den unbändigen Wunsch, mit Rafi zu telefonieren. Doch sie konnte nicht einmal riskieren, ihn unter dem Vorwand anzurufen, sie würde ihren Anwalt kontaktieren. Niemand durfte von ihm wissen.

Aber wenn noch mehr Zeit verstrich und sie sich nicht meldete, was würde er denken? In ihr brannten Fragen und Zweifel.

Dann kam Batten zurück. Noch immer akkurat in seinem faden Anzug, sah er jetzt jedoch wütend aus.

Er nahm den Platz der Lesbe ein, ohne Leah zu beachten. »Irgendwas Neues?«

»Miss Quarrell hat um Zeugenschutz gebeten, Chef.«

»Das glaub ich gern.«

»Chef?«, fragte Snyder.

Batten starrte Leah an. »Es sind Schüsse gefallen, wir haben ein Verkehrschaos, einen angeschossenen Polizisten, ein weiterer wurde angegriffen und ein Mann ist auf der Flucht.«

Leah starrte zurück, mit sich überschlagenden Gedanken. Wyatt würde sie sich vornehmen, ganz sicher. »Ich könnte in Gefahr sein.«

Batten stützte das spitze Kinn auf seine Finger. Beschränkt, zugeknöpft.

Leah hätte wetten können, dass er ohne Fantasie war und ihr keinen Spielraum ließe. Er muss einer dieser nach Vergeltung strebenden Christen sein, dachte sie. Sexuell verklemmt, ganz bestimmt – er würde es wollen, sich aber schuldig dabei fühlen.

Leah bedachte ihn mit einem gewinnenden Lächeln. Sie könnte eventuell – »Das funktioniert so nicht, Ms. Quarrell. Nur rein theoretisch ... nehmen wir mal an, ich würde glauben, dass Sie endlich bereit seien, die Wahrheit zu sagen, und nehmen wir mal an, Ihre Gesundheit und Ihr Wohl lägen mir am Herzen. Vor wem soll man Sie schützen?«

»Wo soll ich anfangen? Ich – «

»Fangen Sie mit dem Mann an, der in Thomas Ormerods Haus eingebrochen ist. Ist er eine Gefahr?«

»Vielleicht.«

»Wer ist er?«

»Sein Name ist Wyatt. Er ist ein Killer. Ein Dieb.«

»Und in welcher Beziehung stehen Sie zu ihm?«

»Ich stehe in keiner Beziehung zu ihm. Mein Onkel steht in einer Beziehung zu ihm.«

»Um ein Gemälde zu stehlen? Ein Gemälde, von dem Trask behauptet, Sie hätten es gestohlen? Es ist nicht bei Ihnen zu Hause, es scheint auch nicht hier zu sein, gab es überhaupt ein Gemälde? Wir haben versucht, Kontakt mit Mr. Ormerod aufzunehmen, um zu erfahren, ob tatsächlich ein Gemälde gestohlen wurde, aber es ist uns nicht gelungen, ihn zu erreichen.«

»Ich habe kein Gemälde gestohlen! Wyatt wurde angeheuert, um es zu stehlen. Hören Sie, von mir erfahren Sie so lange nichts, bis Sie mir Schutz garantieren.«

»Ich bin nicht davon überzeugt, dass Sie den brauchen.«

»Wyatt ist ein Killer. Genau wie mein Onkel«, sagte Leah. Sie machte eine Pause. Dann: »Gehe ich recht in der Annahme, dass Sie keiner seiner gefügigen Cops sind?«

Batten verzog den Mund, als wolle er Leah erwürgen.

Leah sagte: »Bitte. Sie wissen, dass er Polizisten im Griff hat. Wenn Sie mich in diese Strukturen stecken, wird einer von denen mich finden und ich werde einen hässlichen Unfall erleiden.«

»Ich müsste noch irgendetwas Stichhaltiges gegen diesen Wyatt oder Ihren Onkel hören«, sagte Batten mit einem Schmunzeln, als könne man vielleicht ein Prozent dessen, was Leah von sich gab, für bare Münze nehmen.

Leah verschränkte die Arme, machte dicht. »Ich sage gar nichts mehr. Besorgen Sie mir einen Anwalt.«

»Aber man hat Sie nicht festgenommen.«

»Verstehe. Sie lassen mich gehen und folgen mir. Vielleicht führe ich Sie zu einem der anderen, vielleicht versucht einer von denen, vielleicht versuchen sogar alle, mich umzubringen. Egal. Ich bin entbehrlich.«

Batten überhörte das. »Haben Sie eine Idee, wohin er gehen könnte? Wyatt?«

»Nein. Ich weiß nicht mal, woher er gekommen ist.«

»Zumindest wissen wir, wo Ihr Onkel ist.«

In dem Gefühl, in einer Sackgasse zu stecken, sagte Leah: »Womit muss ich rechnen?«

»Keine Ahnung, Leah. Womit rechnen Sie denn?«

»Mein ganzes Leben lang wurde ich von meinem Onkel drangsaliert.«

»Also ist es nicht Ihre Schuld. Sie sind keineswegs Ihr eigener Herr. Eigentlich sind Sie unschuldig«, sagte Batten.

»Sie können mich mal«, sagte Leah. »Ich brauche Schutz.«

»Weshalb sollte jemand Ihnen etwas antun wollen? Aus Rache?«

»Brauchen die einen Grund? Durchgeknallte Killer ... «

Batten schnaubte. »Also war Trask durchgeknallt, als er Gavin Wurlitzer erschossen hat?«

»Was? Wer?«

»Er hat gesagt, Sie hätten ihn angewiesen, Leah.«

Leah fühlte sich in die Enge getrieben. »Ich habe keine Ahnung, wovon Sie sprechen. Und was Alan Trask betrifft, der ist ein Möchtegernbiker mit einer Steroidabhängigkeit.«

»Er hat ausgesagt, Sie hätten die Anweisung für den Mord an Wurlitzer erteilt, weil Wurlitzer zur Belastung wurde, hätten ihm gesagt, er solle die Leiche verschwinden lassen.«

»Das ist doch irre, ich hab niemals ... Wer ist dieser Wurlitzer?«

Batten schüttelte den Kopf. »Wurlitzer hat mit uns geredet, Leah.«

Rafi, das Gemälde, dachte Leah verzweifelt. »Ich weiß nicht mal, wer das ist.«

»Sie sind heute Morgen zu einem Haus auf Iluka Islet gefahren und haben ein Gemälde gestohlen. Wo ist es?«

Leah, verwirrt angesichts der Wendung, die das Gespräch nahm, wäre am liebsten vom Stuhl aufgestanden und im Zimmer umhergegangen. Sie zwang sich, bis zehn zu zählen.

»Sie wissen nicht, was es heißt, für meinen Onkel zu arbeiten, und Trask schaut mir ständig auf die Finger und erstattet meinem Onkel Bericht.«

»Verstehe.«

»Sie sind beide skrupellos. Ich bin unwichtig. Ich wurde *jahrelang* eingeschüchtert.«

Battens Lächeln kam aus der hintersten Ecke des nördlichen Polarkreises.

»Ms. Quarrell, Alan Trask hat ausgesagt, Sie beide hätten ein Liebesverhältnis. Sie hätten ihm den Kopf verdreht und er sei durch Sie auf Abwege geraten. Er hat uns prophezeit, dass Sie genau das tun würden, sich als verängstigtes kleines Ding präsentieren. In Wirklichkeit aber, so Trask, sind Sie ein Monster.«

»Nein, mir wurde jahrelang Angst gemacht!«

»Erzählen Sie mir mehr über diesen Wyatt.«

»Ich weiß nichts!«

»Ihr Onkel hat Sie nicht eingeweiht, nehme ich an?«

»Richtig.«

»Also wird er, wenn wir ihn befragen, Ihre Geschichte bestätigen.«

Leah sagte mit aufrichtiger Verbitterung: »Mein Onkel ist wie Teflon. An dem bleibt nichts kleben.«

»Würden wir uns Ihr Bewegungsprofil ansehen, Ihre Kontoauszüge, Ihre Telefondaten und Geschäftsunterlagen, würden wir all das verknüpfen mit dem, was wir über Trask wissen und Ihren Onkel, mit den Umtrieben und dem Tod von Gavin Wurlitzer, würden Sie am Ende mit blütenweißer Weste dastehen?«

»Ja.«

»Nach anderer Lesart könnte dasselbe Material dafür sorgen, dass Sie sich diversen Anklagen und mehreren Jahren Gefängnis gegenübersehen. Sie führen hier nur einen Tanz mit mir auf, Leah. Vor und zurück, im Kreis, seitwärts und mit Ausfallschritt. Wir treten auf der Stelle.« Er beugte sich vor und spuckte die Worte geradezu aus: »Geben Sie mir etwas Konkretes.«

Neben dem Fenster an der Wand war ein Fleck. Eine Überwachungskamera? Nein, nur eine Fliege. »Ich wollte nicht, dass Wurlitzer getötet wird. Vor ihm hatte ich ebenfalls Angst, aber ein Typ wie der ist ein Feigling, und als Alan nun meinte, er würde sich um ihn kümmern, habe ich angenommen, er würde ihn nur verprügeln wollen, also die Art Maßnahme, die ein solcher Mann versteht. Stattdessen ... «

»Menschlich von Ihnen«, sagte Batten, »aber Sie bleiben mitschuldig.«

»Ich will einen Deal. Ich sage Ihnen, wo Wyatt sich aufhält. Ich liefer Ihnen Trask und meinen Onkel. Alles schriftlich, das ganze Programm. Aber Sie müssen anerkennen, dass alles, was ich gemacht habe, unter Zwang geschah. Ich habe die ganze Zeit in Angst gelebt.«

»Ihnen ist etwas Engelsgleiches eigen, Leah. Eine Art heiliger Aura.«

Leah wurde rot. »Wollen Sie mir nun helfen oder nicht?«

»Was haben Sie in Thomas Ormerods Haus gemacht?«

»Ich bin nie dort gewesen.«

»Und dieser geheimnisvolle Wyatt?«

»Keine Ahnung.«

»Trask hat gesagt, dass er Wyatt umbringen sollte.«

»Das hat nichts mit mir zu tun. Das ist etwas, was Alan und Onkel David oder Wyatt und Onkel David geplant haben.«

»Der Diebstahl eines Gemäldes und den Mord an dem Mann, der engagiert wurde, es zu stehlen.«

»Möglich. Ich weiß es nicht.«

»Aber Sie wissen, wo Wyatt sich aufhält?«

»Sie kriegen Hieb- und Stichfestes, wenn es zum Deal kommt.«

»Ich befürchte, dass man Sie bereits angeklagt und auf Kaution freigelassen hat, während wir das noch klären.«

Leah sprang erschrocken auf. »Sind Sie wahnsinnig? Ich brauche Schutz. Sie müssen mich an einen sicheren Ort bringen.«

Batten war amüsiert. »Ich weiß nicht. Das kostet. Und Sie, Sie geben mir nur ein Versprechen.«

Also erzählte sie ihm von der Verbindung ihres Onkels zu einem am Sunshine Beach aktiven Bauunternehmer und einem vermissten Verantwortlichen für den Umweltschutz. »Er liegt unter einer Betonplatte begraben«, sagte Leah.

»Nun, das ist ein Anfang.«

»Ich muss jetzt nach Hause und packen.«

Batten lachte. »Ich dachte, Sie würden zur Zielscheibe für ein Dutzend durchgeknallte Killer? Keinen Deal, Leah. Zu Ihrer eigenen Sicherheit ist es besser, man bringt Sie direkt in eine unserer Unterkünfte. In den nächsten ein oder zwei Tagen wird jemand Ihre Sachen holen.«

29

Rafael Halperin hatte Leah erklärt, ihm falle die Decke auf den Kopf, was jedoch nur die halbe Wahrheit war. Er vermisste seine Frau und seinen Sohn, vermisste New York, hasste diesen geistlosen Badeort, an den es ihn verschlagen hatte. Leute, die die Straße oder am Strand entlangschlenderten, einkaufen gingen, aßen. Das war's. Nichts verband ihn mit denen.

Er nickte dem Portier zu, verließ das Flamingo Gate und ging Richtung Nationalpark. Leah war unerbittlich gewesen von wegen, er solle sich draußen nicht blicken lassen, aber das war leichter gesagt als getan. Im Übrigen war der Nationalpark etwas für die eher seriöseren Urlauber. Spaziergänger, Jogger und so weiter. Unwahrscheinlich, dass er jemandem begegnete, der ihn wiedererkennen würde: Minto und Sten hielten sich an der Gold Coast auf, Leah trieb sich in Noosa herum, kaufte und verkaufte Immobilien, und der Privatdetektiv lauerte darauf, den Prügelknaben hinterrücks überfallen zu können.

Während er sich den ersten Abhang hochschleppte und wieder hinunter zur Tea Tree Bay, dachte Halperin über das Für und Wider nach, sofort zu verschwinden, noch heute Abend. Ein Flug nach Sydney, mit Quantas direkt zum LAX und dann nach Hause, nach New York. Das Gemälde sicher verpackt in einer Kiste.

Wohlbehalten zu Hause angekommen, den Verkauf des Gemäldes in Angriff nehmen. Er hatte eine ziemlich vielversprechende Anfrage von einem Galeristen in Antwerpen erhalten und ein weiterer aus Frankfurt hatte verhalten Interesse bekundet. Stand der Preis fest und war die Übergabe über die Bühne, das Geld auf ein Offshorekonto überweisen und die Beine hochlegen. Sich wieder korrekt dem Recht zuwenden.

Aber Leah Quarrell und ihr Onkel waren gefährliche Leute. Er hätte es Leah zugetraut, Reiseunternehmen, Fluglinien, Gepäcktlogistikern, Zollbeamten oder der Flughafenpolizei einen Tipp in Zusammenhang mit seinem Namen zu geben. Er blieb stehen, klopfte geistesabwesend seine Hose ab und bemerkte, dass er die Pistole auf dem Sofa, versteckt hinter einem Kissen, hatte liegen lassen.

Er ging weiter. Zu riskant, sich jetzt davonzumachen. Besser den Plan weiterverfolgen, ein paar Wochen länger bleiben, Leah Quarrell bei Laune halten, sie sich später vom Halse schaffen.

Aber wie? Nach dem heutigen Tag würde sie wie eine Klette an ihm hängen und ihm zu gegebener Zeit nach New York folgen, sich ein wie auch immer geartetes zukünftiges Leben mit ihm ausmalen. Der Sex war gut, aber Rafi bezweifelte, dass es länger als ein paar Monate halten werde. Wie auch immer, es war wenig wahrscheinlich, dass sie neben seiner Frau die zweite Geige spielen werde.

Seine Frau. Hätte er Leah von Dana erzählt, hätten sie vielleicht gar nichts miteinander angefangen und ein Plan, ein Gemälde zu stehlen, wäre nie entstanden – und er wäre zu seinen Schulden und Sorgen zurückgeflogen. Nun, da er Leah nicht erzählt hatte, dass er verheiratet war, hatte er sich eine irre Frau aufgehalst, die ihm sicher etwas antun würde, käme sie dahinter.

Ob er sie erschießen könnte? Er klopfte wieder die Hosentaschen nach der Waffe ab.

Als Halperin auf einen Springbrunnen stieß, trank er ausgiebig. Er ging hinunter zum Strand der Tea Tree Bay und hockte sich auf einen Felsen unter einem wild wuchernden Baum. Junge Mädchen sonnten sich auf großen Badelaken, Frauen lasen in Taschenbüchern und Männer starrten hinaus aufs Wasser, wünschten, sie wären wieder jung. Die Sonne sorgte am Horizont für glitzerndes Wasser, doch näher zum Ufer hin war es kabbelig und ein Motorboot sprang mit einem Dröhnen über die Wellenkämme, gut ein Dutzend Badegäste verharrten erschrocken dahinter. Was war das für ein Leben, eine fünfminütige Jagd nach Kicks im Sonnenschein? Halperin trug kurze Hosen, Sandalen und ein T-Shirt, um sich nicht abzuheben von den anderen, aber er wollte nur eins: sich wieder vernünftig anziehen – Anzug von Armani, blaues Oxfordhemd, die Krawatte von Hermès mit der Reihe winziger Elefanten darauf – und im Gerichtssaal Rechtsfragen erörtern.

Er stand auf, klopfte sich den Sand von der Hose und ging zurück zum Eingang des Parks. Er kam an den zwischen den Bäumen aufgestellten Informationstafeln vorbei, als er Kaffeeduft wahrnahm. Ein kleiner Stand neben einem Souvenirladen, ein Typ an der Maschine. Eins musste Halperin Australien zugutehalten: Der Kaffee war okay. Er bestellte einen Doubleshot Latte und einen Blaubeermuffin, wobei er seine Stimme über den Footballkommentar erhob, den das tragbare Radio hinter dem Typ auskotzte, zählte gerade ein paar der hiesigen goldfarbenen Münzen ab, als für eine Eilmeldung unterbrochen wurde.

Schüsse auf Iluka Islet.

Mit liebenswürdiger, unbeteiligter Stimme bemerkte er: »Hört sich an wie ein Hollywood-Streifen.«

»Das können Sie laut sagen«, erwiderte der Barista, der mit der Zubereitung von Milchschaum beschäftigt war. »Ich will nur das Spiel hören und die unterbrechen ständig wegen des aktuellen Stands. Immer nur das Gleiche.«

»Ach?«, sagte Rafi Halperin.

»Da hat einer Schüsse auf die Polizei abgegeben, es kam zu einer Verfolgungsjagd, er konnte entwischen. Ende der Geschichte.«

»Gab's Festnahmen? Wurde jemand verletzt?«

»Keine Ahnung«, erwiderte der Typ, abgelenkt vom Getöse und vom Zischen seiner Maschine.

Rafi ging zurück in sein Apartment und stellte den Fernseher an. Filmmaterial von Ormerods Haus, die detaillierte Beschreibung eines bewaffneten Mannes, Leute, die um das Wrack eines Streifenwagens herumstanden.

Keine gute Idee, jetzt Leahs Mobiltelefon anzurufen. Die falsche Person könnte so an seine Nummer gelangen. Stattdessen rief Halperin bei RiverRun Realty an. Als die Mitarbeiterin am Empfang abhob, nahm er den Akzent aus dem Herkunftsland seines Vaters an und sagte: »Ja, ich bin vor das Haus, aber Miss Quarrell hier nicht ist.«

»Ich befürchte, Miss Quarrell ist ... äh ... für den Rest des Tages beschäftigt. Ich würde Ihnen vorschlagen, am Montag anzurufen und einen neuen Termin zu vereinbaren.«

»Ist schade«, sagte Halperin und beendete die Verbindung.

Er versuchte es mit Leahs Festnetzanschluss in Tewantin. Eine männliche Stimme sagte knapp: »Hier bei Leah Quarrell.«

Wieder mit ein wenig Radebrechen sagte Halperin: »Ja, bittä, ich möchten bestätigen, Miss Quarrells Schuhe sind fertig und können abholen.«

»Man wird's an sie weitergeben«, sagte der Typ und klang belustigt.

Halperin zog ein Oberhemd an, wechselte die Hose und verließ abermals das Apartment, ging zur Hastings Street und hielt ein Taxi an. »Gympie Terrace in Noosaville.«

»Wird 'ne Weile dauern.«

»Ganz sicher?«

»Hier gab's ein Drama heute Nachmittag.«

»Oh.«

»Es könnte zu Straßenkontrollen kommen, also seien Sie darauf gefasst.«

Bei einer Kontrolle am Quamby Place warfen die Polizisten nur einen Blick auf Halperin und winkten das Taxi durch. »Denke mal, Sie haben den Test bestanden«, sagte der Fahrer.

Dann Richtung Wasser und die Gympie Terrace entlang, im Kriechtempo über die Bremsschwellen. Als sie an Quarrells Maklerbüro vorbeischlichen, riskierte Halperin einen schnellen Blick. Ein Uniformierter im Empfangsbereich, ein zweiter an der Eingangstür, ein Streifenwagen am Straßenrand. Er lehnte sich zurück und sagte kurz darauf: »Tut mir leid, Planänderung, fahren Sie mich zurück zur Hastings Street.«

»Ihr Geld«, sagte der Taxifahrer.

Nachdem das Taxi ihn am Kreisverkehr abgesetzt hatte, ging er Richtung Westen, bis er ein Reisebüro gefunden hatte. Ein freier Platz, drei Uhr nachmittags nach Sydney, aber es war bereits halb drei.

»Und später gibt's nichts mehr?«

»Alles ausgebucht«, sagte die Angestellte. Sie klang zufrieden. »Ferienende, alle fliegen heute und morgen zurück nach Hause.«

Es gab noch einen Flug am Montag, sieben Uhr nach Sydney. Allerdings mit mehreren Stunden Wartezeit bis zum Weiterflug nach L.A.

Halperin dachte darüber nach.

»Was ist mit Singapur?« Singapur war ein Drehkreuz. Von dort aus war es ihm möglich, überallhin zu fliegen. Direkt nach London und über den Atlantik nach Hause. Solange er Australien, solange er Queensland unbeobachtet verlassen konnte.

Ja, sie könne einen Flug nach Singapur buchen, meinte die Angestellte.

Am Ende lächelte er, sagte, er lasse es sich durch den Kopf gehen, und ging hinaus. Er könnte einen Wagen mieten und nach Sydney fahren. Aber da war noch immer der lange Arm von Leah und ihrem Onkel. Halperin wünschte, er hätte einen falschen Pass, und machte sich auf den Weg zurück zum Flamingo Gate. Würde er irgendwohin fliegen, würde sein Name in einer Datenbank auftauchen. Das Gleiche, wenn er sich um eine Genehmigung für die Ausfuhr des Gemäldes bemühte. Kaufnachweis, Eigentumsnachweis, Zustimmung der Behörden ... Und das gleiche Verfahren bei seiner Einreise in die Staaten.

Bei alldem hatte er sich auf Leah Quarrell verlassen, und jetzt war die Sache für ihn festgefahren. Er brauchte eine Option, um aus diesem Durcheinander seinen Nutzen ziehen zu können.

Als er an einem Zeitschriftenstand vorbeikam, fiel sein Blick auf einen Stapel Zeitungen. Die *Courier-Mail* mit einer Balkenüberschrift, womit er nichts anfangen konnte: »Hört den Löwen brüllen.« Er ging weiter. Dann machte er kehrt, kaufte ein Exemplar und nahm es mit in sein Apartment.

Der verstorbene Ehemann der Eigentümerin des Apartments hatte offensichtlich eine Vorliebe für gefundene

Objekte gehabt. Halperin nahm eines seiner »Kunstwerke« von der Wand, eine Spanplatte, hellblau bemalt, mit Muscheln bestückt und mit einem angestaubten Stück Fischnetz, und hängte Hannah Stens Gemälde an seine Stelle. Er schob einen Stuhl mit gerader Rückenlehne unter das Gemälde, stellte die Zeitung aufrecht gegen die Rückenlehne, sodass Schlagzeile und Datum deutlich zu erkennen waren, und machte ein paar Aufnahmen mit seinem Mobiltelefon.

Er formulierte eine lapidare Lösegeldforderung und schickte den mit *Wyatt* unterzeichneten Text an Minto. Auf jeden Fall dürfte das für Verwirrung sorgen. Im besten Falle würde er sich mit hundert Riesen in der Tasche davonstehlen können.

30

Wyatt schlug die Stunde Wartezeit im Kino in Noosa Junction tot, humpelte anschließend hinaus und suchte sich ein öffentliches Telefon.

Minto war völlig außer sich. »Was veranstaltest du, verdammt noch mal?«

Wyatt wartete. Minto würde zum Punkt kommen.

»Du willst jetzt Lösegeld für das Gemälde, du Mistkerl?«

»Ich habe das Gemälde nicht.«

»Diente dein letzter Anruf der Tarnung, um mir dann eine Lösegeldforderung zu schicken?«

Wyatt sagte: »Ich habe dir gesagt, ich habe das Gemälde nicht.«

»Tja, die Polizei hat es sicherlich nicht, aber was weiß man schon? Ich bekomme eine Nachricht von dir nach dem Motto: Gemälde gegen Geld.«

»Du hörst mir nicht zu«, sagte Wyatt.

»Dein Name steht hier, du hast ein Foto vom Gemälde geschickt. Mittlerweile sind sowohl Leah als auch Trask in polizeilichem Gewahrsam, und ich wette, das geht auch auf dein Konto.«

Wyatt sah keinen Anlass, Minto zu erklären, dass er, Wyatt, ein Idiot sein müsse, hätte er getan, was man ihm unterstellte. Der Vermittler hatte keinen Durchblick mehr. Er schob Panik. Wyatt nicht. Er war kalt wie Eis, als er versuchte, allem auf den Grund zu kommen.

»Wurden sie gemeinsam festgenommen oder einzeln?«

»Scheiße, wenn ich das wüsste. Ich weiß nur, dass Trask sein Gewissen erleichtert und meine reizende Nichte in den Zeugenschutz will.«

Zu dir kommt die Polizei als Nächstes, dachte Wyatt. Er beendete das Gespräch und ging zurück zum Hotel. Er nahm die Hochstimmung in den Straßen wahr. Offensichtlich hatten die Lions das große Finale gewonnen.

Um sieben Uhr abends schaltete er die Nachrichten von ABC ein. Die erste Meldung betraf Football. Gefolgt von noch mehr Football, dann erfuhr Wyatt, dass er noch immer flüchtig sei, als bewaffnet galt und gefährlich. Der Mord an Minto kam gegen Ende der Nachrichten.

Die Polizei, erschienen, um einen Haftbefehl zu vollstrecken, hatte den bekannten Gold-Coast-Geschäftsmann mit tödlichen Schussverletzungen aufgefunden. Bekannter Geschäftsmann mit Verbindungen zur Unterwelt, war zwischen den gesprochenen Zeilen des Nachrichtensprechers herauszuhören.

Beschäftigt mit der Frage, ob er der Nächste auf jemandes Liste sei, humpelte Wyatt die Treppen hinunter in den Speisesaal. Man geleitete ihn an seinen Tisch; man kümmerte sich um ihn. Aber niemand sah den Mann, lediglich das Bein und die Gehhilfen. So war es besser. Zimmerservice hätte Kontakt auf engem Raum bedeutet, ein Gespräch, Blicke, die durch sein Zimmer huschten, Mutmaßungen hinsichtlich einer Frau oder eines Mannes in seinem Leben.

Während des Abendessens arbeitete sein Verstand ohne Unterlass. Haftbefehle wurden nie aus Jux und Tollerei ausgestellt. Möglich, dass gegen Minto bereits ermittelt worden war – samt Überwachung –, weshalb Wyatt seinem Weitblick dankte, den Mann in Verkleidung aufgesucht zu haben. Möglich auch, dass seine Nichte einen Deal eingegangen war, der Polizei hinreichende Informationen geliefert hatte, auf deren Grundlage unverzüglich ein Haftbefehl ausgestellt worden war. In diesem Fall, dachte er, hat sie auch mich verpfiffen.

Aber wie schlau war sie? Wäre sie halbwegs intelligent, würde sie die Vernehmung über Tage, wenn nicht gar über Wochen in die Länge ziehen, bis sie wusste, was die Polizei wusste oder vermutete, wusste, was sie verschweigen und mit welchen Lügen sie rauskommen konnte. Sie würde mit ihren Vernehmern spielen, sie an der Nase herumführen, ihnen jeweils nur einen Leckerbissen anbieten, bis sie die Unterstützung eines guten Anwalts hatte, einen lohnenden Deal und Kenntnis, dass ihre Feinde, real oder eingebildet, ausgeschaltet worden waren.

Ihr Schauspiel in Sachen Zeugenschutz. Sie behauptet, ich und ihr Onkel bedrohten ihr Leben, dachte er. Wohin würde man sie bringen? Wahrscheinlich nicht in irgendeine Zelle im Rahmen des Schutzgewahrsams. Wahrscheinlich in ein konspiratives Haus oder Apartment. Mit entsprechendem Komfort.

Wer hatte Minto erschossen?

Der Vermittler hatte eine Menge Feinde, aber der Zeitpunkt war aufschlussreich: nur Stunden nach dem Fiasko bei Ormerod. Waren es nicht Trask oder Quarrell gewesen, wer war es dann gewesen? Hannah Sten? Sie war in der Nähe abgestiegen. Das setzte jedoch voraus, dass sie willens und in der Lage war, schnell zu handeln oder jemanden anzuheuern. Da war etwas anderes im Gange.

Er ging zurück in seine Suite und dachte weiter nach.

Zunächst das Gemälde. Mal ausgeklammert, wem es gehörte oder wer es haben wollte – man hatte ihn engagiert, es zu stehlen. Und es existierte, er hatte es mit eigenen Augen gesehen, vor ein paar Tagen, in dem Haus, von dem Minto gesagt hatte, dass es dort sei. Und heute hatte er das Haus betreten. So weit alles klar. Doch was er vorgefunden hatte, war ein leerer Haken.

Er könnte sich jetzt absetzen, die Anzahlung als Entschädigung für seine Mühen behalten. Nur würde er so nie erfahren, was geschehen oder wie genau man ihm in die Parade gefahren war. Ein Vergehen, das nicht entschuldbar war. Er musste das Ganze durchdringen. Man hatte ihn angeheuert, ein Gemälde zu stehlen und es abzuliefern, und das würde er tun.

Er dachte über die Cops im Haus nach, über die auf den angrenzenden Straßen. Ein koordinierter Einsatz und vermutlich Teil der Täuschung, Ergebnis eines Hinweises. Er beschäftigte sich auch mit Ormerod. Der Mann besaß keinen augenfälligen Sinn für Kunst: In Ormerods Sammlung auf Kunstmessen erstandener Ansichten von Eukalyptusbäumen und Schafherden stellte der Teniers einen Ausreißer dar. Unter Umständen war Hannah Stens Geschichte eine Lüge oder nur ein Teil der Wahrheit und andere lagen auf der Lauer, warteten darauf, einen Anspruch auf das Gemälde anzumelden.

Wyatt verfolgte den Gedanken, Ormerod habe im Vorfeld einen Tipp bekommen. Nicht von Minto, dachte er. Minto hätte gewusst, dass ich dann hinter ihm her gewesen wäre. Vielleicht hatten es Quarrell oder Trask auf etwas abgesehen, was mit Ormerod zu tun hatte. Geld, eine Gefälligkeit. Vielleicht hatten Quarrell oder Trask gemeinsam mit ihm einen Versicherungsbetrug am Laufen. Ormerod behält das Gemälde, macht einen Versicherungsschaden geltend und verschickt unterdessen eine gefälschte Lösegeldforderung an Minto, um ihn auf eine falsche Fährte zu locken.

Aber hätten sie der Polizei einen Hinweis gegeben?

Unwahrscheinlich, dachte Wyatt. Sie hätten sich nicht sicher sein können, ob ich die Seiten wechsle oder nicht, sie anschwärze und einen Deal für mich aushandele; sie hätten sich nicht sicher sein können, ob mir die Flucht gelingt oder nicht; ob ich mich an ihre Fersen hefte.

Nichts, was Wyatt in puncto Ormerod tun konnte. War der Flug nach Thailand womöglich ein Trick? Die Polizei musste mittlerweile Interesse an Ormerod entwickelt haben und sein Haus bliebe weiterhin ein Tatort.

Morgen, dachte Wyatt, ist auch noch ein Tag.

Gegen zehn Uhr, den Schmutz des Tages abgeduscht, machte er sich an die Umgestaltung des Bettes – stopfte den Großteil der Kissen unter die Bettdecke, um seine Gestalt vorzutäuschen – und streckte sich, von der Tür aus gesehen, hinter dem Bett auf dem Teppich aus, das letzte Kissen unterm Kopf, die Waffe in Reichweite. Hörte Nachrichten, erfuhr nichts Neues und stellte das Radio aus. Beim Einschlafen überlegte er, wer sich Minto vorgeknöpft habe. Und wer sich ihn, Wyatt, wohl vorknöpfen würde.

31

Dieser Ausflug an die Gold Coast, sein erster, hielt für Jack Pepper eine klare, zwingende Offenbarung bereit: Das war seine Welt.

Zunächst: Die Gegend triefte vor Geld, war voller Pensionäre aus den südlichen Bundesstaaten, einige schlank und rüstig, andere fett und mit einem Bein bereits im Grab, alle mit einer oder zwei Millionen auf dem Konto, nach jahrelangem Schuften in einem Büro nun die Anhäufung der Pension. Sollte Jack nichts einfallen, wie er einige von ihnen um einiges erleichtern konnte, lief etwas falsch. Und Sex: Überall Bräute. Einheimische, Rucksacktouristinnen, sogar Frauen in den Dreißigern und Vierzigern, die aussahen, als würden sie alles dafür geben.

Und dem Taxifahrer zufolge, der ihn am Travelodge abgesetzt hatte, traf alles zu, was er über Schulmädchen an der Gold Coast gehört hatte: Sobald sie ihren Abschluss in der Tasche hatten, warfen sie ihre Schuluniformen weg und zogen gen Norden, der Sonne und der wilden Partys wegen.

»Du musst nur mit den Fingern schnippen, Kumpel«, hatte der Taxifahrer gesagt.

Geld, Sex – und noch etwas, was Pepper nicht recht in Worte fassen konnte. Eine Haltung gegenüber dem Leben? All das, was so provoziert – Sonne, nackte Haut, Geld scheffeln –, erzeugte eine satte Selbstverliebtheit. Jeder hier war auf Geld aus und hielt die Hand auf, also erwartete man das auch von anderen. Er hätte nichts dagegen, hier Wurzeln zu schlagen. Nachdem er sich um Wyatt gekümmert hatte.

Es war spät, als er eincheckte. Er hatte nicht das Risiko eines Flugs in Kauf nehmen können – eine Waffe in der Tasche, sein Gesicht auf der Fahndungsliste –, folglich war er mit einem gestohlenen Commodore ins Outback von New South Wales gefahren, dann per Anhalter Richtung Osten. Über Cobar, Nyugan und Dubbo nach Newcastle, am Ende mit Regionalbussen die Küste entlang nach Coolangatta. Es hatte Tage gedauert. Er kam hungrig, verdreckt und erschöpft an. Er kroch nur noch in sein Bett im Travelodge und pennte zwölf Stunden.

Wieder auf den Beinen und geduscht, wurden Shorts, T-Shirts, eine Sonnenbrille und Turnschuhe gekauft und die alten Klamotten in eine Mülltonne geworfen. Jetzt war er blank, sah aber aus, als gehöre er hierher.

Am Vormittag saß er mit einem Smoothie und einem Tandoori-Wrap unter einem Sonnenschirm und verfolgte, was abging, und das war eine ganze Menge. Sein Blick schoss hin und her – zwischen den Mädels, die in Bikinis und knappen Shorts vorbeiflanierten, und der Brünetten, die ihn bediente. Sie hatte die intensivste Bräune, die ihm je untergekommen war, einen netten Vorbau und unter der Haut ihrer Waden und Schenkel bewegten sich straffe Muskeln. Gold und Silber hier und da: an einem Nasenflügel, in beiden Ohrläppchen, an ihren Fingern und um ihren Hals. Und ein Glitzern in den Augen, wenn sie ihn ansah. Aus heiterem Himmel hatte er das Wort »katzenhaft« im Kopf, poetisch und unerwartet, gefiel es ihm. Er dachte, er könne es mal bei ihr probieren.

»Sie bewegen sich mit katzenhafter Grazie«, sagte er.

»Monsieur?«

Französin. Niedlicher Akzent. Er bestellte noch ein Wrap und zwanzig Minuten später einen zweiten Smoothie. Sorgte dafür, dass sie immer wieder zu ihm an den Tisch kam, ihre bloßen Schenkel dicht neben seiner Schulter, wenn er seine Bestellung aufgab und sie es notierte, dabei seine Worte wiederholte, ihr Akzent wie Musik.

Voll bis obenhin mit Smoothies, Wraps und Salat, sagte er: »Ich wollte schon immer nach Frankreich, mir Werßei und so ansehen.«

»Dann fahren Sie hin«, erwiderte sie.

»Sind Sie aus Paris?«

»Lyon.«

Jack spürte einen verhaltenen Nervenkitzel, eine Mischung aus Schmerz, Ehrgefühl und geheimnisvoller Spiritualität, als er dieses Wort von diesen vollkommenen Lippen vernahm. Mit stockender Stimme sagte er: »Leon? Das ist auch der Name meines kleinen Bruders.«

Sie grinste. Oder, nein, war das ein Lächeln? Schien als Grinsen zu beginnen, um dann in ein Lächeln überzugehen, so breit, so strahlend, dass er seinen ersten Eindruck vergaß und fragte: »Was halten Sie davon, wenn wir beide heute Abend mal abchecken, was so abgeht?«

Sie schob ihm die Rechnung hin und erwiderte: »Nichts, denke ich.« Und das war sein letzter Kontakt mit der Schlampe. Sie blieb auf Abstand, flüsterte ihrem Chef etwas zu, einem bulligen Typ in engem, weißem T-Shirt, der Pepper grimmig ansah und mit den Knöcheln knackte.

Scheiß auf sie, dachte Jack. Erst recht darauf, wo sie herkommt. Was macht sie überhaupt hier ... den Australiern die Jobs wegnehmen?

Der Tag war noch zu jung, die Sonne zu mild, die Luft zu salzig für Drecksarbeit. Er schlenderte die Hauptstraße rauf und runter, dann hinunter an den Strand, Hotels und Apartmenthäuser im Rücken, den Pazifik vor sich und Bikinis rundherum. Die Sonne stand jetzt hoch am Himmel, aber wenn sie sank – und darauf hätte Pepper wetten können –, würde der Streifen Sand schwarz, eine Schattenplatte an der nächsten bei all den hohen Gebäuden hier.

Er dichtete den Gedanken um: »Schattenplatte«. Und »katzenhaft« und vielleicht »salzig«. Es hieß, er wisse mit Sprache umzugehen. Er warf der nächstbesten Braut einen Blick zu, einer blassen Brünetten auf einem Handtuch. Ein bisschen schlaff zwar, aber annehmbare Titten.

Er hockte sich hin und sagte: »Diese Gebäude müssen wahre Schattenplatten werfen, wenn die Sonne im Westen untergeht.«

Sie sah weg, murmelte, er sei ein widerlicher Typ, und raffte ihre Sachen zusammen, um zu gehen.

Er stand auf, stieß mit dem Fuß in den Sand, verteilte ihn über sie und stapfte zurück auf die Straße und hinein in das Travelodge. Sein Händchen für Sprache hatte ihn diesmal im Stich gelassen, ließ ihn wissen, dass nur eine miese Stimmung drin war für ihn, wo er sich doch nur geil und grandios hatte fühlen wollen.

Später Nachmittag und, bingo, die Gegend war von Schatten gestreift, als Pepper in einem Taxi zu Mintos Haus fuhr. Er sah sich einer hohen Ziegelmauer gegenüber, verschlossenen Toren und dahinter schimmernden, unzugänglichen Villen. Er strich die Mauer entlang, auf der Suche nach einer Lösung.

Den Typ am Eingangstor bitten, ihn hereinzulassen? Auf ein Fahrzeug warten, das hineinfuhr oder herauskam?

Schließlich, am hintersten Ende, dort, wo die Mauer an einen Golfplatz grenzte, stieß er auf einen Geräteschuppen. Er war verschlossen, keinerlei Werkzeug zu sehen, aber auf dem Rasen dahinter hatte jemand eine Aluminiumleiter liegen lassen. Vier Meter, auf acht Meter auszuziehen, eine kaputte Sprosse an der Verlängerung, aber die benötigte er nicht, vier Meter brachten ihn hinauf zur Mauerkrone und hinein in ein Land des Geldes.

Er überquerte Rasenflächen und Straßen, kam an Villen vorbei und an penibel gepflegtem Grün, an kleinen Brücken über anmutigen Wasserläufen und gelangte schließlich zu Mintos Rasen im hinteren Bereich. Und dort befand sich seine Terrasse, darauf Sessel aus Rohr, die Glasschiebetür offen, drinnen brannte Licht. Dann Minto, am Telefon.

»Sie wird reden, Clive«, sagte er, emotionsgeladen, die Worte nur so hervorstoßend. »Sie wird dafür sorgen, dass ich einfahre, die Schlampe.«

Schweigen. Dann: »Du musst dich bereithalten für meinen Anruf, wenn sie hier bei mir auftauchen. Ich werde nichts sagen, bis wir beide zusammen in einem Raum sind.« Pause. »Nun, deshalb zahle ich dir einen Vorschuss, Clive ... «

Stille, Minto hörte zu. »Nein, es gibt nichts Belastendes in meinem Haus. Oder in meinem Büro. Denkst du, ich bin blöd? Allerdings weiß ich nicht, was an Unterlagen Leah über die Jahre gehortet hat.«

Von einem dunkleren Bereich aus, direkt neben dem sich nach draußen ergießenden Licht, konnte Jack Pepper Minto deutlich sehen. Der Knabe trug schwarze Brogues, Anzughosen, Hemd und Krawatte. Als hätte er sich für die Razzia in Schale geworfen, die er offenkundig erwartete.

Jetzt sagte er: »Ich weiß nur, dass einer meiner Kontakte mich davon in Kenntnis gesetzt hat, dass man einen Haftbefehl beantragt hat. Nun, ja, ich glaube, es gibt etwas, worüber ich mir Sorgen machen muss. Und seien es auch nur Unannehmlichkeiten.«

Pause, dann die Verabschiedung, und Minto, der in seinem Wohnzimmer auf und ab ging, aufgewühlt wirkte, als Pepper eintrat und ihn noch ein wenig mehr aufwühlte. Es langte für einen Namen und eine Straße in Noosa.

32

Am Sonntagmorgen um sechs Uhr wachte Wyatt auf, war hellwach, lauschte, kauerte sich hin, stand auf. Das Zimmer war sicher. Er hörte Nachrichten, duschte, wickelte den Verband um seine Wade und zog sich an. Dann humpelte er über die Treppe hinunter in den Speisesaal.

Zurück in seinem Zimmer verstaute er die Ruger und Kleidung zum Wechseln in der Büchertasche, mühte sich anschließend auf den Gehhilfen über die Hastings Street und hielt vor der Touristeninformation ein Taxi an. Er dirigierte es den Hügel hoch nach Noosa Junction und dann eine Seitenstraße entlang, wo der Mann namens Alan Trask allem Anschein nach wohnte. »Fahren Sie langsamer«, sagte er, als suche er eine Hausnummer, und nahm den Apartmentblock ins Visier, während das Taxi vorbeirollte.

Eine Polizeistreife parkte hinten, ein Zivilfahrzeug am Bordstein. Das Taxi schlich weiter, bis Wyatt schließlich knurrte und »Nicht zu Hause« vor sich hin murmelte. Mit lauterer Stimme sagte er zu dem Fahrer: »'tschuldigung, und jetzt nach Mossman Court.«

Mossman Court war eine kleine Erhebung exklusiver Häuser im Wasser gegenüber von Iluka Islet. Wyatt stieg aus, gab dem Fahrer fünfzig Dollar und sagte: »Behalten Sie den Rest.« In der Annahme, der werde sich eher an einen knauserigen Fahrgast erinnern als an einen großzügigen. Er richtete es so ein, dass der Mann sehen konnte, wie er in Richtung einer gepflasterten Auffahrt loshumpelte.

Nachdem das Taxi über die kleine Brücke entschwunden war, ging Wyatt über ein Stück Rasen hinunter zu einem gebogenen Streifen Sandstrand und starrte hinüber zu Ormerods Haus. Zu weit entfernt, viel zu sehr verdeckt, um herauszufinden, ob Ormerod zurückgekommen war. Weshalb war er geflohen? Was hatte er zu verbergen?

Vielleicht hatte Wyatts vorgegaukelte Behinderung seine Sinne desensibilisiert. Ein Knacken neben seinem rechten Ohr traf ihn unvorbereitet. Er duckte sich und wedelte mit der Hand, versuchte, den Honigfresser auszumachen. Da. Gerade sprang er von einem Ast, näherte sich erneut in flachem Anflug. Wyatt duckte sich wieder.

Wäre es nicht zu dieser einfachen Bewegung gekommen, er wäre tot gewesen. Der Vogel, der jetzt den Raum innehatte, wo zuvor Wyatts Kopf gewesen war, empfing die Kugel in einer Wolke aus Federn und sprühendem Blut.

Wyatt warf die Gehhilfen beiseite, fischte die Ruger aus der Tasche und rollte sich hinter eine Hecke. Er kroch an der Hecke entlang, warf immer mal wieder einen Blick darüber, um den Schützen zu lokalisieren. Ein weiterer Schuss, ohne genaues Ziel diesmal, prallte von einem Zaunpfosten ab und traf ein Fenster. Jetzt riefen Leute einander etwas zu. Bald schon würden Alarmanlagen zu hören sein.

Er rannte los.

Auf die Noosa Parade, wo er einem mit Tour-de-France-Lycra ausstaffierten Typ das Mountainbike unterm Hintern wegriss. Wer so angezogen war, hatte es verdient, dass man ihm den Tag ruinierte. Wyatt schoss die Straße runter Richtung Fluss, den Wind im Haar.

Es war nicht von Dauer. Er verfügte nicht über das Stehvermögen, sich aus der Schusslinie zu strampeln, und wie wild in die Pedale treten würde nur Aufmerksamkeit erzeugen. Er brauchte ein Fahrzeug. Eine Minute später warf er das Fahrrad hin, wich in ein paar Gassen aus und durchquerte – auf der Suche nach einem Wagen – das Gelände des Laguna Grove Resort auf der landeinwärts gelegenen Seite des Gympie Terrace.

Beim Swimmingpool der Anlage legte er einen Zwischenstopp ein. Ein Dutzend Sonnenliegen mit Handtüchern; Leute, die sich im Wasser vergnügten. Er machte sich auf den Weg zum Parkplatz, schnappte sich dabei einen gelben Hut aus Frottierstoff und eine Sonnenbrille. Er kannte die Statistiken: Tagtäglich wurden Autos gestohlen, weil die Halter sie unverschlossen oder mit dem Schlüssel im Zündschloss zurückließen. Nur hier nichts dergleichen. Auch nicht auf der Straße.

Er spazierte hinaus zur Gympie Terrace und überquerte sie, inspizierte die Autos am Bordstein und ging weiter Richtung Osten, gelangte so zu einem großen befestigten Areal in der Nähe von Tennisplätzen. Es war der Abstellplatz für eine bunt zusammengewürfelte Ansammlung von Wagen mit Allradantrieb samt angekoppelten leeren Slipwagen. Wyatt inspizierte auch diese Fahrzeuge.

Die Bootsrampe weckte sein Interesse, die im schrägen Winkel ins Wasser führte. Als er dort stand, tauchte ein weißer Holden Twin Cab auf, der einen Slipwagen mit einem Rennboot zog. Der Fahrer stieg aus und bereitete Boot und Trailer zum Slippen vor, stieg wieder ein und Wyatt verfolgte, wie der Wagen rückwärts die Rampe hinunterfuhr und der Slipwagen ins Wasser tauchte.

Wieder verließ der Fahrer den Wagen, ging zum Boot, stieg auf die Deichsel, um das Boot zum Aufschwimmen zu lösen. Er hatte den Schlüssel im Zündschloss stecken lassen. Mit Seil und Kurbel beschäftigt, bekam er nicht mit, dass Wyatt blitzschnell die Verbindung zwischen Slipwagen und Holden löste, in den Holden sprang und lospreschte, ohne Interesse für das Schauspiel, das sich nunmehr hinter ihm abspielte.

Es würde nicht viel Zeit vergehen, bis die Polizei alarmiert war. Sie musste bereits in der Nähe sein, um wegen der Schießerei und des Fahrraddiebstahls zu ermitteln. Aber im Land der kleinen Gewerbetreibenden war der Holden Legion. Würden die Cops ramponierte weiße Twin Cabs anhalten, müssten sie zunächst so einige anhalten, bis sie ihn entdeckten. Allerdings konnte ihn das Nummernschild reinreißen, weshalb er auf den Parkplatz eines Supermarktes fuhr und es gegen das Nummernschild eines Kombis aus New South Wales austauschte.

Er setzte sich wieder in den Holden, wechselte die Kleidung und fuhr nach Tewantin. Er hatte keine Ahnung, wer auf ihn geschossen hatte, aber er wusste, dass alles mit Leah Quarrells Plänen stand und fiel und mit ihrem Aufenthaltsort.

Laut Minto hatte Quarrell um Zeugenschutz ersucht und Wyatt vermutete, dass man sie vorübergehend in einer konspirativen Wohnung untergebracht hatte. Die sollte in der Nähe liegen, weil man regelmäßig Zugang zu Quarrell sicherstellen musste. Ob man sie bewachte? Ja. War sie tatsächlich in Gefahr, benötigte sie Schutz, und sie musste unter Beobachtung bleiben für den Fall, dass sie nur Zeit gewinnen wollte in der Hoffnung, abhauen zu können, kaum dass man ihr den Rücken zukehrte.

Man musste sie gestern zügig umquartiert haben. Draußen stellte sie einen Hemmschuh dar, war im Wege, zog Aufmerksamkeit auf sich, bekam mit, welche Entscheidungen getroffen wurden, band dringend benötigtes Personal. Ab mit ihr in eine konspirative Wohnung, unverzüglich, dazu bewaffnete Kräfte, Schichten rund um die Uhr, von acht bis vier bis Mitternacht bis acht.

Keine Zeit, an ihrem Haus zu halten, um Toilettenartikel oder Kleidung zum Wechseln zusammenzupacken. Nebenbei, sie könnten sich so in eine neuerliche Schießerei in einer Vorortstraße manövrieren. Für eine Nacht werden Sie schon zurechtkommen, würde man ihr sagen. In der Zwischenzeit stellen Sie bitte eine Liste zusammen, Ms. Quarrell. Einer unserer Beamten wird Ihre Sachen morgen holen.

So Wyatts Sicht. Es war Instinkt, das Einzige, worauf er zurückgreifen konnte, jetzt, da Minto tot war. Aber hätte Minto ihm überhaupt helfen können? Es war unwahrscheinlich, dass die Kontakte dieses Mannes zur Polizei etwas über Entscheidungen in Sachen Zeugenschutz wussten, über Vorgehensweisen, Datenbestände oder konspirative Wohnungen.

Seine Hoffnung: Leah Quarrells Haus in Tewantin vor den Beamten zu erreichen, die zu ihrem Schutz abgestellt waren.

Allerhand Leute waren auf den Beinen. Ein Sonntagmorgen im Frühling, die Schulferien so gut wie vorbei. In ausgebeulten Shorts, mit Sonnenbrille und dem gelben Sonnenhut saß Wyatt draußen, am Tisch eines Cafés in der Moorindil Street. Die Sonntagszeitung aufgeschlagen, Teebecher, Milch und Zucker an seinem Ellbogen, die Büchertasche auf dem Schoß. Den Tee wollte er nicht, nur das kleine Schlachtfeld. Ein Dad, der sich ein paar Minuten Ruhe vor der Familie gekapert hatte.

Kein junger Vater, aber gebaut wie einer. Die meisten Männer in Wyatts Alter wurden zunehmend schlaffer, ausgelaugt vom Stress im Job und von reichlich Enttäuschungen. Einige wurden schütter, andere sorgten sich wegen des Silbers in ihrem Haar, Jahr für Jahr ein wenig mehr. Sie bewegten sich jetzt langsamer. Nichts davon traf auf Wyatt zu, aber er bemühte sich, so dazusitzen, als wäre es an dem. Er würde nicht ewig damit durchkommen, doch für den Moment war er nur ein x-beliebiger Typ. Der zufällig einen guten Blick auf die andere Straßenseite hatte und auf einen Teil einer Seitenstraße bis hin zu Leahs Haus, das zwei Häuser von der Ecke entfernt lag.

Polizei war da, eine Handvoll Uniformierter und Beamte in Zivil, die Akten, einen Laptop, einen PC und Fotoalben wegtrugen. Touristen und Einheimische trudelten dort ein, beobachteten die Vorgänge. Verschafften ihm unwissentlich zusätzliche Tarnung.

Aber waren die Beamten für den Zeugenschutz bereits vor Ort gewesen und wieder weg?

Wyatt dachte darüber nach und entschied: »Nein«. Detectives, zuständig für Schwerkriminalität, würden das, worum Leah gebeten hatte, durchsuchen wollen, bevor sie es ihr aushändigten: die Taschen der Kleidung, Notizbücher, Korrespondenz, Schuhe, Kosmetikkoffer ...

Es war an der Zeit, das Café zu verlassen. Vierzig Minuten reichtem ihm bei Weitem aus, um dort allein zu sitzen, zu lesen und an einem Becher zu nippen.

Er stand auf, klemmte sich die Zeitung unter den Arm und schlenderte hinunter zum Wasser, ging auf der gegenüberliegenden Straßenseite an Quarrells Haus vorbei. Ein Uniformierter starrte ihn einen Augenblick an, bestätigte Wyatts Auffassung, dass man ihnen gesagt hatte, sie sollten auf Ärger gefasst sein, aber Wyatt war nicht der einzige Gaffer, der sich für den Polizeieinsatz interessierte.

Am Fluss angekommen, blieb er stehen. Als er sich umdrehte, sah er die Streifenwagen wegfahren. Er schlenderte zurück zur Moorindil Street.

Diesmal hatte er hinter dem Schaufenster von Riffs & Reels Position bezogen, arbeitete sich durch die flachen Pappkartons mit neuen und gebrauchten CDs und DVDs. Im Laden roch es nach Staub und Räucherstäbchen. Er war der Älteste hier, doch niemand beachtete das. Der Laden zog alle möglichen Besessenen an.

Irgendwann sah Wyatt eine weiße Limousine, die in Leahs Straße einbog. Ein Zivilfahrzeug. Es hielt vor Leahs Haus und eine Frau stieg aus, sah sich um und ging zur Eingangstür. Zog kurz ein Blatt Papier zurate, wählte einen Schlüssel aus einem Schlüsselbund, schloss die Tür auf und verschwand im Haus.

Sollte sie gekommen sein, um die von Leah Quarrell aufgelisteten Kleidungsstücke und persönlichen Gegenstände einzusammeln, wäre das eine Angelegenheit von fünf Minuten. Wyatt stellte das Stöbern ein, verließ den Laden und ging zum Holden.

Als er sich einem der Tische vor dem Café näherte, fiel ihm auf, wie konzentriert eine Frau, die dort einen Kaffee trank, Leah Quarrells Haus beobachtete. Das Gesicht von ihm abgewandt, dunkelhaarig, schlank und elegant, besaß sie mehr kontinentaleuropäisches Fluidum als jede andere Frau an diesem Tag an der Küste. Kurz darauf erhob sie sich eilig und ging mit großen Schritten vor Wyatt über den Bürgersteig, verlangsamte ihren Schritt und blieb an einem weißen Corolla mit dem Aufkleber einer Autovermietung stehen.

Wyatt, der auf Abstand geblieben war, kauerte sich hinter einen rollbaren Müllcontainer und beobachtete, wie Hannah Sten auf den Rücksitz des Corolla spähte und in die Fußwanne zwischen den beiden Sitzreihen. Anschließend ging sie um den Wagen herum und inspizierte die Fußwanne an den vorderen Sitzen. Sie hat irgendein Training absolviert, dachte er. Regeln des Selbstschutzes, wie auch er sie einhielt.

Offensichtlich überzeugt, dass ihr Wagen leer war, drückte Sten den Knopf an ihrem Zündschlüssel. Sie öffnete die Fahrertür, machte sich ans Einsteigen, zuerst mit dem einen, dann mit dem anderen Bein, und im Moment ihrer völligen Wehrlosigkeit, als sie nach dem Sicherheitsgurt suchte, schlüpfte Wyatt hinter ihr auf die Rückbank und presste ihr den Lauf seiner Pistole gegen das Kiefergelenk.

Mit rauer Stimme sagte er: »Verraten Sie mir, was Sie hier machen.«

33

Hannah Sten hatte nicht die Absicht gehabt, nach Australien zu kommen. Sie hatte den Anwalt Rafael Halperin hinbeordert, um die Rückgabe ihres Gemäldes auszuhandeln. Aber eines Nachmittags, als sie in ihrem Brüsseler Apartment auf Nachricht von ihm wartete, erhielt sie den Anruf eines Frankfurter Galeristen. Er sagte, ein Amerikaner habe diskret seine Fühler in der Kunstwelt ausgestreckt, wolle ein Gemälde von David Teniers abstoßen, von dem angenommen werde, es sei während des Zweiten Weltkriegs verschwunden. Gewiss, es hätte ein anderer Amerikaner sein können, ein anderes Gemälde von Teniers, aber Stens Mitstreiter aus Frankfurt übermittelte eine Beschreibung des Bildes und Sten hatte keinen Zweifel, dass es sich um ihr Gemälde handelte.

In New York stellte sie dezent ihre eigenen Nachforschungen an: Rafael Halperin galt als hervorragender Anwalt und zugleich als leichtsinniger Spieler. Er war hoch verschuldet. Nur, befremdlich für einen Mann, der alles wusste über die Restitution in der Nazizeit geraubter Kunst, verfügte er über keinerlei Qualifikation, was Kunst und den Kunstmarkt anbelangte.

Und so war sie umgehend nach Sydney geflogen, hatte einen Anschlussflug nach Norden gekommen, zum Sunshine Coast Airport, und war anschließend mit dem Taxi zu Halperins Apartmenthotel in Noosa gefahren. Halperin, etwas verschnupft angesichts ihrer Gegenwart, hatte ihr versichert, alles im Griff zu haben. Sten hatte den Kopf geschüttelt, Halperin David Mintos Adresse an der Gold Coast entlockt und dem Anwalt den Marschbefehl erteilt.

»Sie können jetzt nach Hause fliegen. Danke für Ihre engagierte Arbeit. Ich werde das Gemälde höchstpersönlich in Besitz nehmen.«

»Aber – «, sagte er.

Sie bedachte ihn mit einem Bonus und einem freundlich-neutralen Lächeln, verabschiedete sich, flog an die Gold Coast und mietete ein Zimmer fünfhundert Meter von David Mintos Haus entfernt.

Das war zehn Tage her. Sie konnte nachvollziehen, warum Minto, ein skurriler Mann in einer geschmacklosen Villa auf einem künstlichen Wasserweg, nur ein Treffen mit dem Mann arrangiert hatte, der das Gemälde stehlen sollte. Konnte nachvollziehen, warum sie nicht in Mr. Wyatts Verfahrensweise eingeweiht wurde. Immerhin war er der Fachmann. Ein Mann dieses Schlages würde es nicht wollen, dass man ihm über die Schulter sah. In der Tat machte er nicht den Eindruck, dass er das dulden würde, sondern einfach weggehen würde. Man hatte ihn engagiert, aber nicht gekauft.

Hannah Sten wusste das. Sie sagte es sich immer wieder. Dennoch, es wurmte sie, und nachdem bis gestern Nachmittag vier Uhr keine Nachricht von Minto eingetroffen war, weder eine gute noch eine schlechte, hatte sie sich dabei ertappt, wie sie mit zusammengebissenen Zähnen in ihrem Hotelzimmer auf und ab ging. Hinaus auf den Balkon, im Zimmer hin und her, auf und ab im Flur. »Ich gehe davon aus, dass Wyatt während des Footballfinales zuschlagen wird«, hatte Minto gesagt. »Sobald er alles klargemacht hat, meldet er sich bei mir und wir arrangieren die Übergabe.«

So dicht dran, nach Jahren der Recherche, nach Monaten erfolgloser Verhandlungen Halperins und nach einer kostspieligen Vereinbarung mit Minto.

Nach einer weiteren Runde durch ihr Zimmer schaltete Sten den Fernseher an. Football, überall Football. Pferderennen. Autorennen. Wenig wortgewandte junge Männer und Frauen mühten sich ab, ein Sportergebnis zu erläutern. Und die Begegnung im Australian Rules Football, der Thomas Ormerod beiwohnte. Nicht nur müßig wie die meisten Spiele, sondern auch nicht nachvollziehbar.

Dann eine Schlagzeile im Nachrichtenticker am unteren Rand des Bildschirms: *Schüsse in Noosa: Polizei auf der Suche nach bewaffnetem Mann.* Sie erstarrte.

Noch mehr Meldungen im Ticker: ein tödlicher Autounfall auf einem Highway an der Gold Coast, Ausschreitungen in Kairo, eine Passagiermaschine in den Anden vermisst. Hannah zappte durch die Kanäle und stieß auf einen 24-Stunden-Nachrichtensender. Ähnliche internationale Nachrichten, gefolgt von einer Meldung aus Australien, der Minister für Immigration wurde beschuldigt, das Parlament getäuscht zu haben, dann mehr zum Autounfall. Schließlich eine Luftaufnahme von Iluka Islet, Streifenwagen und Uniformierte verstopften die schmale Ringstraße. Eine andere Perspektive; aufgenommen von einer Kamera auf dem Wasser. Verschwommene Silhouetten von Detectives und uniformierten Polizisten hinter der Glasschiebetür des Ormerod'schen Hauses. Abgegebene Schüsse, ein paar Sachbeschädigungen, aber keine Meldungen über Festnahmen oder Einlieferungen in Krankenhäuser. Ein Mann auf der Flucht, der als bewaffnet und gefährlich galt. Hannah griff sich das Hoteltelefon, wählte Mintos Nummer. Er meldete sich und sie fragte: »Was ist schiefgegangen?«

Minto klang gereizt. »Ich habe es selbst eben erst erfahren.«

»Und?«

»Wyatt hat mich angerufen. Die Polizei hat auf ihn gewartet. Das Gemälde hing nicht an der Wand.«

»Hat Ormerod es abgehängt?«

»Möglich. Wyatt sagte nur, kein Gemälde und ein Hinterhalt der Polizei.«

»Ist er verletzt?«

»Nein.«

»Wer war das?«

»Ich weiß es nicht«, sagte Minto und sie glaubte ihm nicht.

»Außer Ihnen, Ihrer Nichte und Ihrem Privatdetektiv wusste niemand etwas.«

Schweigen.

»Ich habe Mr. Wyatt eine Menge Geld bezahlt«, sagte sie.

»Dessen bin ich mir bewusst, Hannah, und lassen Sie mich Ihnen versichern – «

Hannah Sten war nicht interessiert. »Vertrauen Sie Mr. Wyatt?«

»Absolut.«

»Vielleicht ein Winkelzug? Er stiehlt das Gemälde, gibt Schüsse ab, ruft Sie an, um Ihnen zu sagen, er sei angegriffen worden?«

»Das würde er nicht machen.«

»Oder haben vielleicht Sie das Gemälde gestohlen und irgendwie verabredet, dass Mr. Wyatt festgenommen, vielleicht sogar im Zuge eines Schusswechsels erschossen wird?«

»Hannah, bitte«, sagte Minto gedehnt.

»Sie haben mit Thomas Ormerod eine separate Vereinbarung getroffen.«

»Definitiv nicht.«

»Ihre Nichte ... vertrauen Sie ihr?«

Pause. Dann: »Ich habe geglaubt, ich könnte es.«

»Sie haben Kontakte zur Polizei, nicht wahr?«

»Ja.«

»Sie werden von diesen Leuten die wahre Geschichte erfahren«, sagte Hannah, und es war keine Bitte.

Sie beendete das Telefonat, ging im Zimmer auf und ab. Würde die Polizei auch hinter ihr her sein? Immerhin hatte sie einen Einbruch in Auftrag gegeben. Würde Wyatt hinter ihr her sein?

Eine Stunde verstrich. Hannah Sten packte ihren Koffer, ging wieder im Zimmer umher und dann piepte ihr Telefon, das Signal für eine E-Mail. Sie war von Minto und lautete: *Das kam soeben an.* Als Anhang eine Nachricht und ein Foto vom Gemälde. Die Nachricht war eine Lösegeldforderung, darunter stand »Wyatt«, der einhunderttausend Dollar verlangte oder er werde das Gemälde zerstören. Das Foto war der Beweis für den Besitz und zeigte den Teniers an der Wand, darunter die aktuelle Ausgabe der *Courier-Mail* aus Brisbane, auf einem Esszimmerstuhl, platziert an der Rückenlehne. Eine Schlagzeile voller Zuversicht und in Großbuchstaben: »Hört den Löwen brüllen.«

Sie rief Minto an.

Anspannung in seiner Stimme. »Nichts von dem ergibt einen Sinn.«

»Für mich ergibt es sehr wohl einen Sinn«, entgegnete sie.

»Aber er hat mir versichert, dass das Gemälde nicht mehr dort war, dafür aber jede Menge Polizei, als wäre man vorbereitet gewesen. Er hat diverse Aufträge für mich erledigt, hat mich nie enttäuscht.«

»Ich habe im Voraus bezahlt, Mr. Minto. Sie haben die Dienstleistung nicht erbracht, für die ich Sie bezahlt habe. Sie werden das in Ordnung bringen.«

»Keine Ahnung, wo ich anfangen soll.«

»Neuigkeiten bezüglich Ihrer Nichte?«

Minto hustete. »Die Polizei hat sie.«

Hannah Sten beendete das Gespräch. Sie verharrte reglos mitten im Raum.

Schließlich kam Bewegung in sie. Sie trug ihren Koffer nach unten und checkte aus. Sie fuhr mit dem Corolla von Hertz von der Gold Coast Richtung Norden, ins Marriott-Hotel in Noosa, wo sie unter falschem Namen eine Suite mietete. Sie duschte, zog sich zum Abendessen um und aß an einem Tisch im Speisesaal, von dem aus sie die Bucht überblicken konnte, eine wogende schwarze Masse, die ab und an im Mondlicht glitzerte.

Zurück in ihrer Suite, schaltete sie den Fernseher an und erfuhr, dass man Minto erschossen aufgefunden hatte, mit einer Schusswunde im Hinterkopf, die den Charakter einer Hinrichtung aufwies.

Sein unverwechselbares, hässliches Haus erschien auf dem Bildschirm.

Wyatt? Es wäre einleuchtend, sollte er derjenige sein, der aufräumte. Das machte sie zur Nächsten auf seiner Liste.

Könnte er Informationen aus Minto herausgepresst haben? Die Adresse des Hotels, wo sie gerade erst ausgecheckt hatte, zum Beispiel?

Da sich Hannah Sten nicht sonderlich sicher fühlte, beschäftigte sie sich lange und intensiv mit ihrem nächsten Schritt.

Leah Quarrell, dachte sie.

34

Die Mündung von Wyatts Pistole berührte ihren Kiefer und Hannah Sten drehte den Kopf minimal, schob den Lauf zur Seite, bis sie Wyatts Gesicht sehen konnte. »Ganz schön dreist, Mr. Wyatt.«

»Ganz ruhig, beide Hände aufs Lenkrad, wo ich sie sehen kann.«

»Ich bin nicht bewaffnet.«

»Sie haben vorhin auf mich geschossen.«

»Das habe ich nicht. Ich bin unbewaffnet.«

Da war etwas in ihrer Stimme und in ihrer Körpersprache, ein Hauch echter Entrüstung. Wyatt war der Ansicht, sie sage die Wahrheit. Er konnte sich ausrechnen, weshalb sie in Noosa war – wie er hatte sie die Nachrichten gesehen. Und Minto musste die Lösegeldforderung weitergeleitet haben. »Ich habe Ihr Gemälde nicht.«

Sie schwieg. Dann: »Ich habe mir einige Szenarios durch den Kopf gehen lassen – Sie wurden von Miss Quarrell hintergangen, sie beide wurden von dem Privatdetektiv hintergangen, Sie haben alle hintergangen. Eine Reihe von Kombinationen ... «

So saßen sie da. Hannah Sten gelassen, der Duft ihres Haares hing schwach in der Luft, ihre feingliedrigen Unterarme ruhten auf dem Lenkrad, während sie Wyatt im Rückspiegel beobachtete. Mit ihrem leichten Akzent sagte sie: »Ich habe Geld im Voraus bezahlt. Ich muss sehen, dass die Gegenleistung noch erbracht wird. Stattdessen haben wir eine Schießerei im Haus von Thomas Ormerod, Mr. Mintos Nichte wurde festgenommen, Mr. Minto ermordet und mir eine Lösegeldforderung geschickt.«

»Nicht von mir. Die Polizei hat im Haus auf mich gewartet. Und das Gemälde war bereits verschwunden.«

»Was glauben *Sie*, was passiert ist, Mr. Wyatt?«

Die Mittagssonne brannte herab auf den Wagen. »Motor anschalten und die Klimaanlage«, sagte Wyatt.

»Aber gewiss.«

Schon bald spürte Wyatt kühle Luft, die ihm entgegenströmte. Er hatte sich halb umgedreht, sah durch die Heckscheibe, um nicht zu verpassen, wenn das Zivilfahrzeug für den Zeugenschutz aus Leah Quarrells Auffahrt fuhr. Er schätzte, er hatte vier oder fünf Minuten. Vielleicht drei. Nicht viel Zeit, um die Sache mit der Klientin erschöpfend zu diskutieren.

Er nahm die Waffe weg. »Scheint, als wären wir zum gleichen Ergebnis gekommen. Die Antwort findet man bei Mintos Nichte.«

»Ja«, sagte Sten.

Mehr sagte sie nicht, saß nur ganz ruhig da. Wyatt sah gerade mal die minimale Regung ihres Oberkörpers beim Atmen. Wie er konzentrierte sie sich auf die Seiten- und den Rückspiegel, wartete, dass das Zivilfahrzeug sich zeigte.

»Erzählen Sie mir von dem Lösegeld.«

Bewegung kam in Stens Oberkörper, sie verrenkte sich in ihrem Sitz und wollte mit der rechten Hand nach ihrer schwarzen Handtasche langen, nach schwarzem

Leder an einem dünnen Riemen. »Mein Telefon«, sagte Sten.

»Greifen Sie mit Daumen und Zeigefinger Ihrer linken Hand hinein«, sagte Wyatt.

Hannah Sten stieß Luft durch die Nase. »Ich habe keine Waffe.«

»Linke Hand, Daumen und Zeigefinger.«

Wyatt beobachtete, wie sie ein iPhone herauszog und es ihm in der Lücke zwischen den Vordersitzen hinhielt. Er rührte es nicht an. »Zeigen Sie's mir.«

Ihre Finger wischten über das Display. Er sah ein Foto von dem Gemälde an einer ihm unbekannten Wand – nicht an der Thomas Ormerods. Eine Zeitung an eine Stuhllehne gestützt. Die Lösegeldforderung, seinen Namen. »Nicht von Minto – er hätte die Zeit nicht gehabt.«

Sten drehte sich mehr im Sitz. »Haben Sie ihn erschossen?«

»Nein. Ich dachte, Sie wären es eventuell gewesen«, erwiderte Wyatt.

»Mir wurde das Vergnügen nicht zuteil.«

Wyatt warf einen Blick durch das Heckfenster, öffnete dann die Tür auf seiner Seite, stieg vorsichtig aus und glitt auf den Beifahrersitz. Sie beobachtete ihn mit einem amüsierten Lächeln, aber ihre Augen waren ernst, wachsam.

»Sie waren irgendwann bei der israelischen Armee«, sagte Wyatt, der sich an die Inaugenscheinnahme des Wagens erinnerte.

Sie zuckte mit den Achseln. »Eine Verpflichtung für alle jungen Leute.«

»Also wissen Sie, wie man mit einer Waffe umgeht.«

»Ich habe nicht auf Sie geschossen, Mr. Wyatt.«

Sie regte sich plötzlich, legte den ersten Gang ein, die Spiegel des Wagens im Blick. Kurz darauf fuhr das weiße Zivilfahrzeug, ein Holden, an ihnen vorbei, beschleunigte allmählich und zog davon. Sie sagte: »Wir sollten hinterher, nicht wahr?«

»Ja«, sagte Wyatt.

Sie fuhren hinterher, ohne ein Wort zu wechseln, raus aus Noosa und auf den Highway Richtung Flughafen. Sten war eine äußerst versierte Autofahrerin, stellte zwischen ihrem Corolla und dem Holden immer einen Abstand von einigen Fahrzeugen her. Ihre Bewegungen waren sparsam und setzten der Luft weitere Duftnoten zu: Shampoo, Körperpuder, Körperlotion. Dezent, angenehm. Nicht betont feminin, aber unbestritten weiblich. Wyatt steckte die Ruger in die Tasche und lehnte sich zurück, um den weißen Wagen im Auge zu behalten, wartete darauf, dass er in Richtung konspirativer Wohnung abbog.

An Unterhaltung war ihm wenig gelegen, genau wie Hannah Sten. Die Minuten vergingen.

Schließlich sagte er: »Sie haben zu keinem Zeitpunkt Kontakt zu Thomas Ormerod gesucht?«

»Nein.«

»Und Ihr Anwalt?«

»Ja. Er ist zurück nach New York.«

»Nun, offensichtlich hat Ormerod das Footballspiel vorzeitig verlassen und ist in einen Flieger nach Thailand gestiegen.«

»Mit dem Gemälde? Das ergibt keinen Sinn.«

Nein, tut es nicht, dachte Wyatt, den weißen Wagen im Blick und die sich entfaltende Landschaft.

»Ist es sehr viel wert?«

»Weiß der Kuckuck. Es ist kein Rembrandt. Es ist relativ klein. Nur wenigen Leuten ist der Name des Künstlers ein Begriff.«

»Aber einige Werke Teniers erzielen ziemlich hohe Preise.«

»Genug, um damit irgendwo ein neues Leben zu beginnen? Wer weiß.«

Sie verfielen wieder in Schweigen. Wyatt beobachtete Sten aus den Augenwinkeln. Sie schien sich dessen absolut bewusst zu sein und sagte: »Sie hätten einfach das Geld nehmen und verschwinden können.«

»Ich habe den Auftrag nicht zu Ende geführt. Ich wurde reingelegt«, war Wyatts schlichte Antwort.

»Natürlich«, sagte sie, und er bemühte sich, es als Ironie zu interpretieren.

Vor ihnen bog der weiße Wagen an einem Kreisverkehr links ab, fuhr weiter gen Süden, in eine miese Gegend mit billigen Ferienunterkünften, Autofriedhöfen und Schnellimbissen. Sten folgte in einigem Abstand.

35

Das Erste, was Leah Quarrell in der konspirativen Unterkunft machte: Sie suchte nach einem Fluchtweg.

Einerseits war ihr Gedankengang eine Reaktion auf die Unterkunft als solche, ein Beispiel für die Klasse winziger Bungalows mit Ziegelverblendung, wie man sie in den unendlich verschandelten Vororten Melbournes und Sydneys fand. Nicht annähernd den klimatischen Bedingungen in Queensland angepasst. Kleine Räume, niedrige Decken, versiffter Teppichboden dort, wo kein abgenutztes Vinyl lag. Ein Milieu der Hoffnungslosigkeit und verstopfter Abflüsse.

Andererseits schob sie Panik: Der Mord an ihrem Onkel, das Versagen der Polizei, Wyatt zu schnappen, die Aussicht, Rafi nie wiederzusehen. Was wäre eigentlich, wenn Wyatt bei ihm auftauchte, bevor ihr das gelänge?

Unterdessen verfuhren die Beamten mit ihr wie mit einer Kriminellen, nicht wie mit einer Kronzeugin.

Schmieriges Grinsen und Gleichgültigkeit standen in dümmlichen Gesichtern, die nicht einmal Blickkontakt mit ihr suchten. Ja, nun, ihr Onkel hatte über die Jahre viele von Queenslands Polizei eingekauft. Sie war davon nicht beeindruckt.

Aktuell wurde sie von einem Typ um die dreißig bewacht – Haarschnitt für einhundert Dollar, Chinos, schwarzes Seidenhemd. Schlank, sportlich. Die Sonnenbrille ständig hochgeschoben wie bei einem Pornostar aus den Siebzigern, der Kiefer unablässig mit einem Kaugummi zugange, während der Typ selbst von Zimmer zu Zimmer stiefelte. Er hasste es, zusammen mit ihr hier zu sein. Wollte viel lieber draußen sein und anderen eins über den Schädel ziehen oder was auch immer. In kurzen Hosen rumlaufen, gegen den Ball treten. Noch nie war ihr ein Mann in den Dreißigern begegnet, der nicht ein kleiner Junge gewesen wäre. Jetzt setzte er sich kurz hin, wobei sein Hosenbein nach oben rutschte, und man sollte es nicht für möglich halten: rasierte Beine. Der wollte gegen keinen Ball treten, der wollte, hui!, mit seinem kleinen Fahrrad die Hügel hoch und runter.

Gott, war sie mies drauf.

Doch Dirk Diggler hatte am Mittag Dienstschluss. Eine Frau namens Julie – wie sonst? – sollte ihn ablösen, würde Leah die Toilettenartikel bringen, Kleider zum Wechseln, ihren Organizer und ihr Adressbuch.

Natürlich hatten sie ihr Haus und ihr Büro durchsucht. Vermutlich ihre Einträge und Kontaktdaten für die Akten fotografiert. Aber das war okay. Jeder Name, jede Adresse, jede Telefonnummer, Zeit- und Datumsangabe bezog sich auf eine reale Person, ein reales Treffen, einen realen Ort. All das war harmlos. Anders ihre Randvermerke. Sie hatte die Zugangsdaten für ihr Offshorebanking in ihren hingekritzelten Notizen über erwartbare und realisierte Erlöse bei anstehenden und vergangenen Auktionen versteckt.

Solange sie nicht über diese Daten verfügte, konnte sie nicht weg. Sie saß hier fest.

Allerdings konnte sie die Zeit nutzen.

Sie pilgerte von Zimmer zu Zimmer, den Typ im Schlepptau. Er lehnte gegen einen Türpfosten, beobachtete sie beim Öffnen und Schließen von Schränken, Türen und Schubladen, kaugummischmatzend und ein Grinsen im schmalen Gesicht. Gott, er hatte eine Fresse zum Reintreten. Verfügte er nicht wenigstens über einen Hauch von Selbsterkenntnis? Es war für Leah unbegreiflich. Und er hörte nicht auf, sie zu taxieren. Gesicht, Brüste, Taille, Schenkel, Beine, zurück zum Gesicht.

»Test bestanden?«

Er kaute schleppender. »Was?«

»Lassen Sie mich raten: Die Titten sind nicht groß genug. Sie geben mir eine Sechs, vielleicht eine Sieben.«

Er grinste, kaute weiter.

»Wie oft haben Sie Gelegenheit, mit Ihren Zeuginnen zu vögeln?«

Seine Kiefer bewegten sich munter. »Bilden Sie sich

bloß nichts ein, Leah. Und zu Ihrer Information, meistens bemühe ich mich um jämmerliche, fette, behaarte Nieten, die sich entschieden haben, ihren Boss lieber zu verpfeifen, bevor sie zusammen mit ihm untergehen.«

Er schwieg. Dann sagte er: »Sie sind weder fett noch behaart. So viel dazu.«

Er grinste. Musterte sie von oben bis unten.

Leah, kaum in der Lage zu atmen, geschweige denn zu sprechen, nahm sich wieder die Bruchbude vor. In einer Schublade fand sie ein Päckchen Mentholzigaretten und ein noch halbwegs funktionierendes Feuerzeug.

»Ich geh mal raus, eine rauchen.«

Dirk nickte, zu blöd, um sich daran zu erinnern, dass sie nicht rauchte, keine Zigaretten dabeigehabt hatte, als man sie festgesetzt und in dieses Drecksloch verfrachtet hatte.

»Nur hinten, im Hof«, sagte er.

Meinetwegen, dachte sie. Keineswegs würde sie sich auf der Straße blicken lassen. Aber der Hof verfügte sicherlich über einen Zaun am Ende und an den Seiten, vielleicht sogar über ein Tor nach draußen.

Den Typ am Hacken, ging Leah durch die jämmerliche Waschküche. Hinaus auf einen Flickenteppich aus Gras, der mit Beeten voller vertrockneter und sterbender Pflanzen eingefasst war. Nirgendwo ein Anzeichen von Gärtnerstolz und Pflege. Eine rostige Schubkarre, ein geknicktes Stück Schlauch, ein Stapel Ziegel neben einem Verbrennungsofen für Gartenabfälle. Wie lange behielten sie die Leute hier? Tage? Wochen? Im Vorfeld des Gerichtsverfahrens und währenddessen? Jeder im Zeugenschutz würde ausgequetscht werden wie eine Zitrone und anschließend mit einer neuen Identität an den Arsch der Welt geschickt.

Kein Tor.

Leah zündete sich die Zigarette an, machte ein paar hastige Züge und drückte den Rest unter der Spitze ihrer Sandalette aus. Soweit sie es sah, wäre es am besten, zum hinteren Zaun zu sprinten, ein Fuß auf den Haufen Ziegel und rüber, in die Gasse. Dann rennen, was das Zeug hielt.

Nicht die Gasse entlang. Gleich rüber zum gegenüberliegenden Zaun, ihn überwinden und sich über eine Reihe von Hinterhöfen durchschlagen, keinen Fuß auf die Straße setzen, bis sie wusste, wo sie war und wie sie an ein Fahrzeug gelangen konnte. Sie musste fix sein, den Kopf einziehen. Mit ein wenig Glück würde sie vor Einbruch der Dunkelheit bei Rafi sein.

Endlich wurden ihre Sachen gebracht und Dirk Diggler machte den Abgang.

Julie war klein, korpulent, eine träge und stille Person. Sie sieht aus wie eine vom Empfang, dachte Leah, eine von den Frauen, die sich den ganzen Tag den Arsch platt sitzen. Tatsächlich, sie setzte sich prompt auf das abgeranzte Sofa. Schaltete eine Talkshow ein, ohne Leah zu beachten.

Leah schnaubte innerlich. Sie schloss sich im Badezimmer ein und duschte ein zweites Mal, musste dieses Gefühl von Zwei-Tage-in-denselben-Klamotten loswerden. In ein Handtuch von der Größe einer Badematte gewickelt, ging sie anschließend in das Schlafzimmer und entschied sich für eine wadenlange Hose, ein T-Shirt mit U-Ausschnitt, Söckchen und ihre schwarzen Converse.

Streifte alles über, ging zurück ins Wohnzimmer und rubbelte sich dabei das Haar mit einem Handtuch trocken. Eine Frau, die ihr Haar trocken rubbelt, ist unschuldig, harmlos. Die gute Julie hockte noch immer auf dem Sofa, blätterte jetzt in einer *Who Weekly*. Vermutlich hoffte das jämmerliche Weibstück, etwas von dem Glamour würde abfärben, all diese Schauspielerinnen und Sängerinnen, von denen nie jemand gehört hatte und die so taten, als versteckten sie ihren Babybauch.

Was war sie stinkig heute.

Sie lächelte Julie an. »Gemütlich?«

Julies Mund ging auf, wie hilfreich, um über die Frage nachdenken zu können. Himmel, diesmal ein weiblicher Volltrottel. Julies Mondgesicht nahm einen ernsten Ausdruck an. Ihr Blick wanderte durch den Raum, dann rieb sie mit der Hand über den Bezug des Sofas und sagte: »Könnte schlimmer sein. Die Abteilung bemüht sich wirklich, damit sich die Leute wie zu Hause fühlen.«

Oh Gott, dachte Leah, eine Frau wie du verdient es, dass man vor ihr flüchtet.

Sie brachte das Handtuch zurück ins Bad, ging ins Schlafzimmer und täuschte einen Hustenanfall vor, um das Geräusch zu übertönen, das entstand, als sie die Seiten aus ihrem Organizer riss.

Nachdem sie die Seiten vorn in ihre Hose gesteckt hatte, ging sie zurück ins Wohnzimmer und sagte zu Julie: »Ich geh mal raus, eine rauchen.«

»Ich dachte, Sie rauchen nicht.«

Die Schlampe hatte ein bisschen mehr drauf als dieser Grinser Dirk. Allerdings zu sehr Kuh, um über den Zaun hüpfen zu können.

»Ich bleib hinten im Hof«, sagte Leah. »Keine Lust, dass mich jemand im Vorbeifahren sieht.«

Julie ächzte, rutschte mit ihrem Fettarsch zur Vorderkante des Sitzkissens und stemmte sich mit mehreren schwerfälligen Bewegungen hoch. Sie griff sich die Handtasche und sagte: »Ich begleite Sie lieber.«

»Das wird nicht nötig sein.«

»Vorschrift«, sagte Julie, und sie gingen hinaus, Leah mit der Überlegung, dass, sofern die gute Julie eine Waffe hatte, sie das Teil zumindest nicht an der Hüfte trug. Vielleicht in ihrer Schultertasche? Wird sie Zeit kosten, das Ding hervorzufummeln, wenn sie mir in den Rücken schießen will.

Mit einem Lächeln für die Kuh fuhr sie herum, rannte zum Zaun und schwang sich hinüber.

Julie, mehr auf Zack, als man ihr ansah, schrie bereits in ihr Telefon. Ihre Stimme scharf, die Anweisungen präzise.

In Panik versetzt, spurtete Leah über die Gasse zum gegenüberliegenden Zaun und sprang hoch zur obersten Querlatte. Die befand sich weit oben, war splitterig, und als es Leah gelungen war, sich mit dem Oberkörper hinüberzuhangeln, schnappte ein Köter nach ihrem Gesicht, nur Fang und Geifer. Ihr Herz vollführte einen Sprung. Unwillkürlich stieß sie »verdammte Scheiße« aus und fiel zurück auf den Boden.

Blieb nur, zum Ausgang der Gasse zu rennen und auf die Straße.

Wyatt entdeckte sie zuerst. Er war nicht überrascht, noch hatte er es kommen sehen. Quarrells plötzliches Auftauchen war nichts als ein Fakt, der zum Handeln zwang. Er langte nach dem Türgriff.

Doch Sten berührte ihn am Unterarm. »Moment.«

Sie hatten vor einem Haus geparkt, vier Türen vom

Eingang zur Gasse entfernt, dahinter, zwei Häuser weiter, dann die Hütte für den Zeugenschutz. Sie verfolgten, wie Leah sich näherte, nach links und rechts sah.

Hannah öffnete ihre Tür einen Spalt breit, wartete auf den richtigen Moment. Als Quarrell dicht am Corolla war, warf sie einen Blick über die Schulter und rannte los. Hannah stieß die Tür auf. Leah wurde voll erwischt und ging zu Boden wie ein Stein. Im Nu hatte Wyatt sie in die Lücke hinter den Vordersitzen bugsiert und der Corolla war wieder am Start.

36

Sirenen waren zu hören, als Hannah Sten durch Seitenstraßen preschte. Wyatt hing tief im Rücksitz, einen Fuß auf ihrem Rückgrat, drückte er Leah Quarrell in die Fußwanne hinter den Vordersitzen. Sten bog in die Küstenstraße ein.

»Ich denke, zu ihr nach Hause«, sagte Sten. »Die Polizei wird dort fertig sein.«

»Nein.«

»Nein?«

»Einer der Orte, wo man nach ihr suchen wird.«

Er beobachtete, wie sie darüber nachdachte.

»Die wissen, dass Kriminelle dumm sind?«, sagte sie.

»Ja.«

»Sind Sie es?«

Das war nicht die Art von Unterhaltung, an der Wyatt interessiert war. Von Zeit zu Zeit kam er mit dem Kopf hoch, um zu sehen, ob Streifenwagen sie verfolgten. Leah Quarrell war nicht dumm und vermutlich wusste die Polizei das. Aber sie hielten sich an eine gewisse Reihenfolge. Ihr Haus war der erste Ort, wo sie suchen würden, und das Büro von RiverRun Realty der zweite. Sollte dort keine Spur von ihr zu finden sein, würden sie beides beobachten und warten und die Suche erweitern.

Hannah Sten war ungeduldig. »Befragen wir sie also in einem Hotel? In einem geparkten Wagen, wo jeder es sieht?«

Quarrell regte sich angeschlagen unter Wyatts Fuß. »Wollen Sie mich umbringen?«

Wyatt beachtete sie nicht. Er dachte darüber nach, wo er sie ungestört in die Mangel nehmen könnte. Es würde nicht lange dauern. Er hatte nur ein paar Fragen an sie.

Er beugte sich in die Lücke zwischen Fahrer- und Beifahrersitz, die Straßenschilder im Visier. Sie befanden sich auf dem David Low Way Richtung Norden. Vor ihnen lag Coolum Beach, dahinter dann eine Reihe von Küstenstädten und schließlich Noosa Heads. Da er befürchtete, zu viel Aufmerksamkeit könne sie erwarten – Straßensperren, Streifenwagen, angespannte Cops auf Motorrädern –, sagte er: »Biegen Sie bei Coolum Beach links ab. Fahren Sie über den Bruce Highway, dann weiter Richtung Brisbane.«

»Wahnsinn. Wir müssen einen abgeschiedenen Ort finden.«

»Nur Geduld«, erwiderte er.

Als sie auf dem Highway waren, nahm Wyatt den Fuß von Quarrells Rücken.

»Drehen Sie sich um, lehnen Sie sich gegen die Lücke, damit ich Ihr Gesicht und Ihre Hände sehen kann.«

»Ich zeig Ihnen meine Titten, wenn Sie wollen.«

Wyatt stupste sie mit dem Lauf seiner Waffe.

»Okay, okay, machen Sie sich locker.«

Quarrell schmollte wie ein Kind und richtete sich unter Murren auf. »Nicht der bequemste Platz.«

»Halten Sie den Mund.«

»Ich kann Ihnen Geld beschaffen.«

Wyatt beobachtete ihr Gesicht. Es schien ein offenes zu sein, doch in der kurzen Zeit, die er Quarrell jetzt kannte, hatte er eine Bandbreite von Gefühlen gesehen, jeder Muskel aktiv, ein Wechselspiel von vorgetäuschten Gefühlen und echter Wut; von schlechter Laune und der Miene einer sich ungerecht behandelt Fühlenden. Er wusste, dass sie auf Knopfdruck lügen konnte, vertraute jedoch seiner Fähigkeit, in ihrem Gesicht lesen zu können.

Sie versuchte sich an einem »Nun gut«-Achselzucken und einem entsprechenden Grinsen. »Ich möchte Ihnen und Miss Unterkühlt danken, dass Sie mich gerettet haben, aber irgendwie glaube ich nicht, dass Sie das zu meinem Vorteil getan haben. Also? Was wollen Sie?«

»Was ich *will*«, sagte Sten und wandte sich halb um, damit ihre Stimme hinten im Wagen zu hören war, »ist mein Gemälde.«

»Verstehe ich nicht. Wyatt, es war Ihr Job, es für sie zu stehlen.«

Wyatt war dessen bereits müde. »Das Gemälde war nicht da. Dafür aber die Polizei.«

Quarrell starrte ihn an. »Nicht da?«

»Sie haben es.«

»Was?« Ein guter Versuch ihrerseits, Betroffenheit und Fassungslosigkeit zu zeigen. »Nein.«

»Warum hat man Sie festgenommen?«

Leah blinzelte. »Wie sich herausgestellt hat, bereitet

man eine Anklage gegen meinen Onkel vor und ich wurde mit hineingezogen.« Sie machte eine Pause.

»Man hat mir Schutz angeboten.«

»Vor wem?«

»Vor Onkel David.«

»Fakt ist, Sie brauchen Schutz vor uns – aber vor uns kann man Sie nicht schützen«, sagte Hannah Sten.

Quarrell drehte den Kopf, um Sten sehen zu können. »Hören Sie, ich habe keine Ahnung, was passiert ist, das müssen Sie mir glauben.«

Wyatt beobachtete sie, dachte, dass ihr womöglich zum ersten Mal klar wurde, dass es für sie keinen Ausweg gab und sie nichts zum Verhandeln hatte.

»Sie haben das Gemälde gestohlen und mir eine Falle gestellt, damit ich hochgenommen werde«, sagte er.

»Ich schwöre, ich weiß nicht, wovon Sie reden.«

»Was haben Sie der Polizei über mich erzählt, über die Sache bei Ormerod?«

»Nichts!«

»Also hätte ich nichts zu befürchten, wenn ich in mein Ferienapartment zurückgehen würde?«

Sie sah ihn unverwandt an, widerstand dem Drang, den Blick abzuwenden. »Ich habe keine Ahnung, was die Polizei weiß oder nicht weiß. Aber ich kann Ihnen beiden eine Menge Geld geben und wir können dann getrennte Wege gehen.«

»Ohne das Gemälde«, sagte Hannah.

»Ich weiß nicht, wo das Gemälde ist. Jemand anderes muss es gestohlen haben.«

»Das Geld, das Sie uns anbieten«, sagte Sten, »stammt es aus dem Verkauf des Gemäldes? Haben Sie es bereits verkauft?«

Quarrell entglitten die Gesichtszüge noch ein wenig mehr. »Ich habe es nicht und hatte es nie. Ich setze mein Geld auf Sie, Wyatt. Ich wette, Sie haben es und versuchen, von sich abzulenken.« Sie mühte sich hoch, kauerte jetzt auf den Knien und beugte sich nach hinten, in die Lücke zwischen den Vordersitzen. »Hannah, er legt Sie rein.«

Wyatt schlug mit dem Griff seiner Waffe gegen Quarrells Schläfe »Hinsetzen.«

Sie schrie auf. »Ich habe Angst. Ich will hier raus.«

»Wo ist das Gemälde?«

»Ich habe Ihnen gesagt, dass ich es nicht habe.«

Wyatt tippte Sten auf die Schulter. »Geben Sie mir Ihr Telefon.«

Sie reichte es ihm. Er schaltete es ein und zeigte einer sichtlich mitgenommenen Quarrell das Display.

»Das Gemälde«, sagte er, »hängt nicht an Ormerods Wand, sondern irgendwo anders.«

»Das beweist gar nichts. Das Foto hätte man zu jeder Zeit aufnemmen können.«

Wyatt vergrößerte das Bild. »Die Zeitung von gestern. Jemand – Sie – hat das Gemälde entfernt, nachdem Ormerod Freitagnachmittag Richtung Melbourne aufgebrochen ist und bevor ich gestern Mittag um ein Uhr das Haus betreten habe.«

»Ich kenne das Zimmer nicht.«

»Fällt Ihnen nichts Besseres ein? Hat Trask Ihnen geholfen? Als Immobilienmaklerin haben Sie eine große Auswahl an Orten, um ein Gemälde zu verstecken.«

Sie schluckte, sah aufgelöst zur Autotür. Der Wagen fuhr jetzt neunzig Meilen, kaum Verkehr, keine Hilfe in Sicht. »Nein.«

»Und dann ein anonymer Anruf bei der Polizei.«

Sie sah nicht gut aus. »Nein. Ich schwöre es.«

»Na los, Leah. Trask ist in Polizeigewahrsam, er hätte das nicht schicken können. Sie müssen einen weiteren Partner haben.«

Sie blickte zur Seite. »Ich habe keine Ahnung, was Sie meinen.«

»Habt Ihr Idioten etwas mit Ormerod am Laufen? Einen Versicherungsbetrug?«

Sie sah ehrlich überrascht aus. »Was? Nein.«

»Wer auch immer diese geheimnisvolle Person ist, man war schnell, als es darum ging, Sie auszubooten. Glücklich, Sie im Gefängnis verrotten lassen zu können, wie's scheint.«

Wyatt beobachtete ihr Gesicht. Schmerz und Wut kämpften gegen vorgetäuschte Unschuld und siegten. »Das ist totaler Scheiß.«

»Wer, Leah? Und wo ist das Gemälde?«

Quarrells Gesicht verbarg jetzt nichts mehr. »Rafi Halperin«, sagte sie verbittert.

Hannah Stens Blick wanderte hoch zum Rückspiegel und traf Wyatts. Sie nickte. Sie verringerte das Tempo, sah durch die Windschutzscheibe, sah das Schild für die Ausfahrt nach Mooloolah und bog ab.

Die Straße wand sich zwischen Bäumen und Hügeln hindurch, nur flüchtig sah man Häuser fernab. Kein Verkehr, nur der Eindruck einer stillen Welt. Sten bog ein weiteres Mal ab. Auf eine Straße, die zum Fluss führte.

Leah Quarrell hatte wahrhaftig Angst. »Bitte.«

Wyatt sagte nichts, ließ den Dingen ihren Lauf, als Sten zu einer Lichtung fuhr. Bäume, Fluss und Gras im Einklang miteinander, sonst nichts. Keine anderen Autos, und das Wasser floss dahin, verborgen hinter dem Schilfgürtel, der das Ufer säumte.

»Bitte, ich flehe Sie an.«

»Steigen Sie aus«, sagte Sten.

»Bitte, bringen Sie mich nicht um. Es tut mir wirklich leid. Es ist so, dass man uns beide getäuscht hat.«

Wyatt stieß Quarrell aus dem Wagen, blieb ihr mit der Ruger dicht auf den Fersen. Sten folgte ihnen. Sie kamen zu einer Bank und einem Tisch aus Holz, auf einer Wiese mit Blick auf ein Stück des träge dahinfließenden Wassers. Jetzt, da Quarrell saß und Wyatt und Sten sich vor ihr aufgebaut hatten, schien die Atmosphäre noch erdrückender zu sein als zuvor im Wagen.

Sten sagte: »Mr. Halperin hält sich noch in Noosa auf?«

»Ja.«

»Sie haben gehofft, gemeinsam mit ihm in den siebenten Himmel fliegen zu können?«

Quarrell schluckte und nickte verzweifelt. »Ich hatte Angst. Es war alles seine Idee. Wyatt sollte umgebracht und vergraben werden. Sie hätten dann geglaubt, er wäre mit dem Gemälde verschwunden, hätten irgendwann resigniert und wären zurück nach Hause, und er hätte das Gemälde klammheimlich verkaufen können.«

Sten war nicht überzeugt. »Rafi Halperin sollte Wyatt töten? Er ist kein ... Er ist ein schwacher Mensch.«

»Ich hatte mit diesem Teil der Angelegenheit nichts zu tun.«

»Was ist passiert?«

»Er muss gekniffen und der Polizei einen Hinweis gegeben haben, damit wir alle festgenommen werden – ich, Alan und Wyatt.« Ihr Blick wanderte hektisch zwischen Wyatt und Sten hin und her. »Aber es wurde niemand umgebracht. Und ich kann Ihnen sagen, wo Rafi ist.«

»Sie haben ihm das Gemälde gebracht?«

»Ja«, sagte Quarrell, den Kopf gesenkt, merklich verstört.

»Wohin?«, wollte Wyatt wissen.

Den Kopf noch immer gesenkt, nannte sie ihnen eine Adresse in Noosa Heads.

»Er hat keine Zeit vergeudet, Leah. Die Sache floppt und er überlegt sich, wie er davon profitieren kann.«

Quarrell fing an zu jammern. Sten trat auf sie zu, legte ihr einen Arm um den Hals, den anderen ans Kinn, als wolle sie Leahs Gesicht zur Seite neigen und einen mitfühlenden Blick mit ihr wechseln, drehte dann den Kopf scharf in die eine und die Schultern in die andere Richtung. Das Splittern von etwas Wesentlichem, so, wie es klang, und dann legte Sten Quarrell auf die Bank, behutsam, beinahe wie von Mitgefühl und Fürsorge erfüllt.

Militärisches Training, dachte Wyatt.

37

Dort, an der Bank unter dem Baumwipfel, forschte er in Hannah Stens Augen. Ihre Hände würden ihm nichts verraten, anders ihre Augen.

»Entspannen Sie sich«, sagte sie. »Ich bin sicher, Sie sind stärker als ich.«

Wyatt entspannte sich nicht. Er traute ihr nicht und würde es nie, jedenfalls nicht völlig. Er kannte sie jetzt ein wenig besser, mehr nicht.

»Momentan sind wir aufeinander angewiesen«, fuhr sie fort.

»Und dann?«

»Geht jeder seiner eigenen Wege.« Sie näherte sich ihm. »Aber jetzt finden wir Mr. Halperin, bevor er verschwindet.«

Ein windiger Nachmittag in Noosa, am letzten Tag der Schulferien. Nirgendwo eine Parkmöglichkeit in der Nähe des Apartments, wo sich Halperin laut Leah Quarrell aufhalten sollte. Sie ließen den Wagen in einer Tiefgarage des Pacific Grand zurück und gingen zu Fuß nach Noosa Heads. Wyatt hatte die Pistole hinten in seinen Gürtel gesteckt. Gruppen junger Mädchen zogen an ihnen vorbei, mit Handtüchern auf dem Weg zur Tea Tree Bay oder zurück zu den Läden in der Hastings Street, voller Erwartungen, eine Hand an den vom Wind gepeitschten Stofffetzen um ihre Taillen, die andere Hand im Haar, an ihren Taschen, vor ihren kreischenden Mündern. Jungen trampelten vorbei, sahen jünger aus, unbeholfener. Kämpften gegen die Schwerkraft an, als sie hügelabwärts gingen.

Alle musterten Wyatt und spürten ein Frösteln, wofür sie keine Erklärung hatten.

Das Flamingo Gate lag in der Mitte der Alderly Terrace, mit Blick auf Little Cove. Die Häuser und Bäume auf dem Hügel schienen alle Geräusche abzuschirmen, bis auf das Rauschen des Verkehrs, der zwischen der Hastings Street und dem Nationalpark dahinfloss. Schaumkronen wie Sprenkel in den tiefen Bereichen des Meeres, Schwimmer wie Tupfen in den flacheren.

Wyatt und Sten blieben vis-à-vis des Flamingo Gate stehen, verharrten im Schatten der Villen und subtropischen Bäume. Sie sahen vier Stockwerke, zwei Apartments in jeder Etage, die Vorhänge in den meisten Räumen zurückgezogen. Und in der Lobby von der Größe eines halben Tennisplatzes einen Portier hinter dem hohen Tresen einer Rezeption. Wyatt fragte sich leicht verärgert, weshalb die Bewohner meinten, einen Portier haben zu müssen. Prestige? Er war ein Hindernis. »Wir nähern uns ihm von zwei Seiten und schalten ihn aus.« Sten deutete auf den Portier.

Das Bild eines weiteren Einheimischen mit gebrochenem Genick vor dem inneren Auge, schüttelte Wyatt den Kopf. »Wir teilen uns auf«, sagte er und erklärte, wie das klappen werde.

Wyatt ging in Riesenschritten, Sten lief – über die Straße, hinein in die Lobby. Fahrstuhl und Tür zum Treppenhaus lagen links in der Ecke. Treppen, hinauf in alle Etagen, vermutete Wyatt, und hinunter in die Tiefgarage. Den Raum in der Mitte nahmen zwei Sofas ein, die einander gegenüberstanden, dazwischen ein Beistelltisch voller Werbebroschüren der Baugesellschaft, die nie Beachtung fanden. An der Wand zur Rechten befanden sich die Rezeption und eine Reihe Briefkästen für die Mieter. Die Arbeit des Portiers beschränkte sich auf Blättern in einer Zeitung und die Beobachtung des Monitors einer Videoüberwachungsanlage, der in vier Segmente aufgeteilt war. Eine Kamera auf jeder Etage, keine Kameras im Treppenhaus und in der Tiefgarage – oder beides wurde derzeit nicht überwacht. Ferner waren da zwei massive weiße Säulen, die die Decke stützten und die Sicht des

Portiers auf Fahrstuhl und Zugang zum Treppenhaus einschränkten.

Was Wyatt entgegenkam. Er schritt mit Sten durch die Lobby, als gehöre ihnen der Laden, winkte dem Portier zu und rief: »Wir gehen nur auf einen Sprung zu Rafi Halperin.«

Der Portier, ein pickliger junger Mann, vielleicht ein Student, stand mit offenem Mund da. »Lassen Sie mich oben anrufen und – «

»Soll 'ne Überraschung sein«, rief Wyatt und tat sein Möglichstes, seinem Gesicht ein Grinsen zu verpassen. »Rafi hat heute Geburtstag. Tun Sie uns den Gefallen, verraten Sie ihm nicht, dass wir unterwegs sind.«

Er wusste, der Typ würde es dennoch tun. Mit Sten beim Fahrstuhl angekommen, drückte er ein paarmal geräuschvoll auf den Knopf und sah aus dem Augenwinkel, dass der Portier sich umgedreht hatte und ins Telefon sprach. Dann wurde die Stimme des Knaben lauter, nahm den Charakter eines gekränkten Jammerns an, als wollte er dem Mann am anderen Ende vermitteln, dass es nicht sein Verschulden sei.

Sten betrat den Fahrstuhl, Wyatt das Treppenhaus. Lautlos eilte er hinauf zur zweiten Etage, wartete dort. Sollte der Anruf des Portiers Halperin aufgescheucht haben, würde er das Gebäude über die Treppe verlassen in der Annahme, seine Besucher seien noch im Fahrstuhl. Die Luft war abgestanden, roch nach Zigarettenrauch. Zigarettenstummel hatten sich in den Ecken angesammelt. Nichts regte sich.

Dann Klicken von Metall, Quietschen, eine Serie, die Wyatt gedanklich nachvollzog. Ein Türknauf im vierten Stock wird betätigt. Die Türangeln quietschen, als die schwere Tür zum Treppenhaus aufgestoßen wird. Der Türknauf wird losgelassen und die Tür schließt sich mit pneumatischem Wispern hinter Halperin. Er poltert hinunter zum ersten Treppenabsatz, zu dem im dritten Stock, zum nächsten.

Bleibt stehen.

»Ach, verdammt.«

Wyatt las »Flucht« in Halperins Augen und zog die Ruger.

Halperin zuckte vor der schwarzen Mündung des Laufes zurück und Wyatt sah, dass sich Einsicht in seine Miene stahl.

Doch ein anderer Teil von ihm erwog weiterhin Optionen. »Nein«, sagte Wyatt.

Halperin verzog die Lippen. »Sie wollen mich hier erschießen? In einem Haus voller Menschen und mit Ihrem Gesicht auf der Überwachungsanlage in der Lobby?«

»Ja.«

Halperin dachte nach. Er zuckte mit den Achseln. »Hä? Sie wollen es hier ausdiskutieren?«

»Ich stelle fest, dass Sie nicht fragen, wer ich bin.«

»Ich weiß, wer Sie sind.«

Wyatt nickte. »Gehen wir in Ihr Apartment.«

Er fragte sich, ob der Mann bewaffnet sei. Nichts zeichnete sich an Halperins Taille ab oder in den Taschen seines figurbetonten Hemdes, seiner eng anliegenden Hose, aber am Rücken könnten ein Messer oder eine Pistole sein. Nicht gerade erpicht darauf, Halperin hier, auf engem Raum, zu filzen und zu entwaffnen, der noch dazu einen Höhenvorteil genoss, etliche Stufen über ihm auf der Treppe stand, zielte Wyatt mit der Waffe auf den

Oberkörper des Mannes und sagte: »Ziehen Sie Ihr Hemd hoch.«

Halperin kam dem mit einem trägen Grinsen nach. »Unbewaffnet, sehen Sie?«

Wyatt wedelte mit der Ruger. »Umdrehen.«

Halperin drehte sich einmal im Kreis und der Schoß seines Hemdes bauschte sich unterhalb seines Brustkorbs. »Sehen Sie?«

Der Mann beanspruchte einen kümmerlichen Sieg für sich. Ein unbedeutender Mensch, dachte Wyatt. Er wedelte wieder. »Die Treppe hoch.«

Nach anfänglichem Zögern ging Halperin den Weg zum obersten Stockwerk zurück, Wyatt in einigem Abstand hinterher, einem Abstand, der es ihm erlaubte, Halperin in den Rücken schießen zu können. Der schien sich dessen absolut bewusst zu sein. Er sah immer wieder nach hinten, sah nicht Wyatt an, sondern die schwarze Mündung der Pistole.

Er sagte: »Wie sind Sie auf mich gekommen?«

Wyatt reagierte nicht.

»Durch Leah? Hat man sie festgenommen?«

Der Moment des größten Risikos würde sich für Wyatt an der Tür zum Gang einstellen, der zu Halperins Apartment führte. Leute auf der anderen Seite der Tür, die Tür selbst als Waffe ...

Als sie auf dem obersten Treppenabsatz angelangt waren, sagte er: »Ich will, dass Sie die Hosen runterlassen.«

»Hey, ich habe für Sie schon mein Hemd hochgehoben.«

»Wenn Sie das hier überleben wollen, lassen Sie die Hosen bis zu den Knöcheln runter, hüpfen Sie vor mir durch die Tür und bleiben Sie ein paar Meter weiter im Gang stehen. Dann können Sie sie wieder hochziehen.«

Die Hosen fielen zu Boden, enthüllten schlanke Beine, Boxershorts und schwarze Socken. Halperin drehte den Türknauf, zog daran und schlurfte durch die Tür, Wyatt in sicherem Abstand hinter ihm.

»Jetzt warten wir auf den Fahrstuhl.«

»Den Fahrstuhl? Warum?«

Wyatt sah Halperin unverwandt an. »Wir warten«, sagte er.

Der Fahrstuhl machte »ping!«, die Türen glitten auf und Hannah Sten trat heraus.

»Hallo, Raf.«

Halperin schluckte. »Hannah.«

Sten betrachtete seine Beine. »Steht Ihnen.«

»Ist das notwendig? Kann ich sie wieder hochziehen?«, fragte Halperin verzagt.

Wyatt zuckte mit den Achseln. »Sicher.«

Halperin bückte sich, griff nach der Hose, zog sie hoch, schloss den Reißverschluss, schloss den Gürtel, strich sein Hemd glatt. »Und jetzt?«

Wyatt sagte: »Geben Sie Ms. Sten Ihre Schlüssel, bleiben Sie von der Tür weg, während sie sie aufschließt.«

Er verfolgte alles, und als die Tür offen war, sagte er: »Ich gehe zuerst hinein.«

Bevor er zur Tür ging, blieb er kurz vor Halperin stehen. »Kommen Sie nicht auf dumme Gedanken. Ich habe gerade gesehen, wie sie Ihrer Freundin das Genick gebrochen hat.«

Halperin wurde blass. »Sie ist nicht meine Freundin.«

Wyatt ging nicht darauf ein und betrat das Apartment

in geduckter Haltung, ging zügig den kurzen Flur entlang, vorbei an den Türen zum Schlafzimmer und zum Bad, und gelangte in eine offene Küche, die in einen Wohnbereich überging. Großräumig, mit einer Glasfront, die auf Little Cove hinausging. Es war ein furchtbares Ambiente. Beigefarbene Wände, ein Teppich in der Farbe von Erbrochenem auf schwarzen Bodenfliesen. An den Wänden bizarre Kunst, hellbraun bemalte Muscheln, auf Spanplatten geklebt, deren Blau an das Meer gemahnen sollte. Eine Präsentation getrockneter Blumen, die mit einer chemischen Substanz zur Luftauffrischung getränkt waren, die Wyatts Nase reizte. Vorhänge wie dickes Sackleinen, Mobiliar aus teurem Leder, aus Stahl- und Glasplatten, ein gewaltiger Plasmafernseher und ein Hometrainer.

Und da war auch das Gemälde von David Teniers, in Szene gesetzt wie zum Zeitpunkt der Aufnahme des Lösegeldfotos: gerahmte Leinwand an der Wand, ein Stuhl, eine Zeitung.

Er rief die anderen herein. Halperin erschien als Erster, ließ sich – von Sten nicht aus den Augen gelassen – aufs Sofa fallen.

»Okay«, sagte er, »Sie haben mich, und jetzt?«

Wyatt ignorierte ihn. Er starrte auf das Gemälde. Kleiner, als er es in Erinnerung gehabt hatte, ging ein seltsamer Schimmer von seiner schlammigen Tongebung aus. Er runzelte die Stirn, trat näher heran und betrachtete es genau.

Hinter ihm sagte Halperin: »Nehmen Sie's, es gehört Ihnen, ich bin durch damit.«

Durch eine Veränderung in der Stimme des Amerikaners herausgerissen, drehte Wyatt sich um, sah, dass

Halperin unter einem Kissen wühlte, Hannah Sten auf ihn zielte und abdrückte. Rauch stieg von der Waffe auf und in Wyatts Ohren klingelte es. Halperin kippte nach vorn und ließ dabei eine kleine .32er fallen.

Kreidebleich versuchte er sich aufzurichten, verdrehte seinen Hals in Richtung Sten.

»Sie haben mir in den Bauch geschossen.«

»Was haben Sie erwartet? Sie haben versucht, mich zu verschaukeln.«

Halperin verkrallte sich in seine Seite, wo Blut zwischen seinen Fingern hindurchsickerte. »Ich brauche einen Arzt.«

»Sie werden es überleben.« Sie zuckte mit den Achseln. »Oder auch nicht.«

Wyatt hatte die Ruger auf Halperin und Sten gerichtet und den Wortwechsel verfolgt.

Als sich ihre Blicke trafen, sagte er zu Sten: »Ich meine, Sie hätten gesagt, Sie seien nicht bewaffnet.«

Es war eine winzige zweischüssige Derringer, mit der sie lässig vor ihm herumwedelte.

»Das? Ein Spielzeug.«

Wyatt fuchtelte mit der Ruger. »Stecken Sie sie weg.«

»Er hätte Sie erschossen.«

»Nein«, sagte Wyatt, »er hätte mich nicht erschossen.«

»Haben Sie Augen im Hinterkopf?«

»So was in der Art.«

Sie steckte die winzige Waffe in ihre Handtasche.

Halperin stöhnte. »Ich brauche einen Arzt.«

Wyatt ging hin zu ihm und schnappte sich die .32er. »Ich möchte, dass Sie unten anrufen und sagen, dass alles bestens ist, dass wir erwartet wurden.«

»Ich weiß nicht, ob ich die Kraft dazu habe.«

Wyatt presste Halperin die Pistole gegen das Knie. »Dann finden Sie sie.«

Als Halperin den Anruf mit sicherer, klarer Stimme erledigt hatte, ging Wyatt hinüber zu dem Gemälde.

»Ich habe getan, was Sie verlangt haben. Ich brauche einen Arzt.«

»Sie brauchen einen Kunstexperten«, sagte Wyatt.

Er nahm das Gemälde von der Wand und zeigte es Hannah Sten.

Sie runzelte die Stirn. »Was meinen Sie?«

»Es ist so frisch wie an dem Tag, als Teniers es gemalt hat.«

»So? Es ist von einem Restaurator gesäubert worden.«

»Nein.«

Sie betrachtete die Leinwand eingehend. »Sehen Sie, seine Signatur, feine Risse in der Farbe ... «

»Sollte ich hinreichend lange leben«, keuchte Halperin, das Gesicht schweißbedeckt, »bekomme ich das Ende der Geschichte noch mit.«

Wyatt brachte das Gemälde zu Halperin. »Setzen Sie sich gerade hin.«

»Ach, Scheiße.«

»Aufsetzen.«

Als das Gemälde auf Halperins Schoß lag, sagte Wyatt: »Der Mann, der die Sichel schwingt.«

»Was ist mit ihm?«, fragte Halperin.

»Er trägt Nikes.«

Halperin sah genau hin, blinzelte, schloss die Augen und bewegte sich vor Schmerzen hin und her. »O Gott.«

»Sie und Ihre Freundin haben eine Fälschung gestohlen.«

»Lassen Sie mal sehen«, sagte Sten, nahm das Gemälde

und ging hinüber zum Fenster.

Wyatt nahm unterdessen Halperin ins Visier. »Handelt es sich um das Gemälde, das Sie aus Ormerods Haus haben mitgehen lassen?«

Halperin hatte glasige Augen. »Ich habe es nicht mitgehen lassen. Ich war nicht dort. Leah hat es hergebracht.«

Sten kam zurück. »Hatten Sie nicht die Absicht, gemeinsam dem Sonnenuntergang entgegenzusegeln?«

Halperin sah zur Seite. »Das war ihre Vorstellung ... «

»Ein wahrer Gentleman. Also hatte sie keinen Grund, das Original zu behalten und Ihnen eine Kopie zu überlassen?«

»Nein.«

Sten warf Wyatt einen Blick zu. »Entweder hat die Familie Ormerod neunzehnhundertfünfundvierzig eine Fälschung erworben oder man hat Thomas Ormerod vor dem Raub gewarnt.«

Wyatt lächelte sie dünn an. »Ich glaube nicht, dass Nike neunzehnhundertfünfundvierzig populär war.«

Sten drehte sich zu Halperin um. »Sie Scheißkerl.«

»Hannah«, flehte Halperin, »ich hatte Schulden.«

Sie stieß die Luft durch die Nase aus. »Hat es Sie nicht stutzig gemacht, dass ich nach Australien geflogen bin? Mir sind Dinge zu Ohren gekommen, Mr. Halperin. Ein Mann wolle ein Gemälde von David Teniers verkaufen.«

Halperin begann zu schwanken. »Bitte, einen Arzt.«

»Was genau haben Sie zu Thomas Ormerod gesagt? Sie haben ihn irgendwie gewarnt. Warum sonst hätte er eine Kopie hinhängen sollen?«

Doch Halperin verdrehte die Augen und kippte vornüber. Wyatt nahm Sten das Gemälde aus der Hand und wischte die Fingerabdrücke ab. Er hatte sonst nichts berührt. Sten beobachtete ihn amüsiert. Dann ging sie auf ihn zu, baute sich vor ihm auf und packte ihn am Ellbogen. »Gehen wir«, sagte sie. »Das Original befindet sich noch immer in Ormerods Haus.«

Wyatt schüttelte den Kopf. »Morgen. Die Lage dort wird nach wie vor angespannt sein – zusätzliche Sicherheitsvorkehrungen, Polizeistreifen, überaus wachsame Nachbarn.«

Sie umfing sein Handgelenk. »Dann müssen wir etwas finden, wo wir abtauchen und nachdenken können.«

Der Kontakt mit ihrer Hand hatte auf Wyatt die Wirkung einer elektrischen Ladung. Es war normale menschliche Wärme, eine Empfindung, die eine attraktive Frau mit dem Druck ihrer Finger erzeugt, und in der Regel eine Nebensächlichkeit, aber er spürte etwas. Flüchtig.

38

Der Ort zum Abtauchen und Nachdenken war ihre Hotelsuite.

Wyatt spazierte umher, begutachtete Bett und Mobiliar. »Ich schlafe heute Nacht auf dem Sofa.«

Der Ausdruck in ihrem Gesicht war schwer zu interpretieren. »Ist das Ihr Wunsch?«

Er erwiderte nichts darauf. Er ging zum Fenster. Iluka Islet lag auf der anderen Seite des Wassers, ein Knubbel Land hinter der Brücke. Ormerods Haus. Die Nachmittagssonne wurde vom Glas und der unsteten Oberfläche der Wasserwege zurückgeworfen.

Sten kam zu ihm. Sie stand sehr dicht an seiner Hüfte und Spannung lag in der Luft. Sie zeigte mit dem Finger auf das Fenster. »Eine Aufklärungsmission mit einem kleinen Boot heute Nachmittag?«

Wyatt dachte darüber nach. »Okay.«

Ihr Ellbogen streifte seinen. Und dann zerrte Wyatt am Saum ihres Hemdes und sie hob die Arme, um ihm zu helfen.

Später glitt sie ungezwungen durchs Zimmer. Wyatt sah ihr nach, verfolgte das geschmeidige Spiel der Muskeln, die Veränderungen der warmen Buchten und Mulden. Hier und da hatte das Betttuch Abdrücke auf ihrer Haut hinterlassen.

Er vergaß nicht, dass sie ein Killer war.

Sie verschwand im Badezimmer und während er wartete, dachte Wyatt über den gefälschten Teniers nach.

Durchaus denkbar, dass Leah Quarrell ihn in Auftrag gegeben hatte, um alle zu beschäftigen, während sie mit dem Original verschwand, aber Wyatt hätte wetten können, dass Ormerod der Auftraggeber gewesen war. Aufgescheucht angesichts der Kontaktaufnahme durch den von Sten beauftragten Halperin und aus Furcht vor einer gerichtlichen Auseinandersetzung oder gar vor einem Diebstahl, hatte er einen Künstler gebeten, eine Kopie anzufertigen, die er an die Wand hängen konnte. Hätte man ihn dann gezwungen, seinen Besitzanspruch aufzugeben, oder wäre es zu einem Diebstahl gekommen, hätte er es allen gezeigt.

Er hätte allerdings niemals die aus der Zeit gefallenen Nikes in Auftrag gegeben. Das war ganz sicher ein kleiner Scherz des Künstlers. Australische Maler, die Meisterwerke fälschten, waren nicht sonderlich dicht gesät, aber Wyatt hatte im Laufe der Jahre einige von ihnen kennengelernt. Er kannte einen, der sich auf Künstler spezialisiert hatte, deren umfangreiches Œuvre bislang nicht vollständig dokumentiert worden war: Dickerson, Whitley, Blackman, einige der indigenen Maler. Eine Künstlerin malte unsignierte Pastiches im Stile australischer Landschaften des neunzehnten Jahrhunderts, eines Genres, dessen Originale im Wert stiegen. Sie war zurückhaltend mit Behauptungen, es handele sich dabei um Originale mit eindeutiger Provenienz, sagte jedoch auch nicht, dass sie es nicht seien. Sie verließ sich auf die Gier und Unkenntnis der Kundschaft, die grenzenlos waren, und so konnte niemand eine Betrugsabsicht nachweisen.

Beide seiner Bekannten kamen damit durch, weil es den neuen Besitzern peinlich war, als leicht zu täuschen oder naiv zu erscheinen, und weil die Polizei über keine Expertise für entsprechende Ermittlungen verfügte. Auktionatoren und Galeristen wahrten Stillschweigen aus Furcht vor einem Vertrauensverlust aufseiten der Käufer, und Gerichtsverfahren waren langwierig und teuer. Oft gaben gelackmeierte Besitzer das Gemälde lieber an einen anderen ahnungslosen Interessenten weiter, als dass sie einen finanziellen Verlust hinnahmen.

Wyatt dachte über den Künstler nach, den Ormerod mit der Fälschung des Teniers beauftragt hatte. Über alle Maßen fähig, im Metier hingegen erfolglos, fertigte er oder sie nebenbei Fälschungen oder Kopien an, vermutlich in bescheidener Größenordnung. Gewissenhaft würden man vermeiden, niemand allzu Bekanntes zu reproduzieren – nur zweitklassige Maler. Nichts davon erklärte das Nike-Logo. Sinn für Humor? Ein Hieb gegen Ormerod, weil er sich im Umgang als Scheißkerl entpuppt hatte?

Wyatt ging zu Sten unter die Dusche, und als sie sich angezogen hatten, fuhren sie nach Noosaville. Sie stellten den Wagen ab und schlenderten den Fluss entlang zu T-Boat Hire. Vorbei an Wasservögeln, deren Schwimmfüße Abdrücke im feuchten Sand hinterließen, vorbei an zwei Kindern, die mithilfe einer Stange auf einem Surfbrett balancierten. Diesmal war Hannah Sten Wyatts Tarnung. Sie waren Verliebte oder Hochzeitsreisende. Niemand würde bei ihrem Anblick an den flüchtigen bewaffneten Mann von gestern denken.

Sie mieteten ein schnelles, kleines Motorboot für eine Stunde und tuckerten den Fluss entlang, unter der Brücke hindurch, zogen eine langsame Schleife vorbei an Iluka und hinein in das Geflecht der schmalen Buchten zwischen Lions Park und Wyuna Drive. Sie wechselten sich am Steuer ab und auch das Fernglas wanderte zwischen ihnen hin und her. Auf Wyatts Drängen hin veränderten sie ihr Erscheinungsbild ein wenig, jedes Mal, wenn sie an Ormerods Haus vorbeifuhren. Wyatt tauschte den gelben Sonnenhut gegen einen Strohhut, ein gelbes T-Shirt gegen ein schwarzes Hemd mit kurzen Ärmeln. Hannah streifte sich beim zweiten Mal ein T-Shirt über ihr Bikinioberteil, band sich ein Kopftuch um, maulte ihn an: »Machst du das immer so?«

»Ja.«

»Liegt dir das im Blut?«

Wyatt hatte keine Antwort auf diese Frage. Er wusste nicht, ob er instinktiv vorging oder auf Grundlage von Nachdenken und Vorbereitung, und die Frage war einer Betrachtung nicht wert. Er hob das Fernglas, schwenkte es über Ormerods Haus und sagte schließlich: »Er hat ein Geheimzimmer.«

Hannah Sten starrte ihn an. »Du hast es gestern entdeckt?«

»Nein. Aber ich erinnere mich, wie mir durch den Kopf ging, dass etwas mit den Maßen des Raums hinter dem Dachfenster nicht stimmt. Er ist kleiner, als man von außen vermutet. Es gibt dort eine zusätzlich eingezogene Wand.«

»Und dahinter soll das Gemälde sein?«

»Möglicherweise. Sofern er es noch hat.«

»Minto hat gesagt, Ormerod sei nach Thailand geflogen. Das ist unsere Chance.«

Wyatt schüttelte den Kopf. »Morgen. Ich sehe Leute im Haus. Vermutlich Polizei.«

»Und wenn die das Zimmer finden?«

»Dann versuchen wir etwas anderes.«

Hannah Sten nahm das Fernglas und stellte es scharf, während Wyatt am Steuer stand, einen langsamen Bogen beschrieb, weg von Iluka, unter der Brücke hindurch und hinaus auf den Fluss. Sie gaben das Boot zurück, schlenderten Hand in Hand zum Corolla und fuhren ins Hotel. Die Atmosphäre war voller Spannung, voller stiller Übereinkunft.

39

Am Montag erkundeten sie Iluka im Schutze eines Regenschirms. Das Wetter schlug um, Wolken in Schichten am Himmel, schwarze Täler im weichen Grau, gelegentliche Schauer färbten Straßen und Wege dunkel ein.

Sie schlenderten Arm in Arm dahin, wie auf der Suche nach einer Immobilie, machten halt vor den Infokästen für Auktionen und Verkäufe, wovon es mindestens sechs auf der kleinen Insel gab. Trafen sie jemand Ortsansässiges, blieben sie stehen, sagten hallo, plauderten, ganz in der Rolle des gut situierten Paares.

»Wir tragen uns mit dem Gedanken, etwas zu kaufen«, sagte Wyatt regelmäßig, »aber ich habe gehört, Sie hatten am Wochenende einigermaßen Ärger hier.«

An normalen Tagen, aus der Nähe betrachtet, würden die meisten ihn für ein weltgewandtes Kraftpaket gehalten haben und nicht für einen Geschäftsmann: die Hände, das ausgeprägt Sehnige, die Kälte. Aber an diesem Morgen sah niemand näher hin. Sie standen alle noch zu sehr unter dem Eindruck der Schießerei am Samstag und dem gestrigen Klopfen an Türen, Detectives, die alle zu dem befragten, was sie über Thomas Ormerod wussten, und ob sie jemals jüngere Kinder bei ihm hätten ein und ausgehen sehen.

»Wir konnten es nicht glauben«, trällerte eine Frau, die untätig an ihrem Eingangstor stand. »Schüsse, Polizei, die kam und ging und alles mögliche Zeug wegkarrte.«

Hannah Sten schlug sich die Hand vor den Mund. »Er wurde mit kleinen Kindern gesehen?«

»Ich wusste, mit ihm stimmt was nicht, so, wie er immer ins Haus gehuscht ist. Ist nie stehen geblieben, um sich zu unterhalten.«

Hannah starrte auf Ormerods Haus, noch immer fassungslos. »Hat man drinnen etwas gefunden?«

»Wer weiß?«, sagte die Frau mit einem Achselzucken.

Wyatt sah, dass Sten im Begriff war, die Frau wegen Einzelheiten zu bedrängen. Sein Griff um ihren Ellbogen wurde stärker und sie gingen weiter.

Als sie nochmals an Ormerods Haus vorbeikamen, sahen sie Absperrband und einen Zettel an der Tür. Keinerlei Aktivität. Das Grundstück sah jetzt schon schäbig aus, feucht und herabgewürdigt, schien es sich unter der Last des Himmels und der Blicke der Nachbarn zu ducken.

»Wie willst du es angehen?«, wollte Sten wissen. »Unter den wachsamen Augen einer ganzen Straße?«

Wyatt ging mit ihr über die kleine Brücke zurück zum Wagen. »Was haben diese Augen in den letzten zwei Tagen gesehen?«

»Polizei, die kam und ging. Also, wie willst Du es anstellen?«

»Als Polizei, die kommt und geht«, sagte Wyatt.

Sie fuhr ihn zum Flughafen und er mietete einen weißen Holden, das klassische Modell für die Zivilstreife. Da er die meisten seiner Sachen verloren oder zurückgelassen hatte, machte er zuerst in Noosa Junction halt, um das Verbliebene aufzustocken, verließ einen Herrenausstatter in einem schlichten dunklen Anzug, mit weißem Hemd und unifarbener Krawatte. In einer Drogerie kaufte er Rasierklingen und eine Brille von geringer Stärke und mit kompaktem Gestell. Dann in einen Zeitungsladen. Stifte für seine Brusttasche und eine Aktenmappe, die er mit einer willkürlichen Auswahl behördlicher Vordrucke füllte.

Zurück zum Mietwagen, die Aufkleber der Autovermietung mit einer Rasierklinge vom Rückfenster gekratzt, bevor es die Noosa Parade hinunterging und über die Brücke nach Iluka Islet. Er fuhr einmal die Ringstraße entlang: keine Streifenwagen in der Straße, kein einziger vor Ormerods Haus.

Im Anschluss an eine weitere Runde fuhr er in Ormerods Auffahrt und stieg aus. Blieb kurz stehen, verlegte sich auf eine andere Körperhaltung, einen anderen Gang und schritt auf das Haus zu. Schleppte sich ein wenig, Ausdruck der Müdigkeit, die ihm in den Knochen stecken sollte.

Ihm war klar, dass er nicht durch die vordere Tür hineingehen konnte. Das Schloss zu knacken würde dauern. Nachbarn würden ihre Vorhänge beiseitezupfen, sich fragen, weshalb ein Polizist nicht einfach einen Schlüssel benutzte und sich so Zugang verschaffte. Er ging zur Rückfront des Hauses.

Dort gab es eine Seitentür. Er knackte sie unbemerkt und betrat Stille. Wie erhofft, hatte die Polizei die Alarmanlage nicht wieder aktiviert. Ein schneller Blick durchs Erdgeschoss, dann zog er Latexhandschuhe an und stieg die Treppe hoch zur Rumpelkammer.

Er stand eine Weile da, ließ sich seinen ersten Eindruck bestätigen, dass die Proportionen nicht stimmig waren. Das Dachfenster saß nicht mittig in der Außenwand, sondern bündig mit dem Einbauschrank in der angrenzenden Wand. Entweder ein sehr geräumiger Einbauschrank oder es existierte ein weiterer Raum dahinter.

Die Tür öffnete sich zu einem Kleiderschrank; alte Anzüge und Kleider auf Bügeln an einer Stange aus Chrom, haufenweise Schuhe auf dem mit Teppich ausgelegten Boden, eine schmale Kommode mit Schubladen an einer Seite. Wyatt langte zwischen ein paar Jacketts hindurch und klopfte: Die Rückwand des Einbauschranks klang hohl.

Er schob die Kleidungsstücke beiseite, ließ seinen

Blick entlang der Kanten wandern, über die kleine Decke, die schmalen Seitenwände hinunter und entdeckte einen Messinghaken. Nichts hing daran und doch wies er den Glanz des regelmäßigen Gebrauchs auf. Probeweise zog er daran. Die Rückwand glitt zur Seite.

Es war die Höhle eines kranken Mannes. Ein Bett mit geblümter Decke, darauf Teddybären und ein Haufen bunter Kissen. Camcorder und Lichtquellen, ein Computer, DVDs, ein nobler Sessel vor einer Heimkinoanlage. Ein Kleiderständer mit Kostümen: Gymnastikanzüge, Tutus, winzige Bikinis. Zwei gerahmte Gemälde am Boden, mit den Vorderseiten zur Wand. Auf dem Boden verstreut, hier und da gestapelt, Fotos kleiner Mädchen, jünger als zehn, wie es aussah. Die Mädchen – unbekleidet, kostümiert oder in Rüschenstoffe gehüllt – posierten mit einem koketten Lächeln für die Kamera, zumindest die, die nicht betäubt oder völlig teilnahmslos aussahen. Als Kulisse diente jeweils das Bett.

Es war kein Rätsel mehr, weshalb Ormerod nach Thailand geflogen war. Er ist beim Footballspiel. Er bekommt einen Anruf, die Polizei sei in seinem Haus. Das Risiko ist hoch, dass man das Versteck entdecken wird – und was sich sonst noch an DVDs oder Computerdateien im Hause befindet. Er beschließt, sich einer Verhaftung durch Flucht zu entziehen.

Wyatt trat näher, zu den beiden Gemälden am Boden. Das größere war die Bauernszene von David Teniers, das kleinere ein Aquarell von Hans Heysen, stimmungsvoller als seine Eukalyptusarbeiten, kein sattes Sonnenlicht oder blaue Hügel in der Ferne. Es gefiel ihm. Bezeichnen wir's als Bonus, dachte er.

In der Rumpelkammer fand er eine schäbige Decke, wickelte sie um die beiden Bilder und ging die Treppe hinunter.

Im Flur stand eine junge Frau, mit dem Rücken zu ihm.

Wyatt blieb wie angewurzelt stehen, erfasste sie mit seinem Blick. Groß, schlank, blond, eine massive Kamera in der Hand, eine Kameratasche an einem Lederriemen über der Schulter, rief sie: »Monique, wir müssen uns beeilen.«

Wyatt hustete, schreckte die Fotografin auf, die sich auf dem Absatz umdrehte und »Oh, Scheiße« sagte.

»Ihnen ist klar, dass es sich hier um einen Tatort handelt? Wer sind Sie?«, schnauzte er.

Ohne sich von ihm abzuwenden, rief sie in einem Singsang über ihre Schulter: »Oh, Monique.«

»Oh, Kate«, sang es aus der Küche zurück.

»Wir haben ein Problem.«

»Und das wäre?«

»Komm einfach her.«

Wyatt ließ nicht locker. Er ging weiter, in den Flur, klang und bewegte sich wie ein Cop. »Ich frage Sie noch einmal: Wer sind Sie?«

Die Fotografin schluckte, grinste ihn matt an. »*Sunshine Coast Express*.«

Eine zweite junge Frau tauchte auf. Schlank, dunkelhaarig, unbeeindruckt von Wyatts Anblick. Sie schob sich an ihrer Fotografin vorbei, hielt ihm ein Aufnahmegerät hin, öffnete den Mund, um eine Frage zu stellen. Er griff nach dem Gerät, wand es ihr aus der Hand und stellte es ab.

»Hey!«

»Das ist ein Tatort. Ich werde Sie nicht festnehmen, aber Sie beide haben zu gehen, auf der Stelle.«

»Wie wäre es zuerst mit einer Stellungnahme?«, fragte Kate.

»Wenden Sie sich an die Pressestelle«, entgegnete Wyatt. Er sah an ihr vorbei nach hinten. »Wie sind Sie hereingekommen?«

»Durch die Seitentür. Sie war nicht verschlossen.«

»Aber Sie sind hier eingedrungen«, sagte Wyatt. Er musste das hinter sich bringen, aber er musste sie auch glauben machen, sie seien einem Cop in die Arme gelaufen.

»Kommen Sie schon, wie wäre es mit einer Stellungnahme«, sagte Monique und trat dicht an ihn heran. »Ungefähr so ... eine Quelle aus Polizeikreisen sagte heute ... und so weiter und so fort.«

»Ich sage Ihnen nur, dass ich einen Durchsuchungsbefehl habe, um Material in einer laufenden Ermittlung zu beschlagnahmen, in Ordnung? Und nun gehen Sie.«

»Was für Beweise?«, fragte Monique, den Blick auf die Bilder unter der Decke gerichtet. »Macht es Ihnen was aus, uns die zu zeigen?«

Hinter ihr war diese Kate mit den Funktionstasten ihrer Kamera beschäftigt. Wyatt langte an Monique vorbei, packte die Kamera und drehte sanft an dem Gehäuse, bis Kate losließ. »Keine Fotos.«

»Hey!«, rief sie. »Geben Sie die zurück.«

»Gleich«, sagte Wyatt.

Es war eine Canon, eine Digitalkamera, und er ging schnell die letzten Aufnahmen durch. Viele Außenaufnahmen, der Flur. Entscheidend – keine von ihm.

Monique sagte: »Na los, kein Foto, ein Name wird

nicht erwähnt, geben Sie nur eine Stellungnahme ab.«

Wyatt starrte sie an. Er fragte sich, wie viel Zeit er noch hatte. Er sagte: »Der Bewohner dieses Hauses wird zwecks Befragung in Zusammenhang mit dem Vorwurf des Kindesmissbrauchs gesucht.«

»Das wissen wir.«

»Er wird verdächtigt, Kinderpornografie in erheblicher Größenordnung produziert zu haben.«

Monique sah skeptisch aus. »Das ist nicht das, was meine Quelle gesagt hat.«

Wyatt rührte sich nicht. Sein Gesicht verriet nichts, aber sein Verstand arbeitete hochtourig. Er legte ein wenig Schärfe in seine Stimme: »Es gibt etwas, was ich Ihnen zeigen möchte.«

Sie spürte die Kälte, sah zur Seite, sah Wyatt wieder an. »Wir sind dabei. Und Sie handeln sich damit keinen Ärger ein?«

»Ich will verhindern, dass etwas unter den Teppich gekehrt wird«, lautete Wyatts steife Antwort.

Er meinte es ernst. Und es war wichtig, dass sie in ihm einen Cop auf einem Kreuzzug sahen.

Sie folgten ihm die Treppe hinauf in die Rumpelkammer.

»Das? Was ist damit?«, wollte Kate wissen und betrachtete stirnrunzelnd das Bett, die Kartons, einen alten Kricketschläger, verstreut umherliegende Schallplatten und Familienfotos.

Monique wich zurück zur Tür. »Los, Kate, machen wir, dass wir hier wegkommen.«

Wyatts Stimme durchschnitt die Luft, als er sagte: »Es gibt einen verborgenen Raum hinter dem Einbauschrank.«

Während Kates Blick zur Tür des Einbauschranks wanderte, als suche sie die Perspektive für ihre nächste Aufnahme, und Moniques Augen Zimmerdecke und Fenster nach Unregelmäßigkeiten absuchten, ging Wyatt hinüber zu dem Einbauschrank, öffnete ihn und schob die alten müffelnden Jacketts, Hosen und Kleider zur Seite. Er zog an dem Messinghaken, der die Geheimtür öffnete, und sie glitt auf. Er ging hinein, drehte sich zu Kate und Monique um, versperrte ihnen den Zutritt.

»Folgende Abmachung – Sie haben sechzig Sekunden. Sie werden nichts anfassen, da es sich um Beweismaterial handelt. Dann gehen Sie und kommen nicht mehr zurück, einverstanden?«

»Scheiße, ja.«

Er gab Kate die Kamera zurück und beobachtete, wie sie Foto für Foto schoss, während Monique in ihr Aufnahmegerät murmelte. An einer Stelle sah Kate ihn fragend an, deutete auf eine zum Teil verdeckte DVD. Wyatt schob sie mit einem Stift ins Blickfeld, wartete, während Kate sie fotografierte.

Dann lotste er sie hinaus in die Rumpelkammer. »Gehen Sie jetzt.«

»Wie heißen Sie?«

»Gehen Sie.«

»Was werden Sie jetzt tun?«

»Ich muss alles einzeln auflisten. Dann kommt ein Team zum Einsammeln.«

»Wie können wir Sie kontaktieren?«

»Gar nicht.«

»Ein Name. Wir werden Stillschweigen wahren.«

»Eine Quelle aus Polizeikreisen, so lautet mein Name.«

Kate grinste.

»Was haben sich Ihre Eltern dabei gedacht?«

Sie hob die Kamera.

Wyatts Hand schoss nach vorn. »Lassen Sie das.«

Plötzlich war er nicht länger der müde Typ mit Brille und im schlecht sitzenden Anzug, ein frustrierter Cop, der, wenn er Gerechtigkeit wollte, gezwungen war, einer Nachwuchsreporterin etwas ins Ohr zu flüstern. Er war ein Mann, von dem eine Bedrohung ausging und der rigoros die Richtung vorgab. Sie wichen aus dem Raum zurück.

Er folgte ihnen die Treppe hinunter. »Wir finden allein raus«, sagte Kate.

Er wollte verhindern, dass sie draußen auf der Straße herumlungerte, in ein paar Minuten ein Foto von ihm schoss. »Ich bringe Sie beide zu Ihrem Wagen«, sagte er.

Nachdem sie weggefahren waren, trug Wyatt die Gemälde zu seinem Mietwagen und machte sich auf den Weg zurück zum Flughafen.

Auf der Hälfte der Strecke sah er den schwarzen Lexus. MINTY stand auf dem Kennzeichen unterhalb des Kühlergrills, doch ganz klar war es nicht Minto, der fuhr. Als Wyatt die Gemälde in den Corolla verfrachtet hatte, hinter dessen Steuer Hannah Sten vor sich hin döste, war der Lexus verschwunden.

Er hielt noch immer nach ihm Ausschau, auch als er den Holden zur Autovermietung zurückbrachte und wieder zurück zum Corolla marschierte. Mit leuchtenden Augen hielt Hannah den Teniers auf dem Schoß. »Keine Laufschuhe von Nike oder ein Hemd mit einem Krokodil oder eine Rolex?«, sagte er und setzte sich auf den Beifahrersitz.

»Vielen Dank, nein.«

»Schnall dich an«, sagte er, »wir haben Gesellschaft.«

40

Die Flughafengebäude wichen dem offenen Freeway und auf der geraden Strecke mit Geschwindigkeitsbegrenzung zwischen sechzig, achtzig und hundert Stundenkilometern, mit Hügeln links in der Ferne und Grünstreifen zu beiden Seiten, sagte Hannah Sten schließlich: »Ja, ich sehe den Wagen.«

Wyatt drehte sich nicht um. Er hatte den Lexus im Seitenspiegel beobachtet und ihn gelegentlich drei Wagen hinter dem Corolla ausgemacht. Die Pistole neben dem Oberschenkel, spähte er zugleich in die offene Landschaft. Sollte etwas ins Auge gehen, benötigte er den Schutz von Gebäuden.

»Ein Partner von Minto?«

Wyatt wusste, dass es sich anders verhielt. Es war Mintos Mörder. Er hatte bereits zuvor einen Blick auf ihn werfen können, als sie vom Flughafen weggefahren waren, der Lexus nicht mehr als zehn Meter hinter ihnen. Jack Pepper, leichtsinnig nahe und über das Lenkrad gebeugt. Starrte unverwandt auf den Corolla, als wollte er hineingreifen und mit dem Chaos beginnen.

Wyatt wusste nicht, welch elender Groll Pepper antrieb, vermutete aber, dass er Vidovic und Minto umgebracht hatte. Verdrossen starrte er auf die sich abspulende Schnellstraße, die dem einen oder anderen Kreisverkehr Platz machte, um schließlich in eine Straße zu münden, und zog seine Schlüsse. Pepper war beleidigt, nachdem Wyatt mit Vidovic aus dem Ding mit dem Geldtransporter ausgestiegen war. Schlimmer noch, Vidovic hatte seinen Plan gestohlen, die Polizei eine Razzia gemacht und sein Bruder war erschossen worden.

Die einzige Erwiderung, die Pepper im Kopf hatte, war zu töten. Vidovic hatte ihm Minto geliefert, Minto ihm Noosa und Ormerods Adresse.

Wyatt berührte Hannah Stens Knie. »Es ist jemand, der noch eine Rechnung mit mir zu begleichen hat.«

Sie zog eine Braue hoch. »Das ist nicht meine Angelegenheit.«

In diesem Moment wusste er, dass er sie nach dem heutigen Tag nie wiedersehen würde. »Es ist, als würde er uns beide angreifen.«

Sie ließ es sacken. »Was schlägst du vor?«

Während seiner rastlosen Erkundungsgänge durch Noosa hatte Wyatts Aufmerksamkeit auch den Hotels gegolten. Eine Sache unterschied das Chelsea Manhattan von den anderen Hotels an der Hastings Street: der Parkservice.

Er vermutete, dass es Leute gab, denen dieser Service ein Hochgefühl vermittelte. Das Gefühl, einen Anspruch darauf zu haben, wenn sie hineinfuhren und einem Typ in Livree ihre Schlüssel übergaben. Einem Typ, der ihren Wagen umgehend wegfuhr und die Schlüssel in einem Kabuff an einen Haken hängte – was sehr nützlich sein würde, wollte man Jack Pepper in einen Hinterhalt locken.

Er dirigierte Hannah Sten die Hastings Street entlang und hinunter in die Tiefgarage des Chelsea Manhattan. Ein junger Mann um die zwanzig in blauer Uniform mit genügend Goldlitze, um aus dem Kabuff heraus eine ganze Armee zu befehligen, widerstand dem Reflex, angesichts des kleinen Mietwagens den Mund zu verziehen. »Flirte mit ihm«, murmelte Wyatt. »Setz deinen Akzent bei ihm ein.«

Sten fragte nicht, warum, sondern schlüpfte voll in die Rolle der charmanten, hilflosen Ausländerin, lächelte, plauderte, rückte nah heran, übergab die Schlüssel. Wyatt hielt sich im Hintergrund, wurde eins mit dem Schatten und sah, dass der junge Mann auf den Flirt einging und Hannah zuwinkte, als er sich hinter das Lenkrad setzte und mit dem Corolla über den mit Öl befleckten Beton zu einem Platz an der Wand gegenüber schoss. Da waren nur noch zwei freie Plätze, was Wyatt entgegenkam. Er nahm Hannahs Hand und sie schlenderten zur Treppe, die hinauf zur Hastings Street führte. Auf halbem Wege blieben sie stehen, lauschten. Wyatt grinste. Pepper war hinter ihnen hineingefahren und drängte den Parkwächter jetzt zur Eile. Mit ein wenig Glück würde er ihn vergrätzen.

Sie flanierten, sahen sich Schaufenster an, schlenderten über den Bürgersteig bis ans Ende der Hastings Street. Wyatt trödelte herum, dort, wo er Pepper in den Seitenspiegeln der Autos sehen konnte und in Schaufensterscheiben, hin und wieder in den Gläsern der Sonnenbrille eines Touristen. Irgendwann fragte Hannah: »Der Mann mit dem netten Haarschnitt und dem Leinenjackett?«

»Ja.«

Kurz darauf sagte sie: »Und jetzt hat er sein Jackett ausgezogen und die Sonnenbrille von der Stirn auf die Nase gesetzt. Ein Mann mit vielen Gesichtern.«

Wyatt grinste. Sie betraten einen Souvenirladen und

drehten einen Ständer für Ansichtskarten. Sten kaufte einen Magnet für den Kühlschrank und anschließend überquerten sie die Straße am French Quarter und kauften ein Eis. Diese Aktion traf Pepper unvorbereitet. Er wich zurück unter eine Baumwollmarkise und studierte die Angebote auf der dort aufgestellten Tafel.

Das Eis in der Hand, bummelten Wyatt und Sten denselben Weg zurück. Vis-à-vis dem Chelsea Manhattan gingen sie über die Straße. Wyatt blieb stehen, um sich die Auslage eines Juweliers anzusehen, und Hannah betrat die Lobby des Hotels. Wyatt wusste, dass Pepper ihm folgen würde, nicht Sten. Und der Narr war allein; kein Partner, der Hannahs nächste Schritte beobachten würde.

Wyatt harrte aus. Fünf Minuten später kam der Corolla aus der Tiefgarage, um sich in den Verkehr auf der Hastings Street einzufädeln. Wyatt trottete zum Wagen, setzte sich auf den Beifahrersitz, tauschte ein Grinsen mit Hannah, und schon waren sie weg, fuhren gemächlich Richtung Kreisverkehr am Surfclub. Pepper, völlig überrumpelt, war einen Augenblick lang unschlüssig, rannte dann jedoch hinunter in die Garage, um den Lexus zu holen.

Wyatt, der das beobachtet hatte, sagte: »Okay, halte hier.«

Hannah fuhr an den Bordstein. Wyatt stieg aus, rannte über die Fahrbahn und die Hastings Street hinunter zum Chelsea Manhattan. Er betrat die Lobby, schlenderte an der Rezeption vorbei und stieg in einen Fahrstuhl. Es musste der sein, den Sten gerade benutzt hatte. Ihr Duft war geblieben, ein Hauch in der Luft, der ihn animierte, seine Vorstellung, seinen Gehörsinn, das Feingefühl in den Fingern, als er den Knopf nach unten drückte.

Der Fahrstuhl hielt mit einem Wispern, die Türen öffneten sich zur Tiefgarage. Wyatt stieg lautlos aus, bewegte sich nach links, hinter einen Pfeiler, bis der Schatten ihn verschluckt hatte.

Stimmen drangen zu ihm herüber, verstärkt in dieser Höhle unterhalb der Straße. Pepper tobte: »Was meinen Sie damit, Sie haben meine Schlüssel verlegt, verdammte Scheiße noch mal?«

»Es tut mir schrecklich leid, Sir«, sagte der Parkwächter. »Wenn Sie einen Moment warten würden.«

Ein Moment, der Hannah Stens hundert Dollar in bar wert war. Damit würde sich Wyatt ein paar Minuten Zeit erkaufen. In geduckter Haltung rannte er die Wand entlang zum Lexus, während Pepper den Mann vom Parkservice anschrie: »Finden Sie die Dinger, Sie Idiot.«

Der Parkwächter schien vergessen zu haben, dass er lediglich Theater spielte. Er zeigte sich aufgebracht. »Sir, es besteht kein Grund – «

»Kommen Sie mir nicht mit dieser Scheiße von wegen Sir. Finden Sie die Schlüssel.«

»Ach, hier sind sie ja, Sir.«

»Idiot, verdammter.«

»Ich bin gleich zurück.«

»Machen Sie hin, verdammt noch mal, ja?«

In diesem Augenblick ging Wyatt neben dem Lexus in die Hocke. Als die Schlösser aufsprangen, öffnete er die hintere Tür und verschwand in der Lücke hinter dem Fahrersitz.

Er hörte, wie die Tür geöffnet wurde, spürte den Wagen sich bewegen, als der Parkwächter einstieg. »Danke«, sagte Wyatt.

»Hey, keine Ursache«, erwiderte der Parkwächter. »Das wird doch nicht auf mich zurückfallen, oder?«

»Drehen Sie sich nicht um«, sagte Wyatt mit warnender Stimme. Dann, in normalem Tonfall: »Das geht schon in Ordnung, auf Sie fällt kein Verdacht. Er ist ein Kumpel von mir, heiratet diese Woche ... «

Er schob die Hand zwischen die Vordersitze, einen Fünfzigdollarschein zwischen den Fingern. »Kleiner Bonus für Ihre Unannehmlichkeiten.«

Der Schein wurde weggeschnappt. »Verstehe«, sagte der Parkwächter, der begriff, dass es sich um einen Schabernack handelte. Er schoss mit dem Lexus Richtung Kabuff.

Dann saß Pepper im Fahrersitz, schob sich hinaus zur Hastings Street, als Wyatt ihm die Ruger in den Nacken presste. »Hallo, Jack.«

Erschrocken zuckte Pepper zusammen, verlor beinahe die Kontrolle über den Wagen. »Du Scheißkerl«, schrie er.

»Ich möchte, dass du links abbiegst, hinunter zur Landzunge«, sagte Wyatt geduldig. »Bleib ganz ruhig, fahr langsam, lass dir Zeit.«

»Ich bring dich um.«

»Es ist eine enge Straße, also achte auf die Fußgänger und die geparkten Autos. Lenk keine Aufmerksamkeit auf dich.«

Pepper langte in sein Jackett, zog vergeblich an seiner Pistole. Sie steckte in der Tasche fest. Der Wagen brach nach links aus, rammte einen Rover, brach zur anderen Seite aus und landete auf dem Bürgersteig. Wyatt wollte auf diese Entfernung keinen Kopfschuss riskieren. Es würde eine Austrittswunde bedeuten und Blut und Gehirnmasse auf der Windschutzscheibe. Er senkte die Pistole bis zu einem Punkt unterhalb von Peppers Armbeuge und zog den Abzug durch. Pepper sagte »Oh«, hustete und krümmte sich und schien an der Tür in sich zusammenzufallen.

Wyatt steckte die Pistole in den Hosenbund, zog den Saum des Hemdes darüber und stieg aus dem Wagen. Fußgänger starrten ihn mit offenem Mund an. Mit zittriger Stimme sagte er: »Hat jemand ein Telefon? Ich glaube, mein Freund hat einen Herzanfall.«

Um den Wagen bildete sich eine Menschentraube und Wyatt machte einen Schritt zurück und noch einen, bis er nur noch ein Gaffer unter anderen war. Er sah, dass eine Frau die Tür an Peppers Seite öffnete. Hände griffen hinein. Wyatt rückte weiter zurück.

Und dann befand er sich außerhalb des Kreises, schlüpfte in eine Lücke zwischen den Gebäuden an der Küstenseite und ging weiter, über eine niedrige Düne hinunter zu festerem Sand am Rande des Wassers. Er spazierte zur Landzunge, wo das Meer zwischen Noosa Sound und Laguna Bay brodelte, und dort stand der Corolla, abgeschlossen, leer, und niemand in Sicht. Er tastete unter dem Radlauf, fand die Schlüssel oben auf dem Reifen. Wyatt richtete sich auf, sah sich in dem halb verwaisten Gebiet um, nahm nichts Verdächtiges wahr und ging zum Heck des Wagens. Öffnete die Klappe des Kofferraums, hob die Bodenmatte hoch und neben dem Ersatzreifen lagen sein Hans Heysen und eine braune Papiertüte, darin fünfzigtausend Dollar.

Das war so ziemlich der beste Ausgang, den er erwarten konnte – in seiner Branche und weit weg von zu Hause.

Zur den Übersetzern:

Ango Laina (Heinz-M. Vogel), geboren 1947 in Faßberg (Celle). Er ist Buchhändler, Diplomdesigner und studierte Ägyptologie, Iranistik, Klassische Archäologie und Finnougristik in Hamburg. Er schrieb Feuilletons und Kritiken für den Rundfunk und veröffentlichte in Zeitschriften und Anthologien. Seit Ende der 80er Jahre arbeitet er auch als Übersetzer für Englisch, Französisch, Ungarisch.

Angelika Müller, geboren 1954 in Berlin, Magister in Germanistik und Politologie, zeichnet seit 1988 als Lektorin und Übersetzerin für die Reihe Pulp Master verantwortlich und lässt sich von Rammstein und Velvet Underground inspirieren.

Garry Dishers Wyatt-Romane im Überblick:

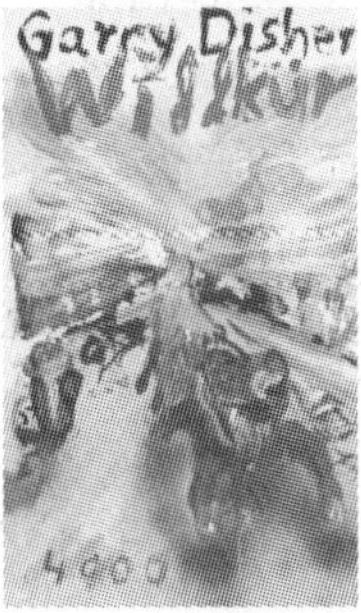

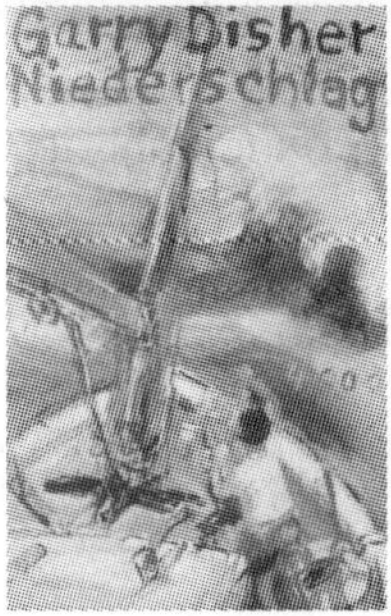

Gier

Dreck

Hinterhalt

Willkür

Port Vila Blues

Niederschlag

Dirty Old Town

Jim Nisbet – Welt ohne Skrupel
„ein herrlich vergiftetes Abschiedsgeschenk." Rolling Stone
Tom Franklin – Krumme Type, krumme Type
„große Literatur. Punkt." DIE ZEIT
Tom Franklin – Smonk
„die Beschwörung eines Albtraums." Rhein-Zeitung
Dave Zeltserman – Small Crimes
„... mehr noir geht kaum." FAZ
Les Edgerton – Der Vergewaltiger
„Gipfel der radikalen Verachtung." Berliner Zeitung
Gerald Kersh – Die Toten schauen zu
„Ja, es ist furchtbar. Und furchtbar grandios geschrieben." FR
Seamus Smyth – Spielarten der Rache
„Roh, hart, gnadenlos, eiskalt und jenseits aller Moral." WDR
Dave Zeltserman – Killer
„Keine Frage: So geht noir." Stuttgarter Zeitung
Jim Nisbet – Der Krake auf meinem Kopf
„Der Meister des intellektuellen Schundromans." FAZ
Garry Disher – Dirty Old Town
„Der Gangsterroman fürs 21. Jahrhundert!" KrimiZeitSpezial
L.R. Carrino – Der Verstoß
„Hardboiled trifft Hardcore." Tagesspiegel
Dave Zeltserman – Paria
„Brillanter neo-noir" WDR5
Jim Nisbet – Tödliche Injektion
„grausame Poesie von einem der ganz Großen." Buchkultur
Rick DeMarinis – Götterdämmerung in El Paso
„Ein großer amerikanischer Erzähler!" BR
Buddy Giovinazzo – Cracktown
„ein radikales Buch" literaturkurier
Angelo Petrella – Nazi Paradise
„Memoiren eines Neofaschisten" Krimiwelt-Bestenliste
Jim Nisbet – Dunkler Gefährte
„eine literarische Lehrstunde in Dramaturgie" Berliner Zeitung
Thor Kunkel – Kuhls Kosmos
„ein Werk der Nostalgie" SZ
Buddy Giovinazzo – Piss in den Wind
„der beste Titel des Jahres" TAZ
Paul Freeman – Laster und Tugend
„Ausbeuten und Ausgebeutet werden." Watching the detectives
Gerald Kersh – Ouvertüre um Mitternacht
„Hitler, Freud, Sadomaso und wirre Träume" Financial Times

Garry Disher – Niederschlag
„schonungslos und bewegend“ 3Sat
Rick deMarinis – Kaputt in el Paso
„ein schwarzer Gesellschaftsroman“ FAZ
Paul Freeman – Die Legenden von Ophir
„ein flott geschriebener Thriller“ Berliner Literaturkirtik
Charles Willeford – Die Schwarze Messe
„eine großartige Kriminalgroteske“ WDR
Charles Willeford – Ketzerei in Orange
„Weltklasse“ CRIME CORNER
Garry Disher – Port Vila Blues
„ein komplex konstruierter Spannungsroman“ SPIEGEL SPEZIAL
Markus Starck – SexDotCom
„Ein schnörkelloser, brutaler Kriminalroman“ WDR
PJ Wolfson – Geißel der Niedertracht
„eine Wiederentdeckung, und was für eine.“ FR
Garry Disher – Willkür
„Immer wieder eine Bereicherung” PERLENTAUCHER
Buddy Giovinazzo – Potsdamer Platz
„Pulp-Fiction für Fortgeschrittene“ POLYLUX
Gerald Kersh – Nachts in der Stadt
„ein heimlicher Klassiker” WDR
Garry Disher – Hinterhalt
„Das liest man gern“ FR
Garry Disher – Dreck
„der eiskalte Engel Wyatt als letzter Gentleman“ ZEIT
Frank Nowatzki (Hrsg.) – Antihero
„Nix für schwache Nerven“ LIT4U
Derek Raymond – Ich war Dora Suarez
„Ein gewaltgeladener Schocker“ EKZ
Buddy Giovinazzo – Broken Street
„einfach, geradeaus und streetwise“ Pots.NN
Garry Disher – Gier
„Gier ist fatal, Gier ist tödlich.“ NEUE WESTFÄLISCHE
Joe R. Lansdale – Akt der Liebe
„gnadenlos gut“ kultur SPIEGEL
Buddy Giovinazzo – Poesie der Hölle
„Opfer oder Täter, alles wird eins“ SPIEGEL
Joe R. Lansdale – Drive-In
„So sieht also der Weltuntergang aus“ PRINZ
Graziano Rocchigiani (Hrsg.) – TKO
„wie ein guter Aktionfilm“ KREUZER

Paul Cain – Totschlag
„näher an Musil und Doderer als an Hammett oder Cain", SZ
Derek Raymond – Roter Nebel
„Ein düsterer Abgesang", Nürnberger Nachrichten

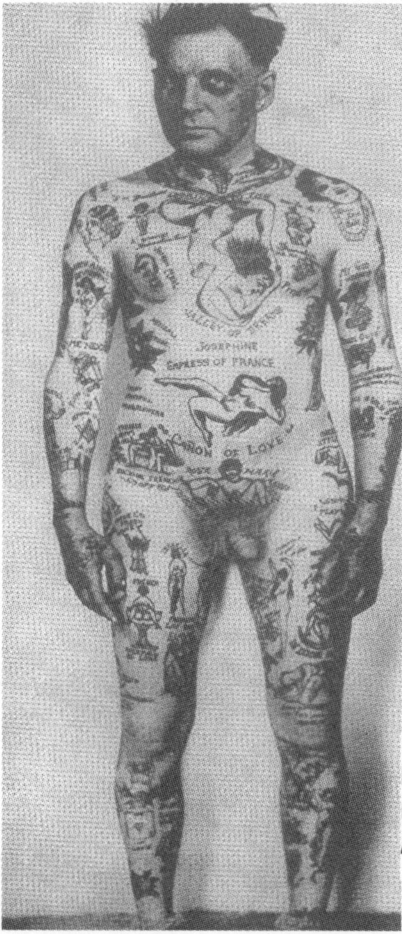

»Die außergewöhnlichste Krimireihe des Landes.«
Hannes Hintermeier, FAZ

»Pulp Master ist definitiv das härteste und schönste und unverbrüchlichste Label der Zunft.«
Tobias Gohlis
Krimitagebuch

»Als Label für Endeckungen hat Pulp Master fulminante Bedeutung.«
KrimiZEIT-Bestenliste.

Pulp 44

Ted Lewis
SCHWERE
KÖRPERVERLETZUNG

ISBN 9783946582045,
€ 14,80, ca. 320 S.,

in Vorbereitung

George Fowler ist der Kopf eines weitverzweigten Londoner Unterweltimperiums. Pornografie, im Großbritannien der 1970er illegal, ermöglicht ihm unschätzbare Einnahmen; Gewalt und Korruption halten die Maschine in Gang. Dieses hochgefährliche Gemisch droht zu explodieren, als er herausfindet, dass einige seiner Leute in die eigene Tasche wirtschaften. Als die Situation trotz einiger Säuberungsaktionen weiter eskaliert, taucht er für eine Weile in Mablethorpe unter, einem langweiligen Kaff an der Küste, um aus der Schusslinie und aus den Schlagzeilen zu verschwinden. Dies scheint fürs Erste zu gelingen, doch wohin mit den grausamen Erinnerungen, wenn man zu viel Zeit zum Nachdenken hat? George Fowler legt sie auf Eis und gießt Scotch darüber … viel Scotch …

Lewis' GBH gilt auch heute noch als einer der brillantesten Kriminalromane, die in die Paranoia und in den Wahnsinn der Londoner Unterwelt der späten 1970er eindringen und eine faszinierende Geschichte von Macht, Liebe, Hybris und Verrat entfesseln.

Pulp 45

Les Edgerton
PRIMAT DES ÜBERLEBENS

ISBN 9783927734937,
€ 14,80, ca. 320 S.,
Deutsche Erstausgabe

in Vorbereitung

Jake Bishop ist voll resozialisiert und träumt gemeinsam mit seiner Frau Paris den amerikanischen Traum, der sich als eigener Friseursalon materialisieren soll. Doch seine kriminelle Vergangenheit holt Bishop ein, und zwar in Gestalt seines ehemaligen Zellenkumpels Walker, der ihm im Knast das Leben rettete und nun, frisch entlassen, im Gegenzug etwas Starthilfe einfordert. Sich des über seinem Kopfe schwebenden Damoklesschwertes bewusst – einer bei der nächsten Verurteilung anstehenden lebenslangen Haftstrafe –, lehnt Jake entschlossen ab. Doch der Auftraggeber im Hintergrund hat Jakes Schwachstelle längst ausgemacht und zwingt ihn, den Einbruch bei einem lokalen Juwelier durchzuziehen …

Ein rabenschwarzer Noir des US-Autors Les Edgerton, der hier eindrucksvoll zeigt, wie schnell Stigmatisierung und gesellschaftliche Unfreiheit in ein Pandämonium menschlicher Abgründe führen können.

Pulp 47

Gerald Kersh
HIRN UND ZEHN FINGER

ISBN 9783927734975,
€ 11,80, ca. 120 S.,
Deutsche Erstausgabe

in Vorbereitung

Jugoslawien, 1943. Eine kleine versprengte Partisanentruppe wacher, verzweifelter Männer flieht in den Wald, nachdem sie ein Munitionsdepot der italienischen Besatzer überfallen hat. Ihre Beute: Dynamit und Zünder für den Widerstand. Einer stirbt für den anderen, damit der Rest an einem anderen Tag weiterkämpfen kann. Darunter ist der junge Andrej, dessen Dorf in Slowenien von den Faschisten dem Erdboden gleichgemacht wurde und der hier in ebenfalls versprengten Serben und Kroaten Gleichgesinnte gefunden hat. Doch die rettende Holzbrücke wurde vom Hochwasser fortgerissen und die Verfolger sind nicht mehr weit …

Nach dem kurzen, mächtigen Roman über das Massaker von Lidice verneigt sich Kersh nun vor den Menschen des Widerstands, vor aufrechten Menschen, denen ein inneres Licht innewohnt, das in der Dunkelheit sichtbar wird und zur Hoffnung der Menschheit gerät.

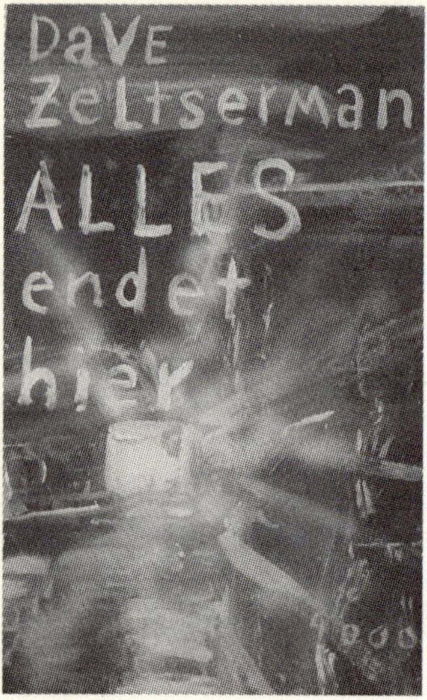

Pulp 48

Dave Zeltserman
ALLES ENDET HIER

ISBN 978-3-927734-98-2,
€ 14,80, ca. 320 S.,
Deutsche Erstausgabe

in Vorbereitung

Dan Selby und seine Frau Rachel müssen hilflos mit ansehen wie sich ihre finanzielle Situation weiter zuspitzt. Sie haben ihre gut bezahlten Jobs aufgegeben und ihre gesamten Ersparnisse in ein kleines vielversprechendes Software-Start-up investiert, das Dan mit seinem Freund Warren Costas gegründet hatte. Doch Costas ist nach Meinungsverschiedenheiten inzwischen auf einem anderen Trip und will die gemeinsame Firma zerstören. Als einer von Dans Freunden im Suff einen Russen erwähnt, der wisse, wie man Probleme wie Warren löse, öffnet Dan eine Tür, die man besser nicht öffnen sollte …

Ein weiterer düsterer Crime-Thriller aus dem Hause Zeltserman über den langen Prozess der Selbsterkenntnis in den Zwängen einer kalten Gesellschaft, in der man zum Erfolg verdammt ist.

Pulp 50

Derek Raymond
ER STARB MIT OFFENEN AUGEN

ISBN 9783946582014,
€ 14,80, ca. 370 S.,

in Vorbereitung

Im London der 1980er ermittelt der namenlose Detective Sergeant des A14 – Letzteres besser bekannt als »die Factory« – im Mordfall eines erfolglosen Schriftstellers und nimmt dabei weder Rücksicht auf Vorgesetzte noch auf sein Privatleben. Er kriecht förmlich in den Kopf des Opfers, spürt dessen Exfrauen, Kollegen, Zechkumpane und ehemalige Feinde in tristen Pubs und Mietskasernen auf – so in Acacia Circus, einem Block, der von arbeitslosen Skinheads und Schwarzen bevölkert wird. Voller Idealismus und die Forderung nach Gerechtigkeit verinnerlicht, begibt sich der namenlose Detective Sergeant selbst in allergrößte Gefahr …

Mit seinen existentiellen, im England der Thatcher Ära angesiedelten Factory-Romanen schuf Derek Raymond faszinierende Noir-Hybride, die zunächst wie gewöhnliche Polizei-Romane daherkommen, um dann die Form zu wechseln und die Leiden der Opfer und das Leben selbst in den Mittelpunkt zu stellen.